चिकित्सा से समाज तक

मेरे दिवस गीत एवं आलेख

क्रांति चन्दन जयकर

डायमंड बुक्स
www.diamondbook.in

प्रकाशक : डायमंड पॉकेट बुक्स (प्रा.) लि.
X-30, ओखला इंडस्ट्रियल एरिया, फेज-II
नई दिल्ली-110020
फोन : 011-40712200
ई-मेल : sales@dpb.in
वेबसाइट :www.diamondbook.in

MERE DIVAS GEET EVAM AALEKH
***By** : Kranti Chandan Jaykar*

प्राक्कथन

ये रचना क्यों?

जीवन के कई रूप हैं, लेकिन हम अपने दैनंदिन जीवन को जीते-जीते जीवन के हर रूप का आनंद नहीं उठा पाते और कभी-कभी नीरसता महसूस करतें हैं, मौसम के बाद मौसम बदलता है और हम हरेक मौसम का महत्व नहीं समझ पाते, जिसके चलते उस मौसम का पूरा मजा नहीं ले पाते!! इसीलिए पर्व, त्योहार और विभिन्न महत्त्व लिए विभिन्न दिवसों को मनाने की परंपरा चल पड़ी, ताकि हम जीव-जगत, जीवन के विविध रूपों से भली-भांति अवगत हो सकें और जीवन को उसके सम्पूर्ण रूप में जियें!!

'चिकित्सा से समाज तक: मेरे दिवस-गीत एवं आलेख' लिखने का मूल आशय भी यही है!!

एक चिकित्सक, सफल चिकित्सा तभी कर सकता है, जब वो समाज, लोकाचार, धर्म, नीति, आध्यात्मिकता से सामंजस्य बैठा कर अपना जीवन-दर्शन बनाए, केवल किताबी चिकित्सकीय ज्ञान उसे मरीजों के दैहिक दुखों एवम लक्षणों से मुक्ति की युक्ति ही सिखाता है, उस संबंधित मरीज का सम्पूर्ण इलाज नहीं!! सब दर्शनों एवम वादों की अच्छी बातों को आत्मसात करना, मन में कोई ग्रंथि नहीं बनाना, हर सोच के प्रति उदार रवैया अपनाकर, उसके निचोड़ में अपनी सोच एवम जीवन मूल्यों को मिलाकर अपना जीवन-दर्शन बनाना और उसके अनुसार अपना जीवन जीना, ये किसी भी आम इंसान को महानता की ओर ले जाने का सबसे सुगम रास्ता है, जो औरों को भी ऐसा करने को प्रेरित करता है!! कुछ यही सोचकर ये दिवस गीत एवम् आलेख लिखने की प्रेरणा मिली!! किसी भी चीज को कहने का काव्यात्मक

तरीका ज्यादा असरदार एवम ग्राही होता है। अतः गीत लिखने की सोच हुई!! इन कविताओं में से कुछ चिकित्सा विज्ञान के अद्यतन शोधों से निकलीं एवम मेरे चिकित्सकीय अनुभवों के निचोड़ को भी समावेश की हुई है, यथा विश्व स्वास्थ्य दिवस की कविता, हम क्या खाएं, क्या नहीं खाएं, कितना चलें, ताकि स्वस्थ रहें, ये भी बताता है!! कुल मिलाकर ये पुस्तक लिखकर मैंने ये प्रयास किया है कि मैं अपने अभी तक के विभिन्न अनुभवों को, सर्वग्राही, एवम सर्व हितकारी बना कर इसे सभी तक सही ढंग से संप्रेषित कर सकूं!! आशा है, ये पाठकों को पसंद आएगा!! आपके सुझावों एवम आलोचनाओं का इंतजार रहेगा, जिसे आप मेरे वेवसाइट www-drkranti.com पर भेज सकतें हैं, या मुझे krantijaykar@gmail.com पर ईमेल कर सकते हैं, इनमें से कुछ गीतों की प्रस्तुति मैंने अपने यूट्यूब चैनल kranti chandan jaykar पर भी अपलोड की है, जिसे देखा जा सकता है!!

-क्रांति

रचना समर्पित

ये रचना समर्पित है...

बचपन में ही सर्वांगीण सोच, जीवन-मूल्य, भाषा-संस्कार देने वाले अपने पिता सुरेंद्र प्रसाद जी को!!

मेरे सभी गुरुओं को समर्पित, जिन्होंने अपने ज्ञान के निचोड़ से मुझे एक नई जीवन-दृष्टि दी और सही राहों पे चलना सिखाया, प्रश्न पूछना सिखाया, उत्तर ढूंढ़ना सिखाया, जिज्ञासु बनना सिखाया, जिजीविषा से लबरेज हो, जीवन जीना सिखाया!!

मेरे बाल्यकाल और अब भी मेरी उलझनों में, दुखों में सही सलाह एवम स्नेह देने वाली अपनी अग्रजा जूही प्रवासिनी एवम् अनुजा, अणिमा, अजेय एवम अनुज ऋत्विक को समर्पित!!

अपनी उपस्थिति से हमारे जीवन के सुखों-दु:खों को साझा करके, जीवन में अहर्निश नई ऊर्जा भरने वाली सासु-माँ रीता प्रसाद एवम् श्वसुर यदुनन्दन प्रसाद को समर्पित!!

अपनी मनमोहक बातों एवम मुस्कानों से मुझे रोज तरोताजा करने वाले मेरे सुपुत्रों शाश्वत, कौस्तव, एवम सुपुत्रियों ऐश्वर्य एवम रेने को समर्पित!!

मेरे जीवन का सबसे बड़ा सम्बल एवम् केंद्रबिंदु, मेरी हमसफर, मेरी अर्धांगिनी, डॉ. रितु, सहायक प्राध्यापक, पटना मेडिकल कॉलेज, पटना, को समर्पित!!

मेरे सभी दोस्तों, मेरे मरीजों, मेरे शुभचिंतकों को समर्पित!!

और अंत में सबसे महत्त्वपूर्ण परम पिता परमेश्वर, प्रकृति को समर्पित जिसने ये जीवन और इसे जीने की उत्कट अभिलाषा बख्शी!!

-क्रांति

अग्रसारण

विख्यात कवि-चिकित्सक क्रांति चंदन जयकर ने एक अद्‌भुत कृति की रचना की है जिसका संपूर्ण भारतीय साहित्य में कोई जोड़ या तोड़ नहीं है। विभिन्न दिवसों एवं पर्वों को लेकर ऐसी अनूठी चीजें यहाँ सृजित हैं जो हर पाठक के लिए अनिवार्य है।

सर्वोपरि तो यह कि ये रचनाएँ हमें भीतर से हिलाती और बदलती हैं। इनमें गहरा नैतिक विवेक और आलोचनात्मक दृष्टि है। अगर इनका नियमित पारायण किया जाय तो शरीर और मन दोनों स्वस्थ रहेंगे। मैं स्वयं भी लाभान्वित हो रहा हूँ। इनकी लेखनी से महान कृतियों की अपेक्षा है। आशा है कि सहृदय पाठक इसे अपना कंठहार बनाएँगे।

-प्रो अरुण कमल

वरीय प्राध्यापक (अंग्रेजी विभाग, पटना विश्वविद्यालय)

एवं वरिष्ठ साहित्यकार, कवि, आलोचक

साहित्य अकादमी पुरस्कृत-1998

विषय सूची

जनवरी

नए साल में नए संकल्प लेती मेरी नव वर्ष कविता...

1

दोस्तो,

पुराने साल के चंद घंटे शेष बचे तो मन
क्या खोया?
क्या पाया?
क्या भूलें हुईं?
क्या था जो अकृत रह गया?
क्या था जो कृत्य बिसर गया?
क्या था जो अनकहा रह गया?
क्या था जो कथ्य ठहर गया?
क्या था जो बेलफ्ज कह गया?
क्या था जो लफ्ज अकह गया?
क्या था जो अहसासों में भर गया?
क्या था जो अरमानों से इतर गया?
क्या था जो ख्वाबों में उतर गया?
क्या था जो संवेदना से भर गया?
क्या था जो यांत्रिकता में उभर गया?
क्या था जो भौतिकता में मर गया?
क्या था जो अध्यात्म में अमर गया?
क्या था जो दिवा-स्वप्न ही रह गया?
क्या था जो तासीर में उतर गया?
क्या था जो हौसलों से डर गया?
क्या था जो हिम्मत में निडर गया?
आदि आदि...

न जाने कितने प्रश्न करने लगा...

मैं इनका उत्तर ढूंढने एक झील में उतरा तो पतवारों की जगह उस नाव के पैंडल औ हैंडल के सहारे कभी लहरों के साथ औ कभी इसके विपरीत जा जीवन के हर विरोधाभास एवम् द्वंद्व का हल ढूंढने लगा औ नए साल के नए संकल्प तलाशने में मशगूल हो गया...

फिर जो निकला वो थी ये रचना, जो नए वर्ष में प्रवेश को आकुल-व्याकुल हुए जा रही थी...

तो सोचा क्यों न...

नए वर्ष की अनंत एवम् अशेष मंगलकामनाएँ आप सभी मित्रों को प्रेषित करते हुए इस कविता को आप सबों से साझा करूँ...

नव वर्ष के नवजीवन की नई डोर को माझा करूँ...

जोश नया, है होश नया, हर ख्वाब नया, बुन आएँ हम
नए वर्ष में जीवन नगमा एक नया, सुन आएं हम।

यादों के, गुलदस्तों से, कुछ सुन्दर, गुल चुन आएँ हम
अच्छे पल की, अच्छाई का, अब आओ, गुण गाएँ हम।

उम्मीदों की, बारिश में, ये तन भीगा है, मन भीगा
आओ अब एक नई हकीकत, जीवन पथ सुन आएँ हम।

कतरा-कतरा बह जाएगा, ये जीवन का नीर सभी
आओ उम्र के इक-इक मोती, नए साल चुन आएँ हम।

आओ अब हम, अपने जीवन के दरवाजे खोल आएँ
अनकहा सा, जीवन सच वो, नए साल में बोल आएँ।

सब वादों औ सिद्धान्तों का अध्ययन अब हम कर आएँ
जीवन-दृष्टि नई बनाने, ध्यान-मनन हम कर आएँ।

नए साल में जीवन दर्शन, एक नया, अपनाएँगे
सब लोगों की सुन आएंगे, तब अपनी कह जाएँगे।

अंधी भक्ति नहीं, अंध विरोध किसी का पालेंगे
सोच समझकर तर्क-कसौटी हर घटना को तौलेंगे।

जितना खग से लेंगे, उतना वापिस, मय कर जाएँगे
अधिकारों संग कर्त्तव्यों की तपिश विजय कर जाएँगे।

नहीं आसक्ति, जीवन से, औ नहीं, विरक्त हो पाएँ हम
खुल के जीवन जीते, खुद से मोह, न यूँ पाल आएँ हम।

परमार्थ हो जीवन मकसद, विश्वासी बन जाएँ हम
पूरा करने ध्येय ये जीवन, स्वशासी बन जाएँ हम।

कुछ यादें, आँसू लाएँगे, कुछ मन को, हर्षायेंगे
कुछ गुजरे लम्हे, अब हरदम, मन को यूँ विस्माएँगे।

बीते पल की खट्टी-मीठी, याद को संग ले आएँ हम
सीख के, भूलों से, जीवन में, नए रंग बिखराएँ हम।

मित्र बने थे, मित्र बने हैं, मित्र नए, बन जाएँगे
जीवन के, कोरे कागज पे, चित्र कई बन जाएँगे।

ये दिल है एक सादा पन्ना, शब्द नए, भर लाएगा
जीवन के हर संवेदन को, वाक्य नया दे जाएगा।

रंग बदलते, हर मौसम से, नए रंग, ले आएँ हम
नए साल में, नए कैनवस, नई छटा बिखराएँ हम।

उष्ण यहाँ है, शरद यहीं है, खुश्क भी है, औ नमी भी है
ये जीवन है, धूप-छाँव सा, आसमान है, जमीं भी है।

कभी खुशी की, बहें बयारें, कभी पवन ये थमी भी है
कभी दु:खों का भंडारा है, कभी गमों की कमी भी है।

कभी उदासी फैली हर सूं, कभी ये खुश-फहमी भी है
कभी फिज़ाएँ, खुली-खुली ये, कभी डरी-सहमी भी है।

हर रुत में, औ हर मौसम में, जीवन-धुन, जी आएँ हम
सुख-दु:ख दोनों एक राग, एक गीत ये रुन-झुन गाएँ हम।

गुजरे वक्त, के हर लम्हों को, फिर से, जब मैं देख रहा
क्या खोया?, क्या पाया?, जग में, अब मैं हूँ ये परख रहा।

कुछ थी भौतिक उपलब्धि, जिनको मैं था ये निरख रहा
जीवन में, अध्यात्म पले, प्रयास जगाता, अलख रहा।

जीवन में रहकर, जीवन से परे, देख-सुन आएँ हम
नए साल में, भौतिकता, अध्यात्म संग चुन आएँ हम।

जीवन है एक, बहता झरना, लहरों संग बह जाएँगे
यारी है, अनमोल, ये गहना, यारों संग कह जाएँगे।

रिश्ते-नाते, मित्रों के संग वो चिंतन-हर्ष जगाएँगे
सुख-दुःख में यूँ साथ ये रहकर, नूतन वर्ष सजाएँगे।

जीवन साधारण भी हो, ये ख्याल, ये बेहद ऊँचा हो
किसी को, न नीचा समझें हम, कोई न हमसे ऊँचा हो।

अपना-अपना रोल जुदा है, ये अभिनय कर जाएँ हम
एक है ईश्वर, एक खुदा है, ये अनुनय कर जाएँ हम।

नए चश्म, से नया नजारा, नई सोच बुन आएँ हम
'क्रांति', आओ नए साल में, नई राह चुन, आएँ हम।

❑❑❑

नशा-मुक्ति मानव श्रृंखला हेतु आह्वान करती मेरी कविता...

2

दोस्तो,

आज के अहले सुबह, ठंड और कोहरे के बीच जब मैं, पटना कॉलेज के गंगा तट पे जाने हेतु निकला तो रास्ते में मेरी नजर एक होर्डिंग पे गयी, जिसमें सूबे के मुखिया ने नशे के खिलाफ एकजुट खड़े बिहार एवम् बिहारियों को 21 जनवरी को बनने जा रहे ऐतिहासिक ह्यूमन चेन में सक्रियता से भागीदारी हेतु आमंत्रित किया हुआ था...

ये देख मन उन सुखद अनुभूतिओं में खो गया, जिसमें शराब मुक्त बिहार के गाँवों में खुशहाली और तरक्की की नई इबारत लिखी जा रही थी, सदियों से पिछड़ेपन का दंश झेल रहा राज्य आज उन्नति और समृद्धि की राह पे चल पड़ा था, लोग-बाग जाग चुके थे और बुद्ध, महावीर, गुरु गोविन्द और सूफियों व संतों की भूमि फिर से पूरे देश को एक सन्देश दे रही थी। एक नशा मुक्ति की मशाल थामे पूरा सूबा हाथ में हाथ लिए एकजुट खड़ा था, एक सपना जो हमारे राष्ट्र पिता ने देखा था, उसे हमारे माननीय मुख्यमंत्री श्री नीतीश कुमार जी ने विगत वर्ष के अप्रैल महीने से बिहार में लागू कर पूर्ण शराबबंदी कानून के रूप में अंगीकृत किया था, जिसे न केवल महागठबंधन के सभी सम्मानित दलों के नेताओं ने समर्थन दिया था अपितु सभी विपक्षी दल भी इस लोककल्याण के मुद्दे पे दलगत भेदभाव को भूलकर सरकार के मुखिया के साथ खड़े दिखे थे... इतने दिनों में ये शराबबंदी की आग एक ज्वाला का रूप ले चुकी है और समाज के सभी दुर्गुणों को जला कर खाक करने को आतुर हो रही है। नशामुक्ति की ये लड़ाई अब जनांदोलन बन कर पूरे देश के गाँवों औ शहरों में फैलती दिख रही है! बिहार आज फिर से पूरे देश को नई दिशा एवम् दशा दिखला रहा है... बिहार आज पूरे मुल्क को जोश औ होश का नया हुनर सिखला रहा है... बिहार आज अपने मुखिया

के नेतृत्व में एक ह्यूमन चेन बना रहा है...

...कुछ इन्हीं ख्यालों में डूबे-डूबे यक-ब-यक ये उँगलियाँ चल पड़ीं और जब रुकीं तो नशा मुक्ति मानव श्रृंखला का आह्वान करती ये कविता उस कोरे कागज पे अपना वजूद बना चुकी थी...

तो सोचा क्यों न इसे आप मित्रों से साझा करूँ...
शराब औ नशे से मुक्ति की डोर को माझा करूँ...

नशा-मुक्त, समाज बनाने एक पंगत हो आएँ हम
एक बिहारी अलख जगाने एक संगत हो जाएँ हम!

लेके हाथ को हाथों में यूँ मानव चेन बनाएँ हम
पूरी दुनिया देख रही है, कीर्तिमान रच आएँ हम!

तोड़ के गुरबत का कुचक्र, सम्मान ये साथ में लाएँ हम
नशा भगाकर जीवन से, ये होश-हुनर, फैलाएँ हम!

रूह देश की गाँव में बसता, नशा गाँव को पल-पल छलता
बेहोशी में सपने सारे, गुरबत का ये,दंश है खलता!

आओ अपनी मेहनत से एक राह नई चुन आएँ हम
नया गीत ये उम्मीदों का, नई सुबह सुन आएँ हम!

टल्ली कोई राह न होगा, यहाँ वहाँ गुमराह न होगा
दारू-गाँजे के चक्कर में, जीवन पथ बेराह न होगा!

पति शराबी के हाथों अब कोई अत्याचार न होगा
पिता शराबी के चलते अब पुत्र कोई लाचार न होगा!

ना कोई झगड़ा, नहीं नशे में जीवन यूँ बेकार न होगा
महिलाओं संग मदहोशी में, कोई व्यभिचार न होगा!

नशे में पागल बन के, मन में बुरा कोई विचार न होगा
जीवन बिलकुल स्वच्छ धवल-सा, दुर्गुण का संचार न होगा!

छोड़ के सारे भेद-भाव अब, एक रंगत हो जाएँ हम
भाई-चारा, प्रेम-धर्म, में पारंगत हो जाएँ हम!

गाँव-गाँव औ गली-गली से हर कोई अब है बोल रहा
नशा-मुक्त जीवन से रिश्ता अपना ये अनमोल रहा!

खूब होश में औ हवास में, जीवन नगमा बोल रहा
मन के सारे भाव जगे हैं, रूह तलक है डोल रहा!

आओ, इस जीवंत गीत को अधरागत कर जाए हम
नशा-मुक्त-बिहार लक्ष्य का सुस्वागत कर जाए हम!

गाँधी जी, के सपनों को, नीतीश जी, आगे लाए हैं
मिलकर सब दल अब इस सपने को मंजिल दिखलाए हैं!

आज हरेक जनता कहती है, छोड़ शराब हम आएँगे
उन्नति औ समृद्धि से, रिश्ता हम जोड़ आएँगे!

दो करोड़ ये लोग वो मिलकर, एक आवाज लगायेंगे
ग्यारह हजार किलोमीटर की, ह्यूमन चेन बनाएँगे!

आज बिहारी नशा मुक्ति, आवाज फलक गुँजाएँगे
नई इबारत, नई मिसालें, नई खनक फैलाएँगे!

राष्ट्र पिता के सपनों को हम, पूरा अब कर जाएँगे
गाँव-गाँव की, खुशहाली से, देश तरक्की लाएँगे!

आओ बुद्धि औ विवेक को, दिशा नई दिखलाएँ हम
पूरे देश में नशा-मुक्ति की, लहर नई फैलाएँ हम!

नशे की दुनिया को आओ अब, आज विगत कर जाएँ हम
'क्रांति', सब-संग ह्यूमन चेन का, नाम जगत कर जाएँ हम!

❑❑❑

3 नशामुक्ति मानव चेन: मुख्यमंत्री को आभार कहती मेरी कविता...

दोस्तो,

आज इस अलसाए से रविवार के अहले सुबह जब मैं संजय गाँधी जैविक उद्यान पटना में प्रात: भ्रमण को निकला तो, झील के किनारे बैठ, उस गुजरे कल यानी शनिवार 21 जनवरी की गौरवमयी और स्वाभिमानी यादों में खो गया...

डूब गया उन हसीन पलों की स्मृतियों में, जिसमें हमने अपनी अभी तक की जिन्दगी में पहली बार घटी उस घटना को अभिमान और अतिरेक से जिया था...

खो गया उन ऐतिहासिक लम्हों में जब बिहार पूरी दुनिया के सामने हाथों में हाथ थामे नशे के खिलाफ खड़ा था...

और न केवल नशा मुक्ति का सन्देश ये दे रहा था, अपितु जात धर्म मजहब की सभी दीवारों को भी तोड़, ये मानवता, भाईचारा, सहिष्णुता, जिजीविषा, कर्मठता, सादगी, सजगता, सहजता, जीवंतता, जीवटता, उदारता, कर्मण्यता, विविधता में एकता, दलगत विरोधभासों में भी जनकल्याण के मुद्दे पर एकमतता का अद्‌भुत पैगाम, अपने लहजे में, बड़ी साफगोई से बयान कर रहा था...

पूरा बिहार आज स्वत: स्फूर्तता से लबरेज हो, अपने मुखिया के एक आह्वान पे मानव-श्रृंखला बना, न केवल अनेको कीर्तिमान बना रहा था, बल्कि वो उस बिहारी स्वाभिमान और शौर्य की गाथा को भी फिर से जी रहा था, जिससे पूरी दुनिया पहले से परिचित है...

और पूरा बिहार आज इस ह्यूमन चेन के माध्यम से एकजुट हो अपने इस मुखिया के प्रति एक कृतज्ञता दर्शा रहा था, जिसने उसके अंदर एक बिहारी गौरवभाव और अलख जगाया था...

और पूरा बिहार आज इस मानव श्रृंखला के माध्यम से नशामुक्ति हेतु अपने मुख्यमंत्री का आभार प्रकट कर रहा था...

कुछ यही सोचते हुए...

जब मैं अपनी विचारनिद्रा से बाहर निकला...

तो ये, सूबे के मुखिया को नशामुक्ति मानव चेन हेतु धन्यवाद भेजती मेरी कविता एक पन्ने पे अपना वजूद बना चुकी थी...

तो सोचा क्यूँ न इसे आप मित्रों से साझा करूँ...

औ बिहारीपन के गर्व की डोर को माझा करूँ...

आज बिहार ने, पूरी दुनिया में, सन्देश ये छोड़ा है!
छोड़ नशे को, जीवन से, जीवन का रिश्ता जोड़ा है!!

हाथ में, ले के हाथ, खड़ा हो के, पैगाम ये, छोड़ा है!
कीर्तिमान रच, हर शय का, ये ध्यान, बिहार ने मोड़ा है!!

आज हैं टूटी, हर मजहब, औ जात हरेक, की दीवारें!
दलगत सारे भेद भुलाकर, अमन फिज़ाँ में छोड़ा है!!

गाँव-गाँव और गली-गली से एक आवाज ये आयी है!
बेहोशी और मदहोशी पे आज ये शामत आयी है!!

दारू औ गाँजे की दुनिया, आज हुई, परायी है!
होश, हुनर औ भाईचारा, रूह रही, समायी है!!

मानव चेन ने आज ये बातें फिर खुलकर कह आयी है!
एक बिहारी अलख जगाकर, गर्व दिलों में लायी है!!

गाँव है जागा, शहर ये जागा, होश फिज़ाँ में छोड़ा है!
खुशहाली से, सूबे ने, फिर अपना नाता जोड़ा है!!

अब न कोई छींटाकशी, एवम् टीजिंग न होता है!
महिलाओं का मान बढ़ा है, शिष्ट समाज ये होता है!!

हर मुद्दे पर तर्क कसौटी, वाद-विवाद ये होता है!
नशा पिलाकर, वोट का सौदा, नहीं कोई अब होता है!!

लोक-तंत्र की नींव संवारी, गणतंत्र ये बोता है!
नशा भगाकर, मानवता, सर्वोच्च शिखर पे होता है!!

बुद्धि संग विवेक का रिश्ता, नशा मुक्ति ने जोड़ा है!
पूरे मुल्क में, अब बिहार ने नई लहर को छेड़ा है!!

आओ, अब हम, इस संदेश को पूरी दुनिया फैलाएँ!
नशा-मुक्ति की थाम मशालें, घर-घर रौशन कर आएँ!!

गाँधी जी की कर्मभूमि से गाँधी शिक्षा जी आएँ!
बुद्ध, महावीर, की धरती से प्रेम का अमृत पी आएँ!!

सूबे का सम्मान बढ़ाने, साधुवाद हम कर आएँ!
प्रांत के मुखिया को आओ, अब धन्यवाद हम कर आएँ!!

फिर से गाँधीवाद, नितीश जी, ने मानवता जोड़ा है!
'क्रांति', पूरा मुल्क निहारे, छाप बिहारी छोड़ा है!!

आज बिहार ने, पूरी दुनिया में सन्देश ये छोड़ा है!
छोड़ नशे को, जीवन से, जीवन का रिश्ता जोड़ा है!!

❑❑❑

26 जनवरी: गणतंत्र गीत गाती मेरी कविता... 4

दोस्तो,

आज 26 जनवरी को राजपथ पे गणतंत्र दिवस के भव्य आयोजन को देख और महामहिम राष्ट्रपति के हाथों झंडोत्तोलन होता दृश्य टीवी पे देख मन गणतंत्र दिवस की यादों में खो गया और उन महान आत्माओं और विभूतियों को स्मरण करने लगा, जिन्होंने इस देश को एक सम्प्रभु, लोकतान्त्रिक और समाजवादी गणराज्य बनाने में अपना योगदान दिया था!!

अपना अलग एक विधान और संविधान बनाने हेतु अपने जीवन के कीमती वर्षों की कुर्बानी दी थी!!

बाबा साहेब डॉ. भीम राव अम्बेडकर के योगदान के बल पर आज भी ये देश गर्व से एक सच्चा प्रजातंत्र एवम् गणतंत्र बन कर उस आखिरी व्यक्ति की भी कद्र करता है, जो सदियों से शोषित,पीड़ित मानवता के प्रतीक बन, देश की मुख्यधारा से कट गया था!!

संविधान निर्माण में राष्ट्रपिता गाँधी, लौह पुरुष सरदार पटेल, प्रथम राष्ट्रपति राजेन्द्र प्रसाद एवम् पंडित नेहरू एवम् अन्य मनीषियों के योगदान का भी ये राष्ट्र ऋणी रहेगा!!

आज 69वें गणतंत्र दिवस पे मन उन कमियों को भी महसूसने लगा, जिनका समाधान आज भी खोजा जाना है!!

परंतु तमाम कमियों के बावजूद एक आशा आज भी जिंदा है, एक विश्वास आज भी अमर है कि भारत गणतंत्र का वो दिन भी आएगा, जब समाज के हाशिए पे बैठे उस अंतिम व्यक्ति तक ये सत्ता जरूर पहुंचेगी!!

उस दिन इस गणतंत्र की सच्ची जीत होगी!! यही सब सोचते-सोचते यक-ब-यक ये उँगलियाँ चल पड़ीं...

और जब रुकी तो ये गणतंत्र दिवस पे गणतंत्र गीत गाती और शुभकामनायें भेजती ये गणतंत्र दिवस कविता अपना वजूद बना चुकी थी...

तो क्यों न इसे आप मित्रों संग शेयर करूँ ..

WishingA happy Republic Day to UAll!!

अपना शासन, अपनी निष्ठा, संविधान कर, आएँ हम!
आओ मिलकर, भारत का गणतंत्र दिवस, मनाएँ हम!!

आजादी के, सब सपनों को, पूरा अब,कर जाएँ हम!
सर्व-धर्म समभाव, हृदय में, सबका हित, रख आएँ हम!!

हम भारत के लोग देश हित रखें अपने अन्तरतम!
लोकतंत्र, समाजवाद औ गणतंत्र हो सर्वोत्तम!!

धर्म को रख निरपेक्ष, लोक कल्याण यहाँ कर जाएँ हम!
अंतिम व्यक्ति के सपनों का मान यहाँ रख आएँ हम!!

अधिनायक, राजा नहीं, तानाशाह नहीं मुखिया होगा!
भारत का सिरमौर आवाम का दीन, हरेक दुखिया होगा!!

भारत-भाग्य-विधाता जनता के हाथों शासन होगा!
पूँजी औ धन के बल पर अब और नहीं शोषण होगा!!

छद्म राष्ट्र-ये-भक्त-जनों, को ये जनता पहचानेगी!
आज नहीं तो कल उनको, शासन विमुक्त कर मानेगी!!

जात-धर्म की कोई घुट्टी, काम नहीं अब आएगी!
फूट डालकर राज करो ये नीति नहीं चल पाएगी!!

भाषा भेद, न लिंग भेद, न प्रान्त भेद, कर पाएँगे!
सब विभेदकारी तत्त्वों को पूरा नाश कर जाएँगे!!

सबको ले के साथ चलेंगे, सबका दिल भर जाएँगे!
भारत की गरिमा को सर आँखों पे हम कर जाएँगे!!

आओ सब वादों से, अब ये भारतवाद, बनाएँ हम!
जन-गण का गणतंत्र सजाने, मिलजुल करके आएँ हम!!

देश ऋणी है! बाबा साहेब अम्बेडकर! विधान बना!
ये पटेल, राजेन्द्र, नेहरू, गाँधी, संविधान बना!!

आज नमन है, उनका, जिनसे भारत ये महान बना!
प्रजातंत्र, ये गणतंत्र, सम्प्रभु मुल्क, जहान बना!!

शामिल मानवमूल्यों को अब हर विधान कर जाएँ हम!
गण के खातिर गणतंत्र, ये संविधान कर जाएँ हम!!

दलित ये पिछड़ा, आदिवासी, अगड़ा, सब संग आएँ हम!
हिन्दू, मुस्लिम, सिक्ख, ईसाई, भाई-भाई बन जाएँ हम!!

लाख कमी हममें, पर मिलकर, सुंदर ख्वाब सजाएँ हम!
थोड़ी-थोड़ी ही, पर खुशियाँ, सबको बाँट यूँ आएँ हम!!

देश सहिष्णु, औ उदार हो, शौर्य पराक्रम दमदार हो!
विश्वगुरु बन जन उद्धार हो, मानवधर्म का सूत्रधार हो!!

वसुधैव कुटुंब छवि का, नहीं, कोई हम पे उधार हो!
भारत संग पड़ोसी मुल्कों, संबंधों में, हर सुधार हो!!

आओ अब एक राष्ट्र नीति की लहर नई बिखराएँ हम!
'क्रांति', सब संग, गणतंत्र, ये राष्ट्र, इसे सजाएँ हम!!

अपना शासन, अपनी निष्ठा, संविधान कर, आएँ हम!
आओ मिलकर, भारत का गणतंत्र दिवस, मनाएँ हम!!

❑❑❑

फरवरी

5 वसंत पंचमी पे विद्यभाव जगाती मेरी कविता...

दोस्तो,

आज अपने आई.जी.आई.एम.एस., पटना के सरस्वती पूजा पंडाल का दर्शन एवम् पूजन हेतु गया तो, ज्ञान की देवी की श्वेत धवल प्रतिमा को देख मन विद्वता की सादगीयुक्त सौंदर्य में खो गया... और बुद्धि-विवेक-संयुक्त जीवन के तेज और आत्मानंद को महसूसने लगा... सच में विद्या और ज्ञान के बगैर जीवन का सारा धन-वैभव बेकार ही होता है...

ज्ञान चहुँ ओर बिखरा है..., विज्ञान कुदरत में निखरा है..., विद्यार्जन की कोई उम्र सीमा नहीं होती..., अपने अंदर की जिज्ञासा को जिजीविषा दे..., महामूर्ख कालिदास भी महाकवि बन सकता है..., बात बस अपने अंदर के वाग्देवी को जगाने की है...

सरस्वती पूजन की परंपरा वास्तव में इस आत्मज्योत को जलाने और आत्मदीप बनने की एक अनंत यात्रा है, जो मनुष्य में मनुष्यता का भाव भरती है...

आत्म को परमात्म से मिलने का सुमार्ग गढ़ती है...

कुछ यही सब सोचते सोचते जब मैं अपने विचार ध्यान से बाहर निकला तो देखा की वसंत पंचमी पे विद्यभाव जगाती मेरी ये कविता एक पन्ने पे अपना अस्तित्व बना चुकी थी...

तो सोचा की वसंत पंचमी और सरस्वती पूजा की अशेष शुभकामनाएँ भेजते हुए ये कविता आप मित्रों से साझा करूँ...

विद्या, बुद्धि, विवेक की डोर को माँझा करूँ...

जीवन में साहित्य-कला की, प्रज्ञापुंज बिखराएँ हम!
सरस्वती पूजन कर जीवन में, नव विवेक भर आएँ हम!!
ब्रह्मा की मानस पुत्री औ शतरूपा कहलाई है!
हंस-मोर, की करे सवारी, श्वेत रूप धर आई है!!

माघ-शुक्ल पंचम दिन को, ये बुद्धि फिर इतराई है!
मानवता में शिष्ट, विद्वता, कूट-कूट भर आई है!!
आओ, इस वसंत पंचमी, विद्य-लहर फैलाएँ हम!
शिक्षा का ये दीप, रौशनी डगर-डगर कर आएँ हम!!
पशु से मानव बन पाए हम, जीवन विकसित कर पाए हम!
जला के मन की ज्ञान मशालें, रौशन जीवन कर आएँ हम!!
साधारण जीवन में भी जब ज्ञान की ज्योति जलती है!
कालिदास बन मूढ़ ह्दय में कवि की कविता पलती है!!
आओ अपने ज्ञान चक्षु से चहुँ दिशा देख आएँ हम!
एक भाल औ चार हस्त देवी दर्शन कर आएँ हम!!
धन वैभव का रूप निखरता, ज्ञान की लौ जब आभा करता!
बिना ज्ञान के धन-दौलत सब, जीवन को ये चुभा करता!!
सुंदर से सुन्दरतम बनता, जब बुद्धि से तेज उभरता!
रूह तलक भी चमका करता, आत्म-दीप जब रौशन करता!!
जीवन के सब तिमिर भाव को, ज्ञान दीप कर आएँ हम!
ध्यान, मनन, चिंतन से दर्शन-मोती, सीप भर आएँ हम!!
गीत है, ये संगीत, नृत्य है, ज्ञान है ये, विज्ञान भी है!
चित्रकारी है, गायन वादन, जीवन सुर का तान भी है!!
खुली किताब सा जीवन सारा, हर पन्ना अनजान भी है!
कुदरत है एक पुस्तक घर, हर कोना बिखरा ज्ञान भी है!!
आओ अब एक नई नजर से जीवन को पढ़ आएँ हम!
डूब के अपने अंतरतम में, विद्य भाव गढ़ आएँ हम!!
जीवन है एक बहता दरिया, लहर-लहर बह जाएगा!
सुख-दुःख के इन किनारों पे, ठहर-ठहर कह जाएगा!!
सीख लो इनसे, लहरों की हर मौज, तुम्हें सिखलाएगी!
समय-नाव पे, बुद्धि की पतवार दिशा दिखलाएगी!!
आओ, अपने जोश-होश को एक हुनर सिखलाएँ हम!
पूज शारदे, आत्म-विद्य को एक शिखर दिखलाएँ हम!!
जीवन के नैराश्य-भाव में खुशी-किरण फैलाएँ हम!
'क्रांति', सब संग वाग्देवी की पूजा अब कर आएँ हम!! ❑❑❑

6 मेरे द्वारा रचित इंदिरा गांधी आयुर्विज्ञान संस्थान, शेखपुरा, पटना को समर्पित कॉलेज गान।

दोस्तो,

इसे मैंने 2015 के फरवरी में कॉलेज स्थापना दिवस समारोह के उपलक्ष्य में लिखा था। यह हालाँकि आधिकारिक रूप से कॉलेज एंथम के रूप में स्वीकृत नहीं है, परंतु आज आईजीआईएमएस के इस साल के स्थापना दिवस समारोह पे इसे मैं फिर से गा और दीक्षांत समारोह का परिधान पहन, अपने आप को एक आईजीआईएमएस के फैकल्टी के रूप में गौरवान्वित पा रहा हूँ!!

जय हो बिहार, जय आयुर्ज्ञान, जय इंदिरा गांधी, संजय इंदिरा गांधी संस्थान

जय रुग्ण विनाशक विद्य भान, जय चारागार सेवा महान।
हे ईश्वर हमको वर देना, मेरे मौला दानिश भर देना।।

वाहे गुरु के हर वचनों सा, मरियम की ममता कर देना।
कभी डिगूं नहीं, कभी डरूं नहीं, कुछ ऐसा तुम संबल देना।।

रुग्णों का हर दुःख अपना लें, शिक्षा की भिक्षा गहना लें।
चलो और बढ़ाएं आयुष्मान, जय इंदिरा गांधी संस्थान।।

कभी सेवक हैं, परिचर्चा कभी, कभी शिक्षक है, और छात्र कभी।
कभी कर्मी हैं, और कर्म कभी, कभी मरहम हैं, और मर्म कभी।।

रूपों में इतने सारे हम, बन धन्वंतरी - तारे हम।
ले सुश्रूक जीवन अंशदान, और चरक जिंदगी अनुष्ठान।।

अर्पित कर अपना धर्म प्राण, जय इंदिरा गांधी संस्थान।
जय हो बिहार, जय आयुर्ज्ञान, जय इंदिरा गांधी संस्थान।।

❑❑❑

IGIMS पटना स्वास्थ्य मेला-2017 पे मेरी कविता...

7

दोस्तो,

IGIMS पटना के स्वास्थ्य मेले में चर्म, कुष्ठ एवम् यौन रोग विभाग के स्टॉल पर बहुत सारे लोग आए और अपनी-अपनी समस्याएँ और जिज्ञासाएँ हमसे साझा की!! उन सब का निराकरण कर मन में असीम संतुष्टि का आभास हुआ!! इसी दौरान ये कविता मुझसे निकली और इसी ने मेरे सेवा भाव को अक्षुण्ण एवम् अथक बनाये रखने में मेरी मदद की!! त्रुटियाँ और कमियाँ तो बहुत रह गयीं, परंतु ये उत्साह आगे भी मानवसेवा भाव की यही ऊर्जा मुझमें बनाये रखे, ऐसी ईश्वर से निरंतर कामना रहेगी!!
सबों का बहुत-बहुत धन्यवाद!!

लाख गुणी हो, पर इस गुण को दुनिया में बाँट आना होगा!
ज्ञान हो या, विज्ञान, जगत में हर इक को समझाना होगा!!

बड़ा चिकित्सक बनने को, ये मर्म समझ में आना होगा!
दीन-पीड़ित मानवता की, सेवा को धर्म बनाना होगा!!

धन को मकसद, ध्येय प्रसिद्धि, नहीं पाल अब आना होगा!
ईश्वर ने जो काम दिया है, सच्चे मन कर आना होगा!!

स्वास्थ्य मेला, सेहत का पर्व, ये योगदान कर आना होगा!
स्वस्थ समाज बनाने को, सब मिलकर अलख जगाना होगा!!

सब-कर्मी एक, इंदिरा गाँधी संस्थान, बन जाना होगा!
मिलकर अपने आयुर्ज्ञान को जन-जन तक फैलाना होगा!!

'क्रांति', सब संग मिलकर सेहत राज सभी खोल आना होगा!
आईजीआईएमएस के स्वास्थ्य मेले को मिलकर सफल बनाना होगा!!

❑❑❑

8 वैलेंटाइन दिवस पे प्रेम गीत गाती मेरी कविता...

दोस्तो,

आज वैलेंटाइन दिवस पे ये कविता मुझसे अनायास ही फूट पड़ी..

या यूँ कहें कि...

ये प्यार, समर्पण, त्याग, तपस्या, वफा, इश्क, मोहब्बत की बारिश से इतने दिनों तक मेरी जिन्दगी को जिसने भीगा के रखा था और अहर्निश भिगोई है...

...उस वैलेंटाइन यानी मेरी अर्धांगिनी डॉ. रितु के प्रति ये भावों का गुब्बारा अचानक ही फूट पड़ा...

उस अप्रतिम प्रेम के बारे में मैं जो कहूँगा वो कम ही पड़ेगा क्योंकि..

वो जीवन है,
वो धड़कन है,
वो साँस है,
वो रूह है...
वो अहसास है...
वो भाव है...
वो गीत है...
वो संगीत है...
वही छंद है...
वही नाद है... सब वही है...

तो आप मित्रों को वैलेंटाइन दिवस की अशेष शुभकामनायें प्रेषित करते हुए ये वैलेंटाइन कविता आप से साझा करता हूँ!!

WishingAll of UA happy Valentine's Day...

प्यार की खुशबू, वफा की लाली, रिश्तों का गुल खिला रहे!
हर दिन वैलेंटाइन दिवस हो, प्रेम फिज़ाँ में घुला रहे!!

आनंदित-सा अंतरतम, उल्लास दीप ये जला रहे!
इस गुलाब के जैसे जीवन, सुर्ख ख्वाब में पला रहे!!

एक दूजे के सपनों से हो प्यार, समर्पण जिला रहे!
एक दूजे पे सब कुछ हो न्योछावर, आजीवन सिला रहे!!

चंदा संग चकोर हो जैसे, दिया के संग में बाती हो!
तेरा मेरा रिश्ता प्रियतम इस खग में जज्बाती हो!!

जीवन के हर झंझावात में, संग सदा ये साथी हो!
वैलेंटाइन, जीवन विद्यालय में, अच्छा सहपाठी हो!!

दूर रहे या पास रहे, अहसास दिलों में पला रहे!
एक दूजे पे हरदम ये विश्वास, पलों में घुला रहे!!

जीवन है, ईश्वर की एक सौगात, ये हरदम मिला रहे!
प्रेम दिवस पे दिल से निकली बात, ये हरदम जिला रहे!!

प्रेम है खग से, प्रेम जमीं से, प्रेम नदी औ घाटी से!
प्रेम उष्ण से, प्रेम शरद से, प्रेम है, रुत बरसाती से!!

प्रेम फूल से, प्रेम ओस से, प्रेम कोंपल शुरुआती से!
प्रेम किनारा-मंझधारे से, प्रेम लहर लहराती से!!

कुदरत का हर रूप निराला, प्रेम सभी में मिला रहे!
भुवन का ये, हर गीत सुरीला, प्रेम राग में घुला रहे!!

कितने मौके आएँगे जब झगड़ेंगे, हम शामों तक!
अलग दिशा में चल देंगे हम, जीवन भागम-भागों तक!!

पर आखिर में, प्यार हमारा, खुशी लबों पे लाएगा!
जीवन-पथ में फिर से उनका हाथ, हाथ दे जायेगा!!

रूठ मनाने प्रियतम, ये परिहास, ये जीवन खिला रहे!
रिश्तों में विश्वास, मधुर सुवास, ये सावन मिला रहे!!

छोटी-छोटी खुशियाँ-गम में हँस लेंगे हम रो लेंगे!
रिश्तों में विश्वास-बीज ये जीवन पथ हम बो लेंगे!!

यही पेड़ बनकर जीवन भर, छाँव हमें दे जायेगा!
बीच शहर कोलाहल जीवन-गाँव हमें दे जायेगा!!

प्रेम भरे आपस में इतना, बीच न कोई, गिला रहे!
इश्क की लौ से रौशन पूरा घर आँगन औ किला रहे!!

मेरी धड़कन में तू धड़के, साँस में तेरे मैं रह लूँ!
जबाँ पे तेरे बात जो आए, अहसासों में मैं कह लूँ!!

जीवन तेरे, गम न आए, पीर तुम्हारे मैं सह लूँ!
ये रिश्ता है, जन्म-जन्म का, पूरी दुनिया मैं कह लूँ!!

दो रूहों का अपनापन, ये सदियों तक यूँ खिला रहे!
'क्रांति', संवेदन का धागा, 'रितु', हृदय तक सिला रहे!!

❑❑❑

IGIMS पटना में (सेरेब्रेक्सीआ) गीत गाती मेरी कविता... 9

दोस्तो,

17 फरवरी से इंदिरा गाँधी आयुर्विज्ञान संस्थान पटना में 3 दिनों तक चलने वाला सालाना जलसे (सेरेब्रेक्सीआ फेस्ट-2017) का आगाज हुआ!!

कैंपस में एक नए जोश, हुनर, अनुशासन, ऊर्जा, का संचार हुआ!!

सचमुच आज अपने अंदर की आवाज को एक नयी अभिव्यक्ति मिली!!

एक कैंपस भाव जागा और कर्त्तव्यपरायणता को एक नई बुलंदी मिली!!

चिकित्सकीय ज्ञान में सामाजिकता और सांस्कृतिक परिपूर्णता का पुट का समावेश हुआ!!

अपने अल्मा मैटर के प्रति प्रेम नई ऊँचाइयाँ छूने लगा और ये संकल्प और दृढ़ हुआ कि इस संस्थान के नाम को और ऊँचा करने में सबों को मिलकर योगदान करना होगा!!

अभी विगत सप्ताह संपन्न तृतीय दीक्षांत समारोह में यहां से कितने लोग डी.एम., एम.सी.एच., एम.डी., एम.बी.बी.एस. एवम् पारामेडिकल डिग्रियां लेकर देश-विदेश के कोने-कोने में गए और इस संस्थान के यश को बढ़ाया!!

आज एक आई.जी.आई.एम.एस. फैकल्टी के रूप में इस आयोजन को देखा तो ये कविता अनायास ही मुझसे फूट पड़ी...

तो सोचा आप सबों को (सेरेब्रेक्सीआ 2017) पे अशेष शुभकामनायें प्रेषित करते हुए ये कविता आप सबों से साझा करें...

संस्थान इस, आई.जी.एम.एस., का नाम जगत कर जाएँ हम!
'सेरेब्रेक्सीआ', पर्व में सबका, सुस्वागत कर आएँ हम!!

- -

अपने जोश को और हुनर को आसमान दिखलाएँ हम!
कला हो या विज्ञान या सेवा मानव धर्म निभाएँ हम!!

कभी ये अभिनय, कभी नृत्य ये, कभी गीत ये गाएँ हम!
छुपे हुए एक कलाकार को अपने अंदर पाएँ हम!!

सफल चिकित्सक बनने को ये मर्म-जीस्त पढ़ आएँ हम!
सब रोगों की एक दवाई, प्रेम-गीत गढ़ आएँ हम!!

अनुशासन औ भाईचारा, खेलकूद औ मनोरंजन!
तीन दिनों के फेस्ट में खुशियाँ कैंपस में करती गुंजन!!

गायन, वादन औ विमर्श है, अभिव्यक्ति का अतिरंजन!
मेडिकल पार्लियामेंट में तर्कों से कहते हैं सुसज्जन!!

आओ अपनी ज्ञान-प्रज्ञा, एक क्विज से परख आएँ हम!
हम कितने पानी में ठहरे, खुद ही देख ये आएँ हम!!

रैंप पे फैशन दमक रहा है, परिधानों में झलक रहा है!
ये व्यक्तित्व है अपना जो कि आज यहाँ पे चमक रहा है!!

शोर बड़ा है, आज युवा का, हर कोई जैसे थिरक रहा है!
डीजे की धुन पर ये जीवन, पल-पल देखो चहक रहा है!!

एड्रीनलीन भर के दिल में, ये जश्न यहाँ कर आएँ हम!
युवा जोश में नई दिशाएँ, नए फलक गढ़ आएँ हम!!

आएँगे कई नामचीन भी, फेस्ट में एक ऊर्जा भरने!
जुगलबंदी से कैंपस में फिर सुर की एक सज्जा करने!!

एक समागम, एक सृजन से एक कला पूजा करने!
एक है कैंपस, एक ही स्वर हो, भेद न ये दूजा करने!!

अपने वायलिन औ गिटार के, तार सभी जोड़ आएँ हम!
एक प्यारा संगीत फिज़ा में, सूत्रधार कर आएँ हम!!

साल हरेक ये साल मिलेंगे, युवा हृदय में जोश भरेंगे!
अपने तन-मन में सालाना, आत्मदीप औ होश भरेंगे!!

सब गुण औ विद्या से हरदम हरपल ज्ञान का कोष भरेंगे!
इंदिरा गाँधी आयुर्विज्ञान संस्थान, उद्घोष करेंगे!!

आओ अपने अल्मा मैटर के संग प्रीत कर आएँ हम!
एक चिकित्सा ज्ञान व सेवा भाव फलित कर जाएँ हम!!

खेल भी होगा, मेल भी होगा, क्रैकर का ये शोर भी होगा!
नाटक, अभिनय औ मस्करी, रात में भी औ भोर भी होगा!!

तीन दिनों का मेला है ये, उत्सव चारों ओर भी होगा!
एक कैंपस का भाव जगा है, नाचा मन का मोर भी होगा!!

आओ अब एक नई ताजगी, नई महक फैलाएँ हम!
'क्रांति', सब संग 'सेरेब्रेक्सीआ', पर्व सफल कर आएँ हम!!

❑❑❑

10 सीएफडीः अल्मामैटर-एलुमनी प्रेम जगाती, बुलाती, मेरी कविता...

दोस्तो,

23 फरवरी (CFD & DMC) एवम् 25 फरवरी (CFD & PMC) का दिन कुछ खास यादें दिला रहा है! एक सामान्य छात्र से एक चिकित्सक एवम् चर्म रोग चिकित्सक बनने का सफर जिन रास्तों से गुजरा और जिन-जिन लोगों से दो चार हुआ, वे लोग, वो गलियाँ, वो मंजर सब मिलकर एक शब्द में समा गया।

...अल्मामैटर...

हाँ!! आज अपने अल्मामैटर की स्मृति अनायास ही ...निःशब्द मानस पटल पे जग गयी...

एक एलुमनी का कृतज्ञ भाव जगा गया...

दरभंगा मेडिकल कॉलेज लहेरियासराय, पटना मेडिकल कॉलेज पटना एवम् लेडी हार्डिंग मेडिकल कॉलेज नई दिल्ली में मुझे वो मिला, जो ताउम्र मुझे एक चिकित्सक एवम् विशेषज्ञ चिकित्सक के वर्तमान स्वरूप एवम् भविष्य में, जीवन जीने का एक मानवीय संवेदना भरा रास्ता दिखलाता रहेगा!! मेरा पथ प्रदर्शन करता रहेगा!!

आज ये संस्थान अपने कॉलेज फाउंडेशन डे (सीएफडी) पर अपने एलुमनी को आवाज दे रहे हैं... बुला रहे हैं...

यही सब सोचते-सोचते यक-ब-यक ये उँगलियाँ चल पड़ीं और जब रुकीं तो सीएफडी (कॉलेज फाउंडेशन डे) पर अपने एलुमनी का आह्वान करती ये कविता मुझसे निकल कर एक कागज के पन्ने पे अपना वजूद बना चुकी थी...

तो सोचा क्यूँ न CFD पे सभी एलुमनीगण को अशेष शुभकामनायें प्रेषित कर...

ये कविता आप मित्रों से साझा करूँ!!
अल्मामैटर - एलुमनी प्रेम की डोर को माझा करूँ...

अल्मामैटर याद जगाने, एलुमनी तुम आ जाओ!
इस कैम्पस का पर्व मनाने विद्यगुणि तुम आओ!!

आ जाओ, वो स्वर्णिम दिन की याद, आवाज लगाता है!
कैम्पस में गुजरे, पल की फरियाद, आवाज लगाता है!!

बीता पल फिर, आज ये देखो, सुंदर साज सजाता है!
गुजरा लम्हा, एक सुरीला गीत, लबों पे लाता है!!

दोस्त को फिर से, गले लगाने एलुमनी तुम आ जाओ!
गिले व शिकवे आज मिटाने, विद्यगुणि तुम आ जाओ!!

सब अपने-अपने ओहदों पे औ जगहों पे खुश होंगे!
जीवन में सुख के औ दुःख के, हर लम्हें खुश होंगे!!

एक चिकित्सा धर्म निभाकर, कमा रहे वो यश होंगे!
अल्मामैटर की वो इज्जत, बढ़ा रहे तेजस होंगे!!

संस्थान के यश, को गाने, एलुमनी तुम आ जाओ!
एक कृतज्ञ का फर्ज निभाने, विद्यगुणि तुम आ जाओ!!

जीवन में वो सब कुछ होगा, जिसकी ख्वाहिश जग करता!
हर परवाज वो हासिल होगा, गुजारिश विहग करता!!

हरेक सफलता छोटी होगी, मंजिल हर बढ़ जाएगी!
जीवन-नद में हर धारा, एक नई लहर ले आएगी!!

फिर से कैम्पस में छा जाने, एलुमनी तुम आ जाओ!
स्मृति हकीकत आज बनाने, प्रज्ञा-गुणी तुम आ जाओ!!

मिलन दिलों-से-दिल का होगा, मन-से-मन मिल जाएगा!
यारों से मिलकर याराना, फिर से ये खिल जाएगा!!

कुछ यारों का ना आना, हमें आज यहाँ खल जाएगा!
दिखा के उनका चेहरा मानस-पटल पे, पल ये जायेगा!!

सुस्ताने जीवन पथ में, ऐ राहजनि तुम आ जाओ!
फिर से भरने जोश सफर में, एलुमनी तुम आ जाओ!!

बिसर गए हर यादों की, हर बात पुरानी चुन लेंगे!
भूले-बिसरे वादों की, हर एक कहानी सुन लेंगे!!

लाइब्रेरी की किताबों से फूल गुलाबी चुन लेंगे!
गाए थे जो कैंटीन में वो गीत जवाबी सुन लेंगे!!

फिर से रहने गुजरे पल में, एलुमनी तुम आ जाओ!
माजी का हर स्वप्न सजाने, प्रज्ञधनि तुम आ जाओ!!

प्रेम का अंकुर, फूटा था, तब झुठे ख्वाब ने लूटा था!
प्रेम निवेदन के चलते जब किसी का दिल ये टूटा था!!

तब आँसू रोया था ये दिल, कविता में दर्द लपेटा था!
तब बढ़ी हुई दाढ़ी ने चेहरे से गम को समेटा था!!

वो प्रेम पुराना देख आने, हे! दिलजानी, तुम आ जाओ!
कई राज पुराने खोल आने, हे! एलुमनी तुम आ जाओ!!

सिल्वर, गोल्डन और यहाँ पर प्लैटिनम जुबली होगा!
साल हरेक हर साल मिलेंगे, दिल अपना बबली होगा!!

दोस्त से मिलकर दिल अपना ये, बिन शराब टल्ली होगा!
दिल की बातें लिखने को, न पेन न ये खल्ली होगा!!

'क्रांति', सबके संग, वो बन कृतज्ञजनि, तुम आ जाओ!
अल्मामैटर दीपक हो हे! एलुमनी, तुम आ जाओ!!

❑❑❑

11 राष्ट्रभक्ति/देशद्रोह बहस: राजनीति में बदलाव चाहती मेरी कविता...

दोस्तो,

आए दिन सोशल मीडिया पे आपसी वैमनस्य एवम् घृणा के पोस्ट को देख कर मन व्यथित हो जाता है!

मित्रों
आपसी नफरत एवम् प्रेम-भाईचारा...
इन दोनों के अनेको कारण एवम् बहाने हमेशा उपलब्ध रहते हैं...
परंतु...
हम अक्सर नफरत को चुनकर...
ईश्वर की बनाई इस दुनिया में...
आपसी रिश्तों में जहर घोल लेते हैं...
स्वर्ग-नर्क सब इसी धरती पे है, परंतु हम अपने जहरीले पूर्वाग्रहों एवम् अंतर्विरोधों के
पशोपेश में फंस...
मानवता की हसीन दुनिया को...
दानवता के नर्क में बदल देते हैं!!
बहाना...
कभी दलगत, धर्मगत, जातिगत, वर्णगत, वर्गगत...
विश्वासों एवम् आस्थाओं के...
मत्थे मढ़ा जाता है!!
हम लोग कभी अपने आप को
अति राष्ट्रवादी कहकर इतराते हैं...

तो कभी...

सेकुलरिज्म का ढोल पिट कर...

इतने हर्षाते हैं कि...

इस शोर में...

दीन हीन मानवता का...

करुण रुदन...

सुनाई नहीं पड़ता!!

कुछ टीवी चैनल किसी बेवजह के सुर्खियां बटोरू व्यक्तव्य को, हवा देने के मकसद से, चला कर, अपना टीआरपी बढ़ाते हैं!! और गरीब जनता से जुड़े मुद्दे से कन्नी काटते दिखते हैं!!

कुछ यही सब सोचती/बदलाव चाहती मेरी ये कविता...

पूरी दुनिया एक समंदर, लहर-लहर मिल जाना होगा!
तोड़, धर्म औ वर्ण दीवारें एक मानव बन जाना होगा!!

अभिव्यक्ति आजादी नाम पे दिल नहीं कोई दुखाना होगा!
अपने दर्शन को दूजों पर बेजा नहीं थोप आना होगा!!

धर्म के झगड़े, भूल भेद सब, पूंजीवाद ढह जाना होगा!
मानवता की रक्षा को सब मिलकर कदम बढ़ाना होगा!!

कट्टरता को छोड़, सहिष्णु भाव, हृदय ले आना होगा!
दुश्मन को भी खुले हृदय से, गले लगा अब आना होगा!!

राष्ट्रभक्त और देशद्रोही का ठप्पा नहीं लगाना होगा!
एक समर्पण, त्याग प्रेम से दरिया-दिल बन जाना होगा!!

एक-दूजे से द्वेष नहीं, न रार दिलों में लाना होगा!
दीन-पीड़ित मानवता पे वो प्रेम-सार बरसाना होगा!!

सबको लेके साथ चलेंगे, सौगंध यही कर आना होगा!
जो सोए सदियों से उनको चलना यहां सिखाना होगा!!

एक बाग के, एक फूल सब, एक गंध, बन जाना होगा!
विविध रंग के गुलों से एक गुलदस्ता-देश बनाना होगा!!

नफरत के हैं सौ कारण, एक प्रीत-सबब खोज आना होगा!
प्रेम व भाईचारा संग में, भेद सभी, भूल आना होगा!!

किसी को इंसा, किसी को दानव यूँ ही नहीं कह आना होगा!
दानव में भी छुपे हुए, इंसा, पहचान ये जाना होगा!!

हमीं हैं सबसे अच्छे अब ये नारा नहीं लगाना होगा!
एक दूजे में सभी वो अच्छाई को बाहर लाना होगा!!

कुछ इतिहास की भूलें थीं, उन्हें भूल आज फिर जाना होगा!
वर्तमान को, नई सोच से, नई दिशा, दिखलाना होगा!!

अगड़ा, पिछड़ा, दलित, व आदिवासी संग में आना होगा!
आपस में कोई बैर नहीं, कोई द्वेष पाल अब आना होगा!!

हिन्दू मुस्लिम सिक्ख ईसाई, एक भारत बन जाना होगा!
हर धर्मों की कट्टरता को, मिलकर अब छोड़ आना होगा!!

जुल्म व शोषण से आजादी एक मुकम्मल पाना होगा!
एक नया जेहाद गरीबी से मिलकर लड़ आना होगा!!

अलग-अलग दल भले बंटे, एक राह मगर चल आना होगा!
अंतिम व्यक्ति के सपनों को, ध्यान में अब रख आना होगा!!

आतंकी को किसी धर्म से जोड़ नहीं देख आना होगा!
उसके चलते आपस के रिश्तों में बैर, न लाना होगा!!

विद्या के मंदिर में कोई जहर नहीं घोल आना होगा!
छात्र सभी संगठनों को शिक्षा पे ध्यान लगाना होगा!!

जो पिछड़े हैं, और दलित हैं, मुख्यधारा ले आना होगा!
जो गरीब हैं, अगड़ों में, समृद्ध उन्हें बनाना होगा!!

फूट डालो औ राज करो ये नीति अब त्याग आना होगा!
अगड़ों को पिछड़ों से, हिन्दू मुस्लिम नहीं लड़ाना होगा!!

वोट बैंक की राजनीति में, पाठ याद ये रखना होगा!
सत्ता लोभ में लोगों को यूँ बाँट-बाँट नहीं रखना होगा!!

धर्म सहिष्णु, वर्ग सहिष्णु, विविध रंग, रंग जाना होगा!
वैधिक्य में एका अपनी, अक्षुण्ण राष्ट्र बनाना होगा!!

आरक्षण हो, सिविल कोड हो, तर्क से परख आना होगा!
हिटलरशाही जैसे फतवा नहीं थोप अब आना होगा!!

नेता का बेटा हो नेता, चलन, इसे छोड़ आना होगा!
कर्मठ जनता-सेवक को ही, नेता यहां बनाना होगा!!

राजनीति व्यापार नहीं हो, सेवा-भाव जगाना होगा!
लोभी, और वो भ्रष्टाचारी, राजनीति छोड़ आना होगा!!

इस समाज में सभी बराबर, एक चश्म देख आना होगा!
मुखिया को अब राजधर्म का पाठ सभी पढ़ आना होगा!!

जे. पी. के शिष्यों से, अब ये बार-बार कह आना होगा!
भारत में सम्पूर्ण-क्रांति को फिर-फिर से सुलगाना होगा!!

जाग उठा है युवा उसे, अब और नहीं ठग आना होगा!
'क्रांति', सब संग मिलकर ये उद्घोष जगत कर आना होगा!!

❑❑❑

इंटरनेशनल वुमेन-डे (8 मार्च) पे नारीत्व को सलाम करती मेरी कविता..

12

दोस्तो,

आज अंतर्राष्ट्रीय महिला दिवस की पूर्वसंध्या पे मन सोचने लगा और अनगिनत से प्रश्नों से घिर गया ...

स्त्री क्या है?

नारीत्व क्या है?

क्या ये केवल... माँ, बहन, पत्नी, बेटी, चाची, नानी, दादी, बुआ, मौसी, दोस्त, शिक्षक एवम् प्रेयसी के रूप में मौजूद रिश्तों का एक ढंग है?

या इन सबसे बढ़कर ये जीस्त की होली का एक फागुनी उमंग है?

क्या ये विश्वास की डोर में बँधी हुई पतंग है?

या के जीवन के आसमान में मदमस्त बहती हवा का एक तरंग है?

क्या ये यौन है? वात्सल्य है? प्रेम है? स्नेह है? ममता है? या क्षमता है?

या के ये

प्रकृति है? नियति है? जागृति है? स्मृति है? संस्कृति है? आकृति है? आदि है? या के ये इति है?

क्या ये किसी रुदाली का प्रश्न है?

या के ये एक सूफियाना जश्न है?

क्या ये दुःखों से भरी आँखों का विलाप है?

या के ये खुशियों में धड़कते दिलों का अलाप है?

क्या ये इनमें से कुछ-कुछ है?

या ये सब कुछ है?

इन अनंत से प्रश्नों का हल ढूंढते-ढूंढते कब चुपके से ये नारीत्व को

सलाम करती मेरी ये कविता एक कागज के पन्ने पर उभर आयी ये पता न चला...

तो सोचा इंटरनेशनल वुमेन-डे (8 मार्च) पे स्त्री एवम् स्त्रीत्व का अभिवंदन करते हुए एवम् सभी मित्रों को वुमेन-डे की अशेष शुभकामनायें प्रेषित करते हुए ये कविता आप से साझा करूँ...

Wishing HAPPPY WOMEN'S Day toAll...

जीवन को जीवन से जब तक रहा करेंगी यारियाँ!
धरती को यूँ, स्वर्ग बनाती, रहा करेंगी नारियाँ!!

शक्ति, विद्या और ओज से भरी हुई चिंगारियाँ!
प्रेम, समर्पण, त्याग, तेज से तरी हुई हैं नारियाँ!!

भाव वो कोमल, इच्छा-शक्ति, भरी हुई हैं नारियाँ!
जीवन की हर बड़ी लड़ाई, लड़ी हुई हैं नारियाँ!!

कभी बहन बन, भाई कलाई, बँधी हुई हैं नारियाँ!
भैयादूज में, छोड़ के भोजन, सही हुई हैं नारियाँ!!

छोड़ के बाबुल, पति हृदय में रही हुई हैं नारियाँ!
दाम्पत्य के केंद्र, हमेशा गही हुई हैं नारियाँ!!

दादी-नानी के किस्सों में, परी रही हैं नारियाँ!
ममता के हर रूप में, जीवन भरी रही हैं नारियाँ!!

जीवन के हर रिश्ते-गुल से खिली हुई फुलवारियाँ!
हर रिश्तों में, अलग रंग से, रंगी हुई हैं नारियाँ!!

बेटी बनकर, बाप की आँखें सजी रही हैं नारियाँ!
छोड़ के बाबुल, दे आँसू-की-लड़ी रही हैं नारियाँ!!

ममतामयी वो, स्नेहिल प्यार की डली रही हैं नारियाँ!
और कभी वो, दुर्गा रूप में, पली रही हैं नारियाँ!!

रिश्तों के सुंदर बागीचे, कली, रही हैं नारियाँ!
कभी न मुरझाए, उस वृक्ष की, डली, रही हैं नारियाँ!!

कभी पहेली, कभी सहज-सी, खुली हुई हैं नारियाँ!
सख्त, कभी वो, मोम के जैसे, पिघली-सी हैं नारियाँ!!

कभी वो विद्या, कभी वो धन की थली रही हैं नारियाँ!
मर्यादा में, कभी सती बन, जली रही हैं नारियाँ!!

कवियों की कविता के रंग में, रंगी हुई हैं नारियाँ!
चित्रकार के चित्र, दीवारें, टँगी हुई हैं नारियाँ!!

कभी प्रकृति, कभी वो नियति लड़ी रही हैं नारियाँ!
कभी हाथ की रेखाओं से बड़ी रही हैं नारियाँ!!

आधा अंग है पुरुष, तो आधा अंग रही है नारियाँ!
रहे अधूरा, बिन जिसके, सत्संग, वही हैं नारियाँ!!

जीवन का सबसे सुंदर प्रसंग रही हैं नारियाँ!
जीवन भर, जीवन के साथ वो, संग रही हैं नारियाँ!!

जैसे गाता है ये मौसम खुशी में राग मल्हारियाँ!
बूँद-बूँद में प्रेम भरा वो प्यार रही हैं नारियाँ!!

एक प्रश्न वो! एक खोज वो! जश्न रही हैं नारियाँ!
नाचे राधा, गोपी, मीरा-कृष्ण, रही हैं नारियाँ!!

आजीवन है, शाश्वत है ये, सत्य रही हैं नारियाँ!
जहाँ से जीवन-अँकुर फूटा, पथ्य वही हैं नारियाँ!!

मर्यादा में लिपटी कोमल कथ्य रही हैं नारियाँ!
यौन से आगे गहन प्रेम सामर्थ्य रही हैं नारियाँ!!

'क्रांति', पूज लो, आदिशक्ति एक ओज रही हैं नारियाँ!
जीवन-तिमिर में एक प्रकाश की खोज रही हैं नारियाँ!!

❑❑❑

13 राज्य चुनाव परिणाम 2017: लोकतंत्र को जीतती देखती मेरी कविता...

दोस्तो,

आज के अहले सुबह जब समाचार पत्र पे नजर गयी तो उत्तर प्रदेश, पंजाब, उत्तराखंड, गोवा और मणिपुर के विधानसभा चुनाव 2017 के परिणाम को देखकर मन सोच में डूब गया!!

यूपी में और उत्तराखंड में

जनता ने जात-पात-धर्म से ऊपर उठकर और सभी समीकरणों को ताक पे रखकर विकास की खातिर भाजपा को 5 सालों के लिये प्रचंड बहुमत दिया था तो

वहीं पंजाब में

उसने अकाली-भाजपा गठबंधन को सिरे से खारिज कर काँग्रेस को अपनी नाव की पतवार सौंपी थी!!

गोवा में, मणिपुर में भी कांग्रेस सबसे बड़े दल के रूप में उभरी थी, हालाँकि वहाँ हंग एसेम्बली के दृश्य दिखाई पड़ रहे थे!!

मणिपुर की आयरन लेडी को केवल 90 मत मिले थे, जो नोटा वोट से भी कम थे!!

ये सब देख मन ये सोच के खुश था कि आज सच में लोकतंत्र जीता था और जनता ने बड़े ही सूझ-बूझ से ऐसा निर्णय लिया था!!

किसी को भी अर्श से फर्श पे लाने में जनता को थोड़ी देर भी नहीं लगती!!

सच्चे दिल से काम करने वाले नेता सबों को पसंद आते हैं!!

जीतने वाले दल पे बहुत भारी जिम्मेदारी है कि वो जनता की अपेक्षाओं पे खरे उतरें!!

हारने वाले दल आत्ममंथन कर उन कमियों की तलाश कर और उन्हें दूर कर फिर से जनता का दिल जीतने के कार्य में बिना विलंब लग जाएँ!! और एक अच्छे विपक्ष की महती जिम्मेदारी का समुचित निर्वहन करें!! चाहे कोई हारे या जीते एक चीज तो तय है कि लोकतंत्र और जनता हमेशा जीतती है, तभी देश और प्रान्त सही मायने में तरक्की करता है!!

शायद यही सब सोचते-सोचते आज के अहले सुबह, ये कविता अनायास ही मुझसे निकल पड़ी तो सोचा क्यों न इसे आप मित्रों से साझा करूँ और होली और लोकतंत्र विजय दोनों पे आपको शुभकामना के अशेष रंग भेजते हुए जनविश्वास और लोकतंत्र की डोर को माझा करूँ!!

जनता मालिक, जनता को सिर आँखों पे बैठाना होगा!
जाति, धर्म, परिवार से ऊपर ये विकास कर जाना होगा!!

दलों, जिन्हें ये, धूल चटाए, सबक यही सीख आना होगा!
जनता से जुड़कर जनता की नब्ज को परख आना होगा!!

जीत नशे में भी इस बात को याद मगर रख आना होगा!
विजयी दल को जन-आशा पे खरे उतर अब जाना होगा!!

जीत नई एक जिम्मेदारी देती याद रख आना होगा!
जनता की सेवा कर जनता-दिल भी जीत ये जाना होगा!!

एक भाव से सभी जनों को आज यहाँ देख आना होगा!
धुर विरोधी के दिल को भी जीत यहाँ फिर जाना होगा!!

किसने हमको वोट दिया औ नहीं दिया भूल जाना होगा!
राजधर्म का पालन कर, नहीं पक्षपात कर जाना होगा!!

सरकारें आएँ, औ जाएँ, लोकतंत्र रह जाना होगा!
जनता का शासन, जनता के लिए, न्याय कर जाना होगा!!

जीत भले ही बड़ी हो, पक्ष-विपक्ष गले लग आना होगा!
लोकतंत्र में विरोधी दल को मान यहाँ दे आना होगा!!

जनता के मुद्दे पर पक्ष, विपक्ष को, एक हो जाना होगा!
मिलजुल कर जनतंत्र को हरदम जीत यहां दे जाना होगा!!

पाँच साल सेवा का अवसर, खूब विकास कर जाना होगा!
अंतिम व्यक्ति के सपनों को ध्यान में अब रख आना होगा!!

जश्न मनाओ, ढोल बजाओ, भूल नहीं ये जाना होगा!
सत्ता मद में कोई अराजक कार्य नहीं कर आना होगा!!

सभी विवाद के मुद्दे को संवाद से ही सुलझाना होगा!
आरक्षण हो सिविल कोड, सब पक्षों की सुन आना होगा!!

आपस में जाति व धर्म का, घृणा-भाव हटाना होगा!
जाति-धर्म का नहीं, वो नेता, एक विकास का लाना होगा!!

आज यहाँ जो हार गए, निराश नहीं हो जाना होगा!
आत्म वो मंथन कर भूलों की तह में झाँक वो आना होगा!!

राजनीति में भाईचारे का पुट ये जोड़ के आना होगा!
'क्रांति', सबके साथ वो मिलकर लोकतंत्र हर्षाना होगा!!

❑❑❑

जिन्दगी की होली में जिजीविषा का रंग घोलती मेरी कविता... 14

दोस्तो,

होली क्या है?
रंग है, गुलाल है, अबीर है,
उलटबांसी में बोलता कबीर है
अमीरी की दुआएँ बाँटता फकीर है
प्रेम भाईचारे की खिंच गयी लकीर है
पुए हैं, पकवान हैं, दही-बड़े हैं
दिल की हर खुशियाँ द्वारे-खड़े हैं
घर में बने गुलाबजामुन हैं
फिज़ा में फैली अमन औ सुकून है
रंगीं चेहरे हैं, पुते चेहरे हैं,
भूले वो आये जिन्दगी के ककहरे हैं
मदहोशी, बेहोशी, खुमारी लिए हर शय और मंजर है
खुशियों से तर ये दिल औ जिगर है
सतरंगी धरती है, इंद्रधनुषी गगन है
हवाओं में बिखरी एक वासंती लगन है
न सर्दी है, न गर्मी है
मिजाज में भी नरमी है
फिज़ाँ भी थोड़ी अलसायी हुई सी है
गोया एक गांव की अल्हड़-सी
गोरी घबराई हुई-सी है
टेसू, पलाश की लालिमा ओढ़े ये धरती

जैसे
जिन्दगी को जिन्दगी फरमा रही है
अजीब किस्म का मीठा सुरूर रुतों पे तारी है
एक नशा आनंद का इस रूह पे भारी है
जोश है, जुनून है औ दिलों में बेसब्री है
मन के आकाश पे बौराया-सा हर अब्री है
गोपियाँ प्रेम मगन राधा भी मन जबड़ी है
मुरली की तान बहे इश्क की खुशखबरी है
तो साथ में
एक चैन है, आराम है
नाफिक्री है, आलस्य है
पूरा संजीदा-सा एक अल्हड़पन है
पूरे होश में एक पागलपन है
मदहोशी में भी अपनापन है
अनासक्ति से दीवानापन है
बुढ़ापे में लड़कपन है
युवावयता में उम्रपन है
भाईचारा है एक मित्रता है
ईगो से आज एक शत्रुता है
यारी भी है और थोड़ी-सी बेयारी भी है
सब्र में झलकती मिलन की बेकरारी भी है
कुल मिलाकर
एक पूरी जिन्दगी की जिजीविषा है ...होली

और इन्हीं जज्बातों को आज इस होली में मैं महसूस रहा हूँ जिसे आज मैं अपनी इस रचना के रूप में अपने तमाम मित्रों से साझा कर रहा हूँ, अपनी हार्दिक शुभकामनाओं के साथ कि आप सबों की होली रंगीन और हसीन हो

WishingA happyAnd colorfull HOLI to U friends...

ज़िन्दगी की होली है, औ जिजीविषा का रंग है
सुख में दुःख में गम खुशी में एक नयी तरंग है।

भाव की पिचकारी में, घुला दिलों का रंग है
इन गुलालों की चटक में दिख रहा खुशरंग है।

रंग पीला है, सजीला, औ बसंती ढंग है
नीला है आकाश सारा और फिज़ा में भंग है।

ऐसे इस रंगीन रुत मनमोहता हर रंग है
जिन्दगी तेरी है होली, तेरा ही हर रंग है।

है हरा एक रंग जो विश्वास मन भर जाता है
रंग केसरिया अनूठी ताजगी दे जाता है।

और गुलाबी, एक शराबी, सी खुमारी लाता है
रंग भूरा, एक अधूरा ख्वाब-सा दिखलाता है।

रंग काली बदली काली औ घटा घनघोर काली
दुःख का है ये रंग गहरा, औ फिज़ा खामोश काली।

बाद में काले दुःखों के, सुख-सवेरा आता है
जिन्दगी की होली में सतरंगी खुशियां लाता है।

जिन्दगी की होली में ये भंग भी एक रंग है
जिन्दगी की तृष्णगि हर, हर नशा उमंग है।

नाचे चितवन, नाचे गोरी, नाचे ये मन का मयूर
हो फिज़ा रंगीन तो, नाचे है ये मन का सुरूर।

नाचती खुशियों में दिखता, एक नया उमंग है
जिन्दगी की होली है औ जिन्दगी का रंग है।

टेसू के फूलों में दिखता, एक बसंती रंग है
औ पलाशों की ये सुर्खी, बांटता एक भंग है।

रंग शर्मीला चमन का,औ फिज़ा मदहोश है
भंग-सा बिखरा यहाँ, हर शय ही तो बेहोश है।

ऐसी होशी औ बेहोशी का ही तो अब संग है
होली है जीवन में घुलता खुशियों का हर रंग है।

आओ मिल लें हम गले, औ शिकवे सारे हम मिटायें
होली के दही-बड़े संग, प्यार का पुआ पकाएं।

पैरों में अबीर छूके, सर पे टीका एक लगाएं
हो बड़े या छोटे हों, होली में सबको रंग आएं।

पुए में पकवान में अबीरों में एक रंग है
जिन्दगी की होली है औ जिन्दगी का रंग है।

होलिका जीवन जलाएं, ये रिवाजे ढंग है
क्रांति, तुम स्वाहा करो, मन-मैल, औ जो कुसंग है।

होली है जीवन सलीका, होली एक सत्संग है
क्रांति घोलो रंग, जीवन, होली बिना बे-रंग है।

❑❑❑

वर्ल्ड पोएट्री-डे (21 मार्च): जीवन को कवितामय देखती मेरी कविता..

15

दोस्तो,

जीवन की कविता या कविता-सा जीवन!!

सच में ये एक ऐसा विचार है, जो मन को कोमल अहसासों से भर देता है, नाजुक से जज़्बातों से तर देता है और जो छू जाता है दिल को...

सवाल जिन्दगी का हो तो हर एक पल और हर एक लफ्ज की कीमत हो जाती है।

उधर एक पल टपकता है और इधर एक लफ्ज बरसता है
और इन भावों और संवेदनाओं की बारिश में
भर जाता है जिन्दगी का एक पन्ना
और दिख जाती है अहसासों की आकृति
जिन्हें हम

कविता कहते हैं, नज़्म कहते हैं, शायरी कहते हैं, सुखन कहते हैं, गजल कहते हैं, अशआर कहते हैं या कहते हैं पोएट्री।

नाम चाहे जो भी हो, पर उन सबमें एक ही चीज झलकता है
और वो है
कोमल अहसास
और उन सब में एक ही चीज धड़कता है
और वो है
जीवन...
सच में

अगर हम जीवन को कविता बना के जियेंगे तो हम जीवन में सुख और दुःख को बराबर महत्त्व का पायेंगे और तब न तो सुख हमें चंचल करेगा और न ही दुःख हमें विचलित करेगा।

दोस्तो !

इसीलिए आइये, हम आज दिनांक 21 मार्च यानी विश्व कविता दिवस (वर्ल्ड पोएट्री-डे) पर उन कोमल भावों को याद कर और जीवन को कविता जैसी हसीं बनाने का संकल्प लें!!

आप सब कवि हृदय/कविता प्रेमी/जीवन प्रेमी मित्रों को मैं, अपनी इस रचना के माध्यम से, यूनेस्को द्वारा घोषित, वर्ल्ड पोएट्री-डे 21 मार्च पर अनंत शुभकामनायें भेजता हूँ।

Happy Poetry Day toAll of U...

जीवन की कविता, कह रहा, जीवन को जीते-जीते मैं।
जीवन को कविता, कर रहा, जीवन को जीते-जीते मैं।।

मिल गयी संवेदना सब और मिले हैं भाव सब।
सुख में दुःख में दिख गए हैं, मन के वे संभाव सब।।

अपने हर अहसासों की गठरी को ढोते-ढोते मैं।
जीवन को कविता कर रहा, जीवन को जीते-जीते मैं।।

प्यार है जीवन से मुझको, मौत से भी प्रेम है।
हर घड़ी जीवन से पूछा, मैंने भी कुशलक्षेम है।।

जिन्दगी और मौत की काढ़ा को पीते-पीते मैं।
जीवन को कविता कर रहा, जीवन को जीते-जीते मैं।।

धड़कनों ने राग छेड़ा था हृदय की वीणा का।
एक खुमारी दे गया, वो मय था जीस्ते मीना का।।

इस नशे में, उस नशे में यूँ रोज पीते-पीते मैं।
जीवन को कविता कर रहा जीवन को जीते-जीते मैं।।

उम्र तारी है समय पर, जिन्दगी की नब्ज कम।
जर्द जारी है, चमन पर, फूलों की है सब्ज कम।।

पतझड़े जीवन बहाराँ गीत गाते-गाते मैं।
जीवन को कविता कर रहा जीवन को जीते-जीते मैं।।

जिन्दगी में दु:ख अनेकों, खुशियों का अम्बार भी।
राह में कांटे बिछे हैं, फूलों का श्रृंगार भी।।

लेके फूलों की महक औ संग ले कांटे चुभन।
क्रांति जीस्ते बाग लिख ये फिर कोई अपना सुखन।।

जिन्दगी को जी जरा, जीवन के मीते-मीते मैं।
जीवन को कविता कर रहा जीवन को जीते-जीते मैं।।

आज रौशन है तो जी ले, दूजे की शम्मा जला ले।
कुछ दुआएं साथ लेकर, चारागर जीवन जीला लें।।

रुग्ण तन का कष्ट पढ़ने, यूँ ही जीते-जीते मैं।
जीवन को कविता कर रहा जीवन को जीते-जीते मैं।।

कविता एक संवेदना है, कविता भावों का उबाल।
कविता सुख में, कविता दु:ख में, कविता हंसने का बहाल।।

हर नए एक शब्द से अहसास जीते जीते मैं।
जीवन को कविता कर रहा, जीवन को जीते जीते मैं।।

अब्र संग उम्मीद चलता, बनके सावन फिर बरसता।
जिन्दगी इस तिश्नगि में कौन सा अम्बर पिघलता?
जिन्दगी एक मृग मरीचि हर घड़ी हर पल बदलता।
क्रांति बन के मृग क्यों ऐसे जंगलों में यूँ भटकता।।

आस आधी प्यास आधी जीवन को पीते-पीते मैं।
जीवन को कविता कर रहा जीवन को जीते-जीते मैं।।

❑❑❑

16 22 मार्च (बिहार दिवस) पे नशामुक्त बिहार गीत गाती मेरी कविता...

दोस्तो,

22 मार्च 1912 को बिहार, बंगाल से अलग हुआ!!

आज इस साल के बिहार दिवस मनाने से संबंधित खबर समाचार-पत्र में देख, मन अपने इस बिहार प्रान्त और बिहारीपन की यादों में, खो गया!! सोचने लगा कि बिहार क्या है?...

यूपी, बंगाल, झारखण्ड और नेपाल से घिरा और देश में सबसे ज्यादा जनसंख्या घनत्व वाला एक अदद सूबा है...

या, मैथिली, भोजपुरी, अंगिका, वज्जिका, उर्दू, हिंदी, संस्कृत के बोल इन फिज़ाओं में डूबा है...

क्या ये...

बुद्ध, महावीर, चाणक्य, आर्यभट्ट, याज्ञवलक्य्, पाणिनि, कालिदास, वात्सायन, मैत्रेयी, सम्राट अशोक, विद्यापति, गुरु गोविन्द सिंह, वीर कुँवर सिंह, महात्मा गांधी, जे. पी., डॉ. राजेन्द्र प्रसाद, जगजीवन राम, डॉ. श्री कृष्ण सिंह, कर्पूरी ठाकुर, दिनकर, दशरथ माँझी की कर्मभूमि/जन्मभूमि है...

या के ये प्रेम, भाईचारा, सहिष्णुता, सदादिली, दरियादिली, जिंदादिली लिए ये धरती झूमी है...

क्या ये बौद्ध धर्म, जैन धर्म, सिक्ख धर्म, सूफी संतों का ये ज्ञानकोष है,

या के ये सर्वधर्मसम्भाव एवम् भाईचारे का एक प्रेमकोष है...

क्या ये...

लिट्टी-चोखा, मखाना या लीची का स्वाद है...

- -

या के ये
गंगा, सोन, बूढी गंडक में जम गयी एक गाद है...
क्या ये सीता माता का सीतामढ़ी है,
या के
नालन्दा/विक्रमशिला का विद्या-गढ़ी है...
क्या ये
छठ का गीत है...
या के ये
बिस्मिल्ला खां की शहनाई का संगीत है...
क्या ये मधुबनी की चित्रकारी है...
या के बोधिवृक्ष के तले मिली वो दिव्य जानकारी है...
क्या एक गौरवशाली अतीत की यादें हैं
या के पिछड़ेपन को छोड़ आने के वादे हैं...
क्या ये ठेठ बिहारी अंदाज का अल्हड़पन है
या के बौद्धिकता ओढ़े एक पूरा संजिदापन है
क्या ये वात्सायन का कामसूत्र है
या के आम्रपाली नगर वधु का एक सुन्दरतम चित्र है
क्या ये लिच्छवियों का गणतंत्र है
या के ये ज. पी. का क्रांतिकारी प्रजातंत्र है...
क्या ये बिहारीपन का नशा है
या के नाशमुक्त बिहार के सुधर गए गांवों की दशा है...
क्या ये इनमें से कुछ-कुछ है
या के ये सबकुछ है...

कुछ यही सब सोचते-सोचते और अपने बिहारीपन पे दम्भ भरते-भरते न जाने कब ये उँगलियाँ चल पड़ीं और जब रुकीं तो ये बिहार गीत गाती बिहार दिवस की कविता एक सादे से पन्ने पे अपना आकार बना चुकी थी, तो सोचा क्यों न बिहार दिवस की अशेष शुभकामनायें आप सभी मित्रों को

भेजते हुए ये बिहार दिवस कविता आप मित्रों से साझा करूँ...
और बिहारीपन की डोर को माझा करूँ...
WishingAll of UA Happy Bihar Day...

अपने गौरव-स्वाभिमान को, शिखर नया दिखलाएँ हम!
एक बिहारी, अलख जगाने, बिहार दिवस मनाएँ हम!!

बुद्ध की धरती से ज्ञान की नई लहर फैलाएँ हम!
जैन महावीर की भूमि से सत्य अहिंसा गाएँ हम!!

आर्यभट्ट ने गणित के सूत्रों से ज्योति फैलाई थी!
अंकगणित व बीजगणित, त्रिकोणमिति सिखलाई थी!!

इस ब्रह्मांड में पृथ्वी की धुरी जग को दिखलाई थी!
सूर्यग्रहण औ चंद्रग्रहण का गणना-सूत्र बताई थी!!

नालंदा था ज्ञान-केंद्र संसार में ख्याति पाई थी!
ह्वेनसांग ने पूरी दुनिया में ये बात बताई थी!!

विक्रमशिला में अध्ययन कर पाणिनि ने सूत्र सुझाई थी!
संस्कृत के भाष्य को रचकर भाषा-रत्न उगाई थी!!

कौटिल्य ने अर्थशास्त्र ये ग्रन्थ यहां रचाई थी!
चन्द्रगुप्त को मगध-सिंहासन पे आसीन कराई थी!!

इस बिहार की मिट्टी से ही वात्सायन आए थे!
काम-कला पे काम-शास्त्र की रचना वो कर आए थे!!

याज्ञवलक्य ने धर्म व दर्शन की नई राह बताई थी!
मैत्रेयी ने स्त्री - विद्वता, दुनिया को दिखलाई थी!!

गणतंत्र की, पहली शिक्षा, वैशाली दे आया था!
जनता के द्वारा ही शासन, जनता पे हो आया था!!

जैन धर्म की पहली संगति, पाटलिपुत्र हो आया था!
राजगीर में, बौद्ध धर्म ने, पहली संगति, पाया था!!

बिन्दुसार के पुत्र, अशोक ने, विश्व में ख्याति पाई थी!
पाटलिपुत्र से, एक अखंड भारत की नींव रचाई थी!!

पूरी दुनिया में, वो बुद्ध के दर्शन को फैलाया था!
नालंदा, वो विश्वविद्यालय, कई नए खुलवाया था!!

वो सम्राट भारत का था, जिसे चक्र-वो-वर्ती शान मिला!
वैशाली अशोक स्तम्भ से भारत-सरकार निशान मिला!!

मण्डन मिश्र ने मीमांसा-अद्वैत ज्ञान दर्शाई थी!
उनकी पत्नी, शंकराचार्य से शास्त्रार्थ कर आई थी!!

आओ, ऐसी विद्यभूमि का, नमन यहाँ कर जाएँ हम!
ये अशोक-चाणक्य-मगध का एक वंदन कर जाएँ हम!!

सबसे पहले, नानक फिर, गुरु तेग बहादुर आये थे!
जन्मे पटना, छह वर्षों तक गुरु गोविन्द रह आये थे!!

इस बिहार की मिट्टी से, एक ओंकार, कह आए थे!
खालसा पंथ के जनक का बचपन पटना में खिल पाए थे!!

विद्यापति ने, मैथिल-कोकिल की ये पदवी पाई थी!
ये कबीर-नागार्जुन-दिनकर-रेणु, कविता छाई थी!!
गाँधी जी की कर्मभूमि, वो चंपारण, कहलाई थी!
नील का एक आंदोलन, अँग्रेजों को भी, थर्राई थी!!

देकर राष्ट्रपति पहला, बिहार ने, ध्यान को, खींचा था!
राजेन्द्र औ सच्चिदानंद ने, संविधान को सींचा था!!

जे. पी. ने, सम्पूर्ण क्रांति से, एक लकीर को, खींचा था!
ये बिहार था, केंद्र में इसके, बदलावों को, सींचा था!!

ये है, सूफी-संत की भूमि, प्यार मोहब्बत गाएँ हम!
गुरु गोविन्द की जन्मभूमि से एक अरदास लगाएँ हम!!

पिछड़ों के हक की राहों में, बिछ गया, गलीचा था!
बी. पी. मंडल, इस बिहार के, आरक्षण को सींचा था!!

राजनीति की धारा बदली, मंडल एक बागीचा था!
सोशल जस्टिस के पौधे को, लालू-नितीश ने सींचा था!!

सर्वोदय की बात हकीकत में, इस देश में पाएँ हम!
कर्पूरी औ जगजीवन को आज नमन कर जाएँ हम!!

भागलपुर की सिल्क हो या के मधुबनी की पेंटिंग हो!
चाहे मखाना, लीची हो या लिट्टी-चोखा ईटिंग हो!!

फूल वो गेंदा, पीपल या फिर गोरैया की बीटिंग हो!
माँगुर मछली, बैल पशु या बोधि-वृक्ष की प्रिंटिंग हो!!

सोमेश्वर हो सबसे ऊँचा, छठ की पब्लिक मीटिंग हो!
मैथिली, भोजपुरी, मगही, आओ, बिहार दिवस सजाएँ हम!!

❑❑❑

विश्व रंगमंच दिवस (27 मार्च) पे जीवन नाट्य जगाती मेरी कविता... 17

दोस्तो,

आज विश्व रंगमंच दिवस (world theatre day) 27 मार्च की पूर्व संध्या पे मन, रंगमंच, नाटक और पात्र की यादों में खो गया!! सोचने लगा...

जीवन के नाटक... और नाटक के जीवन... का फर्क क्या है?

एक सच्चा कलाकार जब किसी पात्र का अभिनय करता है तो...

क्या वो कुछेक डायलॉग बोल रहा होता है...

या उस पात्र की पात्रता को जी रहा होता है...

या यूँ कहें कि वो उस किरदार की आत्मा में उतर उसके जीवन में हो रहा होता है!!

एक अच्छा कलाकार कैसे किसी एक नाटक में छाती पीट के रोता है!

और कुछ ही पल बाद एक दूसरे दृश्य में ठहाके मार के हँसता है!!

एक महान अभिनेता कैसे किसी एक नाटक में ईश्वर की भक्ति दिल से करता है और फिर किसी दूसरे ड्रामे में अत्याचारी और निर्दयी बन जाता है।

एक पूरे दिन रोल करने के बाद जब वो घर लौटता है, तो इनमें से किसी को भी अपने साथ नहीं रखता और हकीकत की जिंदगी में हकीकत को जीता है!!

हम नाटक और ड्रामे से ये सीख सकते हैं कि हमें भी अपनी जिन्दगी नाटक के पात्र के जैसे जीनी चाहिए और दु:ख और सुख से बिना प्रभावित हुए न तो दु:ख में घबराना चाहिये और न ही सुख में ज्यादा चंचल बनना चाहिए!!

इसे हम, जीवन को जीना जीवन से अलग रह कर, कह सकते हैं, एक अनासक्त जीवन, जिसमें सुख और दु:ख एक समान हो जाते हैं!!

न दु:ख ज्यादा सजा देते और न सुख ज्यादा मजा देते !!

शायद ये रंगमंच दिवस हमे यही सिखलाता है और हमें अपनी सम्वेदनाओं के अतिरेकों से परिचित कराता है !!

एक सम्पूर्ण जीवन-अभिनय सिखलाता है और जिंदगी के नाटक का एक मंझा हुआ कलाकार बनाता है !!

- -

शायद यही सोचते सोचते ये कविता भाव के इस रंगमंच से एक हकीकत के पन्ने पे उतर गयी !! तो सोचा क्यों न विश्व रंगमंच दिवस की अनंत शुभकामनाओं के संग ये कविता आप सबों से साझा करें...

औ जीवन में नाट्य की डोर को माँझा करें...

WishingAll of UA Happy World Theatre Day 27 march

नौ रस हैं, इस जीवन के, हर रस को हम भर लाएँगे!
हम सब मिलकर, रंगमंच का दिवस, यहाँ मनाएँगे!!
एक थिएटर, ये दुनिया, हर अभिनय हम कर जाएँगे!
अलग-अलग किरदारों को, इस जीवन में जी आएँगे!!
जीवन के कोमल भावों से ये श्रृंगार कर आएँगे!
कामदेव व रति हृदय का, प्रेम-सार भर लाएँगे!!
आलिंगन, चुम्बन वो रूह का, दर्श दिखा हम जाएँगे!
मिलन क्षणों का, वो स्निग्ध स्पर्श दिखा हम जाएँगे!!
नख से शिख आभूषित सजनी-सौंदर्य, मुग्धाएंगे!
रोम-रोम हर्षित अवनि का माधुर्य मोह जाएँगे!!
जीवन का वो हास्य, हरेक परिहास दिला वो जाएँगे!
मन की गुदगुदी, जोकर का उपहास खिला ये जाएँगे!!
रुदन के रंगों में खुशियाँ का रंग मिला के लाएँगे!
नया रंग वो जीवन का, सबरंग खिला के जाएँगे!!
जीवन के उत्सव में मौत को शामिल हम कर जाएँगे!
शोक हृदय में, आँखों में अश्कों की महफिल पाएँगे!!
रुदन रुदाली जैसा होगा, रोम-रोम रो आएँगे!
पीट के छाती, गेसू बिखरा, झूम-झूम रो आएँगे!!
रो देगा हर जर्रा-जर्रा, अब्र दुःखों की लाएँगे!
गम की बारिश में भीगा, एक सब्र, दिलों में पाएँगे!!
धुल जायेगा मन का मैल सब, फूट-फूट रो आएँगे!
मन के खेत में, बीज प्रीत का, कूट-कूट बो आएँगे!!
एक ये ड्रामा, एक ये नाटक, एक थियेटर लाएँगे!
जीवन के इस रंगमंच पे कई कैरेक्टर पाएँगे!!

दु:ख से करुणा का एक सुंदर पाठ सीख हम जाएँगे!
रुग्ण, पीड़ित मानवता सेवा, साथ प्रीत हम लाएँगे!!
क्रोध भी औ, दुर्बोध भी होगा, वैचारिक विरोध भी होगा!
रौद्र रूप में, जीवन जब-जब, दुनियावी अवरोध भी होगा!!
जोश की गर्मी उबलेगी, टूटा भावों का रोध भी होगा!
खुला तीसरा नेत्र शिवा का, भस्म जीव औ पौध भी होगा!!
क्रोध अगन पे शांति नीर को डाल यहाँ हम आएँगे!
जला के दिल के हर विकार, खुशहाल यहाँ हो जाएँगे!!
वीर बनेंगें, उत्स सजेंगे, जीत समर ये जाएँगे!
कटे सिर, पर आन बचाकर, गीत अमर ये गाएँगे!!
जिनका कोई नहीं सहारा, रक्षक हम बन जाएँगे!
दानव औ दानवता के अब भक्षक हम बन जाएँगे!!
कभी भयानक रूप में जीवन को भी देख के आएँगे!
जीवन का वीभत्स नजारा, जीवन को दिखलाएँगे!!
घृणा-क्रोध के साथ ये, अद्‌भुत रस को घोल के आएँगें!
शांत, सहज निर्वेद से स्वर में, सबरस बोल के आएँगे!!
वात्सल्य है ममता का एक रूप, लूटा के आएँगे!
ईश्वर से भक्ति का अमृत, खूब जुटा के लाएँगे!!
भारतेंदु, 'अंधेर नगरी', हो 'ध्रुवस्वामिनी', जयशंकर!
'अंधायुग', हो धर्मवीर, का, 'बकरी', हो ये सर्वेश्वर!!
मोहन राकेश, का 'आषाढ़ दिन', भीष्म साहनी, 'कबीरा'!
'महाभोज', मन्नू भंडारी, 'लाहौर', ये असगरा!!
इन सब नाटक से जीवन की सच्चाई देख आएँगे!
इस समाज की सभी बुराई, अच्छाई देख आएँगे!!
नेपथ्य में रूह को रखकर पात्र यहां बन जाएँगे!
चाहे करुणा, भक्ति या के रौद्र रूप धर आएँगे!!
जीवन को नाटक के जैसे, ही जीते हम जाएँगे!
'क्रांति', सबरस को ही पीते, यूँ रीते हम जाएँगे!!

❑❑❑

18 वासंतिक नवरात्र एवम् नववर्ष 2074 पे नवहर्ष गाती मेरी कविता...

मित्रों,

वासंतिक नवरात्र के इन पावन दिनों में मन लीन हो गया शक्ति, विद्या और धन की देवी की उपासना में, समझने लगा इस पूजा का महत्त्व...

तो जो कुछ समझा वो ये कि

ये पर्व

अपनी सारी तामसी प्रवृत्तियों को छोड़ने, राजसी प्रवृत्तियों और उससे भी ज्यादा सात्विक आचारों को जगाने का पर्व है...

ये वृत्तियां हम सबमें हैं,

अंतर बस ये है कि हम इनमें से किस वृत्ति को उभारते हैं, उसी के जैसे हम बन जाते हैं!!

ये पर्व है

अपने अंदर की लक्ष्मी, दुर्गा और सरस्वती माँ को जगाने का और

अपने आप को परमात्मा से जोड़ने का!!

ये पर्व है, स्त्री एवम् उसके स्त्रीत्व को पूजने का!!

ये पर्व है

द्वैत से अद्वैत की यात्रा का...

और फिर चरमोत्कर्ष में विजय पर्व मनाने का...

ये पर्व है

अपने जीवन के वसंत को सजाने का...

ये पर्व है

नववर्ष पे नव संकल्प एवम् नव ऊर्जा भर जाने का...

कुछ यही सोचते-सोचते यूँ ही

नवरात्र के एक जगराता की विचारसमाधि में लीन अनायास ही ये वासंतिक नवरात्र की कविता ख्यालों की कोख से एक कागज के टुकड़े

पर उभर आयी तो सोचा क्यों न वासंतिक नवरात्र एवम् नववर्ष 2074 की अशेष शुभकामनायें भेजते हुए इस नवरात्र और नववर्ष नवहर्ष गीत को आप मित्रों से साझा करूँ...

Wishing UAllA happy Chaitra NavratraAnd New Year...

चैत्र मास के शुक्ल प्रतिपदा, नववर्ष हर्षाता है!
वासंतिक-नवरात्र पर्व ये, नई उमंगें लाता है!!

एक साल में, चार बार ये, नवरात्र ये, आता है!
चैत्र व अश्विन का नवरात्र ये कुछ विशेष दे जाता है!!

जीवन को ऊर्जा से भरता, व्याधि सभी मिटाता है!
ये शरीर और रूह की शुद्धि, पूरी कर के जाता है!!

बारह राशि चलकर, सूर्य ये ऊर्जा को बिखेरता है!
चैत्र का ये नवरात्र, सूर्य को मेष राशि में लाता है!!

जीवन में एक नए उष्ण का श्रीगणेश हो जाता है!
इस वसंत पे नई कोंपलें, नए फूल खिल आता है!!

अंतिम मास है फागुन, वर्ष को चैत्र ये शुरू कराता है!
फागुन-चैत्र से मिलकर, मौसम ये वसंत कहलाता है!!

आमों में मंजर, खेतों में सरसों फूल, लहराता है!
हरा वसंत ये कोयल के कूकों में फिर से गाता है!!

धन, बल, विद्या, लेकर आता, देखो ये नवराता है!
लक्ष्मी, दुर्गा, सरस्वती माँ, संग, देखो जगराता है!!

नौ रातों को, नौ द्वारों को खोल के, मन के आँगन को!
आओ भर लें, ऊर्जा, हम, सब, देखो ये नवराता है!!

तमो-गुणों को नाश करें, ये देवी दुर्गा बतलाती!
राजस गुण को साथ करें, हम लक्ष्मी माता सिखलाती!!

सत्व-गुणों में है परमानन्द, वाग्देवी है बतलाती!
खुद के अंदर छुपी हुई है, ओज सभी, ये दिखलाती!!

छोड़ के अवगुण, रूह की शुद्धि, नववर्ष ये ले आता!
तन-मन को अंतस् ऊर्जा से, फिर से, रौशन कर जाता!!

शैलपुत्री, है शिखर विराजे, देखो ये नवराता है!
ब्रह्मचारिणी, असीम सुराजे, देखो ये नवराता है!!

धन, बल, विद्या, लेकर आता, देखो ये नवराता है!
लक्ष्मी, दुर्गा, सरस्वती माँ, संग, देखो जगराता है!!

मन चंचल, इस मायावी जग, में बेकार भटकता है!
चंद्र ये घंटा, देवी दुर्गा, हर चंचलता हरती है!!

कुष्मांडा है, शून्य, जहां से, बीज जगत का आता है!
जपके, माता-स्कन्द, नाम, फल मीठा ही हो जाता है!!

कात्यायनी ने क्रोध जलाया, मन का, ये नवराता है!
काल-रात्रि ने प्रलय मचाया, पूजो हे! नवराता है!!

धन, बल, विद्या, लेकर आता, देखो ये नवराता है!
लक्ष्मी, दुर्गा, सरस्वती माँ, संग, देखो जगराता है!!

सबसे सुंदर रूप है माँ का, महा-गौरी कहलाती है!
हर इच्छा पूरी कर मन की, सिद्धिदात्री हो जाती है!!

नौ रूपों में जीवन का, ये रंग, विविध, दिख जाता है!
तन-मन की शुद्धि करता, अंतस का तम धूल जाता है!!

दुर्गुण पर, हर जीत सिखाता आता ये नवराता है!
नए वर्ष का नव संदेशा, लाता ये नवराता है!!

आओ झांकें, हम अन्तस में, अमृत रस, को चख लें हम!
क्षुद्र सभी आसक्ति को, मन के बाहर ही रख लें हम!!

आओ जगा लें जीवन को, इन नौ रातों में जग लें हम!
नए वर्ष में, नई उमंगें, नई ये खुशियाँ हग लें हम!!

स्त्री-शक्ति का बोध कराता, देखो ये, नवराता है!
स्त्रीत्व की ऊर्जा, खग भर जाता, देखो ये नवराता है!!

जीवन में जीवन को भरता, देखो ये नवराता है!
'क्रांति', जीवन तुझे बुलाता, देखो ये नवराता है!!

❑❑❑

अप्रैल

1 अप्रैल पर मूर्खता का आह्वान करती मेरी कविता...

19

दोस्तो,

हम अपनी जिन्दगी को पद-प्रतिष्ठा, मान-सम्मान, ऊँच-नीच, अमीरी-गरीबी, ईगो जैसे आवरणों से ढके रहते हैं, और ये आवरण हमारी हर भौतिक उपलब्धिय और तरक्की के साथ दिन-ब-दिन और मोटा होता चला जाता है, जिससे हम जब भी अपने आप को देखने का प्रयास करते हैं...

हमें वो पद प्रतिष्ठा, वो सांसारिक वैभव, धन-धान्यता का चश्मा हमारी आँखों पर चढ़ा मिलता है।

और उस चश्मे से बाहरी दुनिया तो बेहतर दिखती है, परंतु हम अपने आप को उसके मूल रूप में नहीं देख पाते।

हम अपने आप से नहीं मिल पाते और अपने आप से दो लफ्ज़ भी बात नहीं कर पाते!!

ये संवाद शून्यता, अन्त्वोगत्वा आत्मशून्यता की स्थिति को जन्म देती है और हमें अंदर से खोखला कर देती है और मानसिक तनाव, अवसाद से हमें भर देती है!!

दुनिया के लिए महामानव दिखने वाला इंसान अंदर से डरा, कमजोर और अकेला नज़र आता है...

और यही आज कल की समकालीन जिन्दगी की तल्ख सच्चाई है!! इसी से बचने के एक प्रयास के रूप में विश्व मूर्ख दिवस की अवधारणा लायी गयी...

कि कम-से-कम एक दिन हो, जब हम उन सारे भौतिक आवरणों एवम् आडम्बरों को तोड़कर निशुद्ध आत्म को महसूस कर सकें, जिन्दगी को उसके मूल रूप में आस्वाद कर सकें और अपने आप को पुनः चरमानंदित कर सकें!!

हमारे देश में मनाया जाने वाला होली पर्व भी शायद कुछ इसी प्रकार की स्वछन्द, निर्मुक्त, नीरव उल्लास की बात करता है!!

कुछ यही सोचकर शायद मैं भी उन कतारों में शामिल हो गया, जो विश्व मूर्ख दिवस या वर्ल्ड फूल डे या अप्रैल फूल डे या एक अप्रैल को हर्षोल्लास और उमंग से मनाने के लिए लगी थी...

और मन उड़ने लगा...

सोच की उन्मुक्त दुनिया में बेसुध होकर...

जब होश आया तो पाया कि ये मूर्ख दिवस की कविता,

खुद मुझे ही मूर्ख बनाकर,

मेरे हाथ के पन्नों पर,

मेरे ही कर-कलम से,

उतारी जा चुकी थी...

मूर्ख दिवस मनाने का उद्घोष हो चुका था

तो सोचा

क्यों न इसे आप मित्रों से साझा करूँ...

मूर्ख दिवस की इस डोर को क्यों न माझा करूँ...

अक्ल के दिन हैं अनेकों, एक दिन तो मूर्ख बन
नीले पीले हो लिए तुम, एक दिन तो सुर्ख बन।

जिन्दगी की नेमतें जीवन को देकर जायेगा
जिन्दगी जो कह रही तो, एक दिन तो मूर्ख बन।

बीते हर एक पल को तू संजीदा बन ही काटा है
तज के हर गंभीर छव, अब एक दिन तो मूर्ख बन।

अक्ल के दिन हैं अनेकों एक दिन तो मूर्ख बन
नीले-पीले हो लिए तुम, एक दिन तो सुर्ख बन।

छोड़ के भौतिक सुखों को, क्यों कोई बन जाता रंक?
क्यों कोई रिश्तों को तज कर, खाली कर के जाता अंक?

वैरागी कोई कहे या कोई कह दे मूर्ख मन
सुन के अपने रूह-ध्वन तू, एक दिन तो मूर्ख बन।

अक्ल के दिन हैं अनेकों, एक दिन तो मूर्ख बन
नीले-पीले हो लिए तुम, एक दिन तो सुर्ख बन।

ज्यादा पाने में हैं खुशियाँ, पाके खोने में है गम
खुशियों के बदले तुम्हें जो भी मिले वो भी है कम।

चाह की इस तिश्नगी को छोड़कर तू मूर्ख बन
इच्छा के जिंदान को यूँ तोड़कर तू मूर्ख बन।

अक्ल के दिन हैं अनेकों एक दिन तो मूर्ख बन
नीले-पीले हो लिए तुम, एक दिन तो सुर्ख बन।

आपा-धापी करती दुनिया, रस्सा-कस्सी करती दुनिया
जिन्दगी के खेल में यूँ नूरा-कुश्ती करती दुनिया।

खेल में खुद हार के तुम एक दिन तो मूर्ख बन
पाने को रूहे-शुकुं तु, एक दिन तो मूर्ख बन।

वो महामानव है बैठा, पद-प्रतिष्ठा सब बड़ी
नहीं कोई सोपान ऊपर, कद अधिष्ठा सब बड़ी।

पर वो तरसेगा जरा सी एक खुशी की चाह में
बच्चों सी सीधी-सरल, वो एक हँसी की चाह में।

भाव सारे त्यागे, उसको कह दो फिर से मूर्ख बन
पाने को वो चिर खुशी अब, एक दिन तो मूर्ख बन।

अक्ल के दिन हैं अनेकों एक दिन तो मूर्ख बन
नीले-पीले हो लिए तुम, एक दिन तो सुर्ख बन।

जब सफलता डँसने लगती, हरती मित्र यारी सब
जब ऊंचाई बढ़ने लगती, छिनती दोस्त यारी सब।

इस ऊंचाई, उस ऊंचाई देखो वो तनहा वहाँ
जिन्दगी का वो सिकंदर, देखो वो तनहा वहाँ।

उसको कह दो ऐसे झर के जैसे झरता निर्झर
झरना गिरता हर ऊंचाई, दुनिया कहती मूर्ख मन।

अक्ल के दिन हैं अनेकों, एक दिन तो मूर्ख बन
नीले-पीले हो लिए तुम, एक दिन तो सुर्ख बन।

जिन्दगी सीधी-सरल है, जिन्दगी छव प्यारी है
जिन्दगी में सुख है, तो दुःख की छटा भी न्यारी है

अक्ल से हमने यहाँ खुशियों को बेघर कर दिया
औ ईगो में, पेड़-जीवन, को सजर यूँ कर दिया।

मार अक्ल को, ईगो को चूर कर तू मूर्ख बन
'क्रांति' जीने जिन्दगी तू, एक दिन तो मूर्ख बन।

अक्ल के दिन हैं अनेकों, एक दिन तो मूर्ख बन
नीले-पीले हो लिए तुम, एक दिन तो सुर्ख बन।

❑❑❑

2 अप्रैलः विश्व ऑटिज्म-डे पर सबका साथ चाहती मेरी कविता... 20

दोस्तो,

आज 2 अप्रैल यानी विश्व ऑटिज्म जागरुकता दिवस पर मन ऑटिस्टिक बच्चे के ख्यालों में खो गया!!

वो बच्चा!!
सुंदर सलोना चेहरा लिए
गुमसुम सा...
अपनी विचार मुद्रा में लीन था...
जैसे कि
ईश्वर का दिव्य रूप
अपने सम्पूर्ण आकार में
उसकी आत्मा पे आसीन था...
वो एक ही खिलौने
से बार-बार खेल रहा था वो
गोया
अपने अस्तित्व से अनकहे ही!
बेसबब बोल रहा था वो!!

एक-दो लफ्ज में लड़खड़ा उठती थीं वो आवाजें!
शायद जिन्दगी के नशे में बेआवाज बड़बड़ा जाती हों ये साजें!!

चलने का ठौर था, न दौड़ने का ठिकाना!
जिन्दगी से जिजीविषा का था वो एक रिश्ता पुराना!!

एक ढर्रे पे था जीवन!
एक लय में था वो सावन!!

कुछ चीख और चीत्कार भी था!
जीत जाएँगे हम ये स्वीकार भी था!!

जीवन को जिन्दगी का ये पुकार भी था!
एक जोश एक जिन्दादिली का एक पुरकशिश इजहार भी था!!

वो उन्मुक्त हंसी की लड़ियाँ भी थीं!
जिन्दगी की दिवाली में अविरल छूटते पटाखे औ फुलझड़ियाँ भी थीं!!

लुका-छिपी करती थीं उसकी आँखें!
उम्मीदों के आकाश पे लहराती बलखाती सी हों जैसे पंखें!!

माँ!! एक शब्द जो सबसे पहले सबसे ज्यादा बोला था वो!
शक्ति-प्रेम-विश्वास का रंग फिज़ाओं में सदा ही घोला था वो!!

कितनी बार फूट कर रोयी थी माँ की ममता
जब-जब कमतर आँकी गयी दुनिया में उसकी क्षमता!!

वो बच्चा!
सच में एक जीवन आनंद ही था, वो सच्चा!!

अफसोस!! के उसके प्रति दुनिया का रवैया रहा था, वो कच्चा!!

कुछ यही सब सोचते-सोचते, कब ये विश्व ऑटिज्म जागरुकता दिवस की कविता मुझसे निकलकर एक पन्ने पे अपना वजूद बना ली, ये पता भी न चला!!

तो सोचा क्यों? क्यों न इसे आप मित्रों से साझा करूँ और ऑटिस्टिक बच्चे से प्रेम की एक डोर को माझा करें!!

Wishing UAllA happyAutismAwareness Day (2April)

आइये हम सब इस मौके पर, अपने आप को नीले रंग में रंग, एकजुटता एवम् समाज के ऑटिस्टिक बच्चे के प्रति प्रेम प्रदर्शित करें!!

गुमसुम खुद में खोया है, उसे दुनिया से जोड़ आना होगा!
ऑटिज्म, इस दिवस पे, सबको मिलके हाथ बढ़ाना होगा!!

उसके मन के भाव को पढ़ने, नया नजरिया लाना होगा!
एक ही चश्मे से अब उसको, और नहीं देख आना होगा!!

एक ही शब्द को दुहराता है, एक खिलौने खेलता है!
एक ही मुद्रा में यूँ घंटों, चीजों को ये,तौलता है!!

बिना कहे बस इशारों में, निःशब्द ही बोलता है!
अपने में यूँ खोये-खोये, ना जाने क्या सोचता है!!

ऑटिस्टिक!! संतान खुदा के,प्यार बाँट अब आना होगा!
नहीं कोई अब भेदभाव, दिल का दुलार साथ लाना होगा!!

गुमसुम खुद में खोया है, उसे दुनिया से जोड़ आना होगा!
ऑटिज्म, इस दिवस पे, सबको मिलके हाथ बढ़ाना होगा!!

रब ने उसका रूप गढ़ा है, आत्मकेंद्र सब भाव मढ़ा है!
उसकी नियति, उसकी प्रज्ञा, बुद्धि का सब ताव गढ़ा है!!

उसको भेजा पृथ्वी पर, धर अपना रूप आकार जड़ा है!
इस जीवन की सभी चुनौती, उसको है स्वीकार खड़ा है!!

उसकी छवि में, ईश्वर रूप को, देख यहाँ, अब आना होगा!
नहीं मदद की भीख!! वो सच्ची सीख उसे दे आना होगा!!

गुमसुम खुद में खोया है, उसे दुनिया से जोड़ आना होगा!
ऑटिज्म, इस दिवस पे, सबको मिलके हाथ बढ़ाना होगा!!

भागम-भाग की इस दुनिया में, तनिक ठहर भी जाना होगा!
भलें हों पीछे, पर डग भरना, उसको भी सिखलाना होगा!!

ये आवाज है मानवता की, मानव बन सुन आना होगा!
टूटे - फूटे उन लफ्जों से, प्यार-गीत बुन आना होगा!!

वो चिल्लाता है तो, उसकी खीज को भी, पढ़ आना होगा!
उसको जो प्यारी है, वो हर चीज को भी, गढ़ लाना होगा!!

वो है, थोड़ा अलग, उसे एक अलग नजर देख आना होगा!
वो है जीवन का प्रलेख!! उसे नई कलम लिख आना होगा!!

नई जगह से भय खाता है, नए लोग से डरता है!
अपने रोजाना-रूटीन में,परिवर्तन से डरता है!!

खुद से भोजन नहीं, न कह के,पानी माँगा करता है!
कभी कभी वो माँ का साथ,यूँ हरदम माँगा करता है!!

ऐसी माँ को, सच में,दिल से, एक सलाम, कर आना होगा!
'क्रांति', ऑटिस्टिक के नाम, कविता तमाम, कर आना होगा!!

नहीं हो बेउम्मीद!! ये सीना, गर्व से अब भर आना होगा!
ऑटिस्टिक बच्चे में ईश्वर भरा हुआ!! देख आना होगा!!

गुमसुम खुद में खोया है, उसे दुनिया से जोड़ आना होगा!
ऑटिज्म, इस दिवस पे, सबको मिलके हाथ बढ़ाना होगा!!

❑❑❑

अप्रैल 2016 में शराबमुक्त बिहार: सूबे के मुखिया को धन्यवाद भेजती मेरी कविता...

21

छोड़ के, मय की मदहोशी, देखो आगे बढ़ चला बिहार
तोड़ के, बोतल बेहोशी, देखो आगे बढ़ चला बिहार !!

देखा है, गाँवों की गलियों में, टल्ली, उस जीवन को
बेसुध औ बेहोश पड़े घर, निठ्ल्ली, उस जीवन को !!

टुटा था जीवन सपना, बेहोश सा, घर का साजन था
इस शराब में डूब गया, मदहोश सा, घर का आँगन था !!

रोज लड़ाई, होती थी, जब पत्नी, रोके, पीने से
पूरा कुनबा, बोल गया, अब हुई शिकायत, जीने से !!

खून नहीं दारू टपके, दिल पत्थर हुआ, महीनों से
इस शराब ने लील लिया, जो पाया खून पसीने से !!

पढना-लिखना, छोड़ के, बचपन, मजदूरी अपनाता था
पिता शराबी, उन पैसों से, फिर, शराब ले आता था !!

घर की इज्जत, तार-तार थी,रिश्ता हर,कट जाता था
पिता शराबी, बेटी के, सपनों को, तोड़े जाता था !!

खुद, घुट के, रो लेती थी, औरत,सब कुछ सह लेती थी
पति शराबी, के हाथों, वो, हरदम ही, पिट जाती थी !!

जो पगार, हर माह, मिले,वो ठेका, सब ले जाता था
इस गरीब, के, सात पुश्त, कौड़ी-कौड़ी, तरसाता था !!

कहर बड़ा था इस शराब का,घर की किस्मत रोई थी
टूट, रहा था, ताना-बाना, नशे में, बुद्धि, सोई थी !!

ऐसे इस माहौल में, सीएम नितीश जी, ने ठान लिया
बंद किया दारू बिहार से, दुनियाँ ने भी मान लिया !!

अब है, पूरा खुला चमन, बेहोश नहीं, अब कोई है
गाँव गाँव अब जाग गया, मदहोश नहीं अब कोई है !!

तोड़ के गुरबत का कुचक्र, देखो आगे,बढ़ चला बिहार
दिखा के मुफ्लिश, दिशा नई, देखो आगे बढ़ चला बिहार !!

अब बच्चे स्कूल हैं जाते, पाठ याद सब करते हैं
पिता भी, बातों से, शिक्षा का, ज्ञान पुत्र दे जाते हैं !!

जागे -जागे से हर सपने,खुला व्योम का चिलमन है
नशा नहीं अब कोई हावी, आनंदित सा, तन-मन है !!

आग बनी, चिंगारी, रौशन, कर आगे, बढ़ चला बिहार
देश, नई एक राह, दिखाकर, फिर आगे बढ़ चला बिहार !!

गाँव गाँव,से ज्योति निकली,हुआ प्रकाशित चला बिहार
कदम मिलाकर,साथ साथ,सब,स्फूर्तित बढ़ चला बिहार !!

नशा भगाकर, जीवन की, देखो आगे बढ़ चला बिहार
बिखराकर खुशियाँ आँगन, देखो आगे बढ़ चला बिहार!!

धन्यवाद !! सीएम नितीश को, देकर, यूँ, बढ़ चला बिहार
'क्रांति', नई, इस मुल्क जगाकर, फिर आगे बढ़ चला बिहार !!

❑❑❑

विश्व स्वास्थ्य दिवस (7 अप्रैल) पर सेहत-सूत्र बताती मेरी कविता... 22

दोस्तो,

आज 7 अप्रैल, यानी विश्व स्वास्थ्य दिवस (वर्ल्ड हेल्थ डे), की पूर्व संध्या पर मन सेहत से जुड़ी बातें सोचने लगा!! मेरे अंदर के कवि ने मेरे अंदर के चिकित्सक की पीड़ा को महसूस किया!!

इस बार विश्व स्वास्थ्य संगठन (WHO) ने डिप्रेसन यानी अवसाद/चिंता को अपना थीम (सूत्र वाक्य) बनाया है!! डिप्रेसन: लेट्स टॉक (आओ बात करें) का स्लोगन दिया गया है!!

आज ये चिकित्सक दुखी ये देखकर है कि लोगों ने अपनी जीवनशैली ऐसी बना दी है, जिसमें केवल भागम-भाग, आपा-धापी, का दौर जारी है!! किसी चीज का रूटीन नहीं!!

लोग-बाग शारीरिक श्रम बहुत कम कर रहे हैं!! और मानसिक कार्य ज्यादा कर रहे हैं, जिसके चलते उनका शरीर कम उपयोग होने से बीमार हो रहा है! और मन और दिमाग ज्यादा यूज से खराब हो, मानसिक रोगों का शिकार हो रहा है, जिसमें प्रमुख हैं, अवसाद, चिंता, घबराहट, उनींदापन, माइग्रेन आदि!!

इसी को ध्यान में रखकर WHO ने डिप्रेशन को इस वर्ष का थीम डिजीज बनाया है!

परंतु हमें आजकल की जीवनशैली से जुड़े बाकी बीमारियों, जिन्हें मेटाबॉलिक सिंड्रोम कहते हैं, से भी जागरूक रहने की आवश्यकता है!! हमें ज्यादा कार्बोहाइड्रेट युक्त खानों से परहेज करने की जरूरत है और 30 फीसदी कैलोरी प्रोटीन से जरूर लेनी चाहिए!! अभी हाल में ही मानव जाति ने कोलेस्ट्रॉल से क्षमा मांगी कि तुम्हें बेवजह ही बदनाम किया गया, सारी गड़बड़ी की जड़ चीनी है, जो इन सब प्रकारों में है...

स्टार्च (चावल/आलू), फ्रुक्टोज (मीठे फल),

सुक्रोज (चीनी/गुड़/शहद), ग्लूकोज (ग्लूकॉन डी), लैक्टोज (दूध)!

हमें इन्हें 30 फीसदी से ज्यादा नहीं लेना चाहिए। अगर ज्यादा शारीरिक श्रम नहीं है तो!! सलाद एवम् फाइबर जरूर लेना चाहिए!! वसा में घी लें, बटर नहीं!! फैट भी जरूरी है। 20 से 30 फीसदी तक ले सकते हैं!!

1 घंटे का व्यायाम, योगा, रस्सीकूद, वॉक, दौड़धूप रोजाना जरूरी है!!

प्रोटीन 30 फीसदी जरूर लें, क्योंकि संक्रमण से प्रोटीन ही बचाएगा!!

दाल जरूर लें, क्योंकि इसमें प्रोटीन है और एंटी न्यूट्रिएंट भी है, जो चीनी को अवशोषित नहीं होने देता तथा विटामिन मिनरल एवम् फाइबर भी है!!

बीपी, डायबिटीज, थॉयरॉयड, यूरिक एसिड बढ़ा, फैटी लिवर, गठिया, खून में तेल बढ़ना, सोरायसिस, अर्टिकेरिया, लाइकेन प्लेनस, छाईं, पींपल, सिहुली आदि में एक ही चीज बन्द, कम होगा वो है चीनी!!

अर्थात उपरोक्त पांच प्रकार के खाद्य चीनी!!!

ये चीनी ज्यादा लेने पर इन्सुलिन के द्वारा तेल बना कर भविष्य की जरूरतों के लिए शरीर के विभिन्न हिस्सों में जमा कर रखा जाता है और जिस अंग में जमता है, उस अंग की कार्यक्षमता प्रभावित होती है!!!

इन्सुलिन एक ग्रोथ फैक्टर भी है, जो बहुत सारी विसंगतियों को जन्म देता है और यह एलर्जी भी बढ़ाता है!!!

अगर हम 22 कदम चलेंगे तो 1 कैलोरी खर्च होगी, परंतु 10 रुपये का आलू चिप्स के एक पैकेट में मौजूद आलू हमें 160 कैलोरी दे जायेगा!! जिसे जलाने हेतु हमें $160 \times 20 = 3200$ कदम चलना होगा!!

अगर हम ये चिप्स खा लें और नहीं चलें तो ये चीनी, इन्सुलिन के द्वारा, तेल यानी हमारे मोटापे के रूप में शरीर के विभिन्न अंगों में जमा होगा एवम् शारीरिक अंगों की कार्यप्रणाली को बाधित करेगा और विभिन्न प्रकार के मेटाबॉलिक सिंड्रोम को जन्म देगा!! जब यही सिलसिला चलता रहेगा और हम बिना ज्यादा शारीरिक श्रम किये हाई ग्लाइसेमिक फूड लेते रहेंगे तो इन्सुलिन बढ़ते-बढ़ते अपनी सीमा को प्राप्त करेगा!!

एक समय आएगा, जब पैंक्रियाज अब और इन्सुलिन नहीं निकाल पायेगा, उस दिन से आपका चीनी बढ़ा हुआ (डाइबिटीज)आने लगेगा!!

ये याद रखना होगा कि...

जीवन एक संतुलन है! शरीर में उतना ही डालें, जितना आप निकालते हैं खासकर तब, जब आपका ग्रोथ फेज खत्म हो गया है!! कैलोरी जलाने हेतु व्यायाम जरूरी है!!

कुछ यही सब चर्चाएं हुईं, मेरे अंदर के कवि एवम् चिकित्सक में तो कवि की भाव ने इनसे भी कविता बना ली!! तो सोचा क्यों न इसे आप मित्रों से साझा करूँ और विश्व स्वास्थ्य दिवस 7 अप्रैल की अशेष शुभकामनाये संग, स्वास्थ्य की डोर को माझा करें!!

WishingAll of UA happy World Health Day!!

जीवन से, नैराश्य भाव को, हम निर्मूल हटायेंगे!
हम सब मिलकर, विश्व स्वास्थ्य का दिवस यहां मनाएँगे!!

तन-मन को चंगा रखेंगे, सेहत से, भर जाएँगे!
जीवन को अनुशासित करके, व्याधिमुक्त कर आएँगे!!

तन के भोग को, और विलास को, आज यहाँ छोड़ आएँगे!
योगा और अध्यात्म से नाता, आज यहाँ जोड़ आएँगे!!

सुख-दुःख को अब एक भाव से आज यहां देख आएँगे!
नहीं खुशी में चंचल, दुःख में दुःखी नजर हम आएँगे!!

नकारात्मक, सकारात्मक, जीस्त-भाव पढ़ आएँगे!
सकारात्मक भाव से, जीवन-छव को हम गढ़ जाएँगे!!

अति हमेशा गलत रहा है, अति-भाव छोड़ आएँगे!
जीवन को एक मध्यमार्ग की डगर यहाँ मोड़ आएँगे!!

जीवन क्या है? एक संतुलन!! याद यहाँ रख आएँगे!
जितना खग से मिला यहाँ पर, वापिस जग कर जाएँगे!!

लेना कम हो, देना ज्यादा, परोपकार कर जाएँगे!
एक सहिष्णु भाव हृदय में, प्रेम-सार भर जाएँगे!!

सात अरब जीवन को खुशियाँ, एक नई दे जाएँगे!
मानवता की लाज बचाने, मिलकर हम चल आएँगे!!

स्वस्थ ये तन में, स्वस्थ ये मन हो, स्वस्थ रूह कर आएँगे!
छोड़ के नफरत, हम आपस की, राह, सुराह कर जाएँगे!!

स्वस्थ हो व्यक्ति, स्वस्थ हो कुनबा, स्वस्थ समाज कर जाएगें!
जीवन में संयम को भरकर, स्वस्थ जगत कर जाएँगे!!

यदि अमीरी हम पे छाई, याद गरीब रख आएँगे!
बाँट के खुशियाँ हर छोटी, उसका नसीब लख आएँगे!!

नहीं कोई बीमारी होना, नहीं गारंटी सेहत की!
धनी है वो या है गरीब वो, नहीं कसौटी सेहत की!!

सेहत की, सच्ची परिभाषा, आज यहाँ जान आएँगे!
कर शरीर औ मन की शुद्धि, सामाजिक बन जाएँगे!!

खान-पान में, रहन सहन में एक सादगी लाएँगे!
जीवन में संयम को भरकर, नई ताजगी पाएँगे!!

कार्बोहाइड्रेट-30, वसा को 30 फीसदी खाएँगे!
बाकी भोजन प्रोटीन एवम् फाइबर से हम पाएँगे!!

कार्बोहाइड्रेट ज्यादा लेने, से बीमारी पाएँगे!
प्रोटीन से, हर एक संक्रमण से बेहतर लड़ पाएँगे!!

रोज यहाँ व्यायाम करेंगे, रोज टहल, हम आएँगें!
जहाँ तलक संभव हो, पैदल ही चलके, हम जाएँगे!!

सुबह नाश्ता, सबसे ज्यादा, दुपहरी, कम खाएँगे!
रात में भोजन सबसे कम, बस नाम मात्र का खाएँगे!!!

नॉर्मल पा के, बी पी, चीनी, धोखा अब नहीं खाएँगे!
नॉर्मल थायरॉइड, यूरिक, लिपिड देख नहीं सुस्तायेंगे!!

पर अब हम इन सबसे आगे, इन्सुलिन जांच आएँगे!
इन्सुलिन-रेसिस्टेंश की, हर बीमारी से बच जाएँगे!!

बीपी, चीनी, थॉयराइड, यूरिक एसिड बढ़ा हो!
चाहे फैटी लीवर, गठिया, लिपिड खून का चढ़ा हो!!

चाहे एलर्जी बढ़ने से दमा या एक्जिमा हो!
चाहे माइग्रेन, एंजाइटी या डिप्रेशन असीमा हो!!

सोरिएसिस, डीएलई, या, एसएलई, या एल पी हो!
एलोपेसिया-एरियाटा, मोर्फिया, एलपीपी हो!!

इन सब में हम इन्सुलिन का रेजिस्टेंस ही पाएँगे!
जीवन शैली बदल के, मुक्ति इन रोगों से पाएँगे!!

22 कदम में एक कैलोरी, खर्चाता, जान आएँगे!
ज्यादा श्रम नहीं, तो कैलोरी कम का भोजन खाएँगे!!

चीनी, चावल, आलू, मटन, का सेवन कम कर जाएँगे!
दाल, रोटी, सलाद व सब्जी हरी, सभी हम खाएँगे!!

ज्यादा कैलोरी का खाना, आज अगर हम खाएँगे!
आज जलाने कैलोरी वो, हम वर्जिश कर जाएँगे!!

बिना वो वर्जिश अगर कैलोरी ज्यादा ली, पछतायेंगे!
बीपी, चीनी, थायराइड, और कई बीमारी पाएँगे!!

त्वचा से ही, पूरे शरीर का हाल, जान ये जाएँगे!
त्वचा को दर्पण, इस शरीर का, कहते हैं,जान आएँगे!!

पिम्पल, छाई!! क्या कहती? ये आज यहां जान आएंगे!
मेटाबॉलिक-सिंड्रोम, से नाता, इसका है, ज्ञान पाएँगे!!

घबराहट-बेचैनी कारण, आज यहां खोज आएँगे!
मिटा के मन के अवसादों को नई ओज बिखरायेंगे!!

छोड़ नशे को आज ये जीवन नई ज्योत बिखरायेंगे!
जीवन में, एक होश-हुनर की, नई इबारत लाएँगे!!

सेहत है जीवन, जीवन में सेहत, हम भर जाएँगे!
'क्रांति', सबके संग में आओ, सेहत दिवस सजायेंगे!!

❑❑❑

23 महावीर जयंती (9 अप्रैल), पर कैवल्य भाव जगाती मेरी कविता...

दोस्तो,

आज 9 अप्रैल महावीर जयंती पे मन वर्धमान के जीवन और संदेशों को याद करने लगा!!

आज से करीब ढाई हजार साल पहले ईसा से 599 वर्ष पूर्व गौरवमयी बिहार की धरती के वैशाली-कुण्डलपुर में एक विलक्षण बालक, माता त्रिशाला-प्रियकारिणी की कोख से जन्मा था...

जिसने अपने सारी राजकुमारी शान और शौकत को छोड़...

वन प्रवास के दौरान बिना किसी जीव को कष्ट पहुंचाए...

और अपने शरीर पे अनेको तकलीफों को झेल...

उनसे साहचर्य बना...

परम् ज्ञान एवम् कैवलत्व को प्राप्त किया था...

और उस ज्ञान की ज्योति से सम्पूर्ण मानवजाति को रौशन किया था!! वो ज्योति आज भी जल रही है, और जलती रहेगी!!

आज उसी जिन्न महावीर के जन्मदिवस पर...

जरूरत है उनके वचनों को अपने जीवन में उतारने की!!

सत्य, अहिंसा, अस्तेय (दूसरे के धन की चोरी नहीं), अपरिग्रह (किसी चीज से मोह नहीं, किसी का संचय नहीं), एवम् ब्रह्मचर्य का पालन!!

इनको आज अगर हम अपने जीवन में आंशिक रूप से भी अगर पालन करें तो मानवजाति की बहुत सारी समस्याओं से मुक्ति मिल सकती है!!

अगर पूरी तरह से पालन करें तो ये धरती स्वर्ग बन जाये!!

शायद यही सब सोचते-सोचते ये उँगलियाँ चल पड़ीं और महावीर जयंती पे कैवल्य जगाती इस कविता ने अपना आकार लिया!!

तो सोचा क्यों न...

महावीर जयंती पर सत्य अहिंसा की अशेष शुभकामनाओं संग ये कविता आप मित्रों से साझा करूँ...

जीवन में प्रेम, त्याग, समर्पण की डोर को माझा करूँ...

WishingAll of UA happy Mahavir Jayanti!!

जियेंगे, औ हम, जीने देंगे, घृणा, क्रोध तज आएँगे!
सत्य, अहिंसा के फूलों से, महावीर पूज आएँगे!!

क्रोध, मोह का तिमिर हटाकर, आत्म-दीप जल आएँगे!
जीवन में कैवल्य-भाव का, बीज रोप हम आएँगे!!

जिन्न हमारा ज्ञान है लाया, शुद्ध हृदय सुन आएँगे!
मुनि-गीत यदि ना भी गाएँ, श्रावक-धुन बिखरायेंगे!!

कुण्डलपुर- वैशाली जन्मा, त्रिशाला का पुत्र था वो!
सिद्धार्थ थे पिता वो उसके, सन्मति का एक सूत्र था वो!!

जन्म से पहले ही लक्षण, मां सपनों में दिखलाया था!
त्रिशाला के सोलह सपने, महावीर दिख आया था!!

हाथी, वृषभ, सिंह, ये लक्ष्मी, पुष्प, चंद्र दिख आए थे!
सूर्य, कुम्भ, मछली औ सागर, पद्म-सरोवर पाए थे!!

रत्न जड़ित सिंहासन, देव-विमान, नाग का ताज दिखा!
रत्न-ढेर पे, धुआँ रहित, अग्नि का तेज प्रताप दिखा!!

त्रिशाला के इन सपनों का, अर्थ यदि जान आएँगे!
तभी महावीर की महिमा पुरुषार्थ देख हम पाएँगे!!

धन-वैभव से पटा था बचपन, वर्धमान का नाम मिला!
30 साल की उम्र में, छोड़ा घर, वैरागी धाम खिला!!

बारह वर्ष बिताया जंगल, कठिन तपस्या आत्म जगा!
बाद के 30 सालों में बांटा ज्ञान, हरेक जीवात्मा जगा!!

बहत्तर वर्ष की आयु में, महावीर निर्वाण हुए!
पावापुरी में था छोड़ा देह, मोक्ष बलवान हुए!!

सत्य, अहिंसा, औचार्य व, ब्रह्मचार्य सिद्धान्त मिला!
पंचशील सिद्धान्त में हमको अपरिग्रह का शांत मिला!!

अहिंसा, संयम औ तप ही धर्म है बतलाया था!
त्याग व संबल, प्रेम व करुणा, सदाचार सिखलाया था!!

24 वें तीर्थंकर थे वे, सही मार्ग दिखलाये थे!
मानव के कष्टों का कारण-निवारण सिखलाये थे!!

क्रोध, लोभ, ये मोह पे उनको पूरा एक नियंत्रण था!
अपने तप से, जप से, यम से, जीवन का आमंत्रण था!!

आज यदि सबलोग महावीर के वचनों को अपनाएं!
ये धरती, हो जन्नत जैसी, दुर्वाचनों को दफनाएं!!

महा-व्रती बनकर जीवन में, कैवल्य घोल आएँगे!
इन्द्रिय सुख से मुक्त ये जीवन सौंदर्य मोल आएँगे!!

ईश्वर-ज्ञाता-द्रष्टा है, हर सिद्ध को, ईश्वर मानेंगे!
तन के सुख को क्षणिक, रूह की खुशी को, अमर जानेंगे!!

संयम में जीवन, जीवन में संयम को घोल आएँगे!
जीवन-तप से एक तपस्वी, दुर्गम पथ चल आएँगे!!

आनंदित से अंतर तम से नव प्रकाश गढ़ लाएँगे!
मन के चक्षु खुले-खुले से, ज्ञान-अर्श देख आएँगे!!

सत्य, अहिंसा, परोपकार की गंगा यहां बहाएँगे!
'क्रांति', सबके साथ, जयंती-महावीर की गाएँगे!!

❑❑❑

चंपारण सत्याग्रह के सौ वर्ष: गाँधीवाद जगाती मेरी कविता... 24

दोस्तो,

आज 10 अप्रैल, 2017 की पूर्वसंध्या पर मन सौ साल पहले की घटना याद करने लगा!!

मन कहीं खो गया उन यादों में...

जब आज की तारीख में 1917 को बैरिस्टर मोहनदास कलकत्ते से पटना...

राजकुमार शुक्ल जैसे एक गुमनाम परंतु अपनी धुन के पक्के चंपारण के नील किसानों के क्षेत्रीय नेता के बार-बार के बुलावे के बाद आए थे!!

उस समय कोई नहीं जानता था कि ये मोहनदास इस काम के अंजाम के पहुँचने तक महात्मा गाँधी में बदल चुका होगा!!

और साउथ अफ्रीका में काफी लोकप्रिय हो चुका इसका सत्याग्रह एवम् अहिंसा का प्रयोग भारत में एक नई क्रांति एवम् वाद का जनक बनेगा, जो इस देश की दशा-दिशा बदलने वाला साबित होगा!!

परंतु ये हुआ!!

चंपारण आंदोलन ने कई मायनों में भारत-भारतवाद एवम् गाँधी-गाँधीवाद की रूपरेखा को एक ठोस आकार प्रदान किया,जिसकी गूँज आजादी की इतने सालों बाद, और उस घटना के सौ साल पूरे होने पर भी सुनाई दे रही है!!

शायद ये समकालीन वक्त की एक जरूरत बन गयी लगती है, जब पूंजीवाद, अतिवाद, उपभोक्तावाद, एवम् असहिष्णुता के दानवीय विचार आज इस देश की आत्मा पे हावी होने की मुद्रा में हैं!!

बिहार ने उस समय भी पूरे देश को रास्ता दिखाया था, और आज भी पलक-पांवड़े बिछाए खड़ा, उस महात्मा के सत्य-अहिंसा-सर्वकल्याण के संदेशों को बाँटता दिख रहा है!!

- -

गांधीजी के सपनों को हकीकत में जीने की कोशिश करते दिखता बिहार अपने मुखिया नितीश के नेतृत्व में नशामुक्त बन एवम् ग्राम्य जीवन में सतरँगी खुशियाँ बिखेरते सात निश्चय लिए, फिर से गाँधीवाद विमर्श को आमंत्रण दे रहा है!!

बिहार आज फिर से प्रेम भाईचारा, सहिष्णुता, एकता का पैगाम लिए खड़ा है राष्ट्रीयता की दहलीज पर...

गाँधीवाद की फूल एवम् दीपों से सजी थाली को थामे!!

बिहार आज पूरे देश को निमंत्रित कर रहा है...

चंपारण सत्याग्रह के शताब्दी समारोहों का खूबसूरत आगाज लिए हुए!!

कुछ यही सब सोचते-सोचते अनायास ही ये कविता, चंपारण सत्याग्रह के शतक वर्ष पे गाँधीवाद विमर्श का आमंत्रण देती हुई एक कागज के पन्ने पे उतर आयी तो सोचा क्यों न आप मित्रों से इसे साझा करें ..गाँधीवाद की डोर को माझा करें...

सत्य, अहिंसा, गाँधीवाद को फिर से जिंदा पाएँ हम!
चंपारण-सत्याग्रह, का ये शतक दिवस मनाएँ हम!!

जिन जगहों से देश था बदला, आज वहीं चल आएँ हम!
बापू की इस कर्मभूमि को, आज नमन कर जाएँ हम!!

घृणा-द्वेष के दौर में खुशबू-भाईचारा लाएँ हम!
सर्व-धर्म संभाव हृदय में, प्रेम लहू भर जाएँ हम!!

राजकुमार वो शुक्ल के कहने पे गाँधी जी आए थे!
चंपारण में सत्याग्रह की सफल कहानी पाए थे!!

मोहनदास से एक महात्मा, रूप सँवार वो आए थे!
सत्य अहिंसा के प्रयोग को सफल यहाँ कर आए थे!!

अप्रैल से अक्टूबर तक इस धरती रह आए थे!
इस बिहार के चंपारण का नाम जगत कर आए थे!!

अंग्रेजों ने उनको चंपारण जाने से रोका था!
खुद को कह दोषी, बापू ने उल्टा पांसा फेंका था!!

कहा मुझे तुम जेल भरो, पर चंपारण हम जाएँगे!
हाँ! यदि ये गलती है तो हम जेल में ही रह जाएँगे!!

अंग्रेजों की हिम्मत टूटी, सत्य की शक्ति जीत गई!
चंपारण के सत्याग्रह से राष्ट्र ये भक्ति प्रीत गई!!

नील किसानों के हर दुःख को, बापू ने विराम दिया!
सत्य के आग्रह से दिल बदला, हिंसा को आराम दिया!!

सभी कुरीति से लड़ आए, नारी को सम्मान दिया!
खोल के विद्यालय बुनियादी, शिक्षा को भी मान दिया!!

भीतिहरवा-आश्रम में उन लम्हों को जी आएँ हम!
आज के भारत में गाँधी के ध्वज को फिर लहराएँ हम!!

सौ सालों में क्या बदला, क्या नहीं? बहस कर आएँ हम!
समकालीन भारत में, गाँधी पर विमर्श, कर आएँ हम!!

गाँवों में बसता है भारत, ग्राम-उदय कर आएँ हम!
अंतिम व्यक्ति के सपनों को, पूरा अब कर आएँ हम!!

धर्म-सहिष्णु दिल से नाता आज यहाँ जोड़ आएँ हम!
तोड़ के मजहब वर्ग दीवारें, संग सभी चल आएँ हम!!

नशा मुक्ति की राह पकड़ के, इस बिहार ने दिखलाया!
होश -हुनर से जोड़ के नाता, गाँधीवाद है सिखलाया!!

सात ये निश्चय ने गाँवों की दशा-दिशा, ही बदली है!
जाग उठा है आज युवा,छँट रही अशिक्षा-बदरी है!!

इस शताब्दी वर्ष में, गाँधीवाद का मरहम, पाएँ हम!
पिछड़ेपन के घाव को पूरा आज यहाँ भर जाएँ हम!!

बुद्ध महावीर की धरती से, प्रेम का नगमा गाएँ हम!
एक वर्ष तक, गाँधीवाद की, हर गुत्थी सुलझाएँ हम!!

धन्यवाद!! सी एम नितीश को आज यहाँ कर आएँ हम!
'क्रांति', सबके संग में आओ, गाँधीमय हो जाएँ हम!!

❑❑❑

25 14 अप्रैल (अम्बेडकर जयंती) पे शोषण मुक्ति गीत गाती मेरी कविता...

दोस्तो,

आज 14 अप्रैल की पूर्व-संध्या को मन आज से 126 वर्ष पूर्व की यादों में खो गया, जब 14 अप्रैल 1891 को मऊ छावनी (इंदौर जिला) मध्य प्रदेश में महार जैसी छोटी एवम् अछूत जाति के एक सैनिक राम जी मालोजी सकपाल एवम् भीमाबाई की 14वीं एवम् अंतिम संतान का जन्म हुआ!!

जन्म से ही बालक विलक्षण था!!

पिता ने इसकी पढ़ाई पर पूरा ध्यान दिया!!

परंतु इस बालक को स्कूल में बचपन से ही यह बात काँटे की तरह चुभने लगी कि उससे एक अछूत की तरह और जानवर से भी बदतर व्यवहार किया जा रहा है!!

लोग उसकी छुई वस्तु नहीं ले रहे हैं, उसे जमीन में बैठना पड़ रहा है!!

उसे सामान्य जल स्रोत से पानी भी नहीं पीने नहीं दिया जा रहा है!! वगैरह-वगैरह!

इन सब बातों ने बाल्य मन में एक गहरा घाव पैदा किया, जो ताउम्र इस बालक की सामाजिक चेतना एवम् जिंदगी को प्रभावित करता रहा!!

परंतु इस बालक ने इन सब से हार मान पढ़ना नहीं छोड़ा और ये प्रण हमेशा अपने दिल में जिन्दा रखा कि इस तरीके को आमूलचूल बदल कर ही दम लेंगे, और अपना हौसला नहीं खोयेंगे!!

सकारात्मक सोच, कुशाग्र बुद्धि एवम् जीवटता ने उनकी जिन्दगी को एक ऐसे सांचे में ढाला, जिसमें उन्हें तमाम मौके पर कुछ उन लोगों का भी भरपूर साथ मिला, जिनसे वर्ण व्यवस्था के परिप्रेक्ष्य में सहयोग की उम्मीद नहीं थी!!

उन लोगों में शामिल हैं- कृष्ण महादेव अम्बेडकर, एक ब्राह्मण शिक्षक, जिन्होंने अम्बाबेडकर को आम्बेडकर, अपना उपनाम दिया!!

आगे चलकर बड़ौदा के महाराजा से मिली स्कॉलरशिप से तथा बाद में खुद के धन से भी, ये छात्र कोलंबिया विश्वविद्यालय, न्यूयार्क, लंदन यूनिवर्सिटी एवम् बर्न विश्वविद्यालय जर्मनी में भी शिक्षा पायी, जहां उन्हें किसी तरह के भेदभाव का सामना नहीं करना पड़ा!!

उन्हें आगे के जीवन में शाहू जी महाराज का भी बहुत सहयोग प्राप्त हुआ, जिसने आम्बेडकर को उनके सामाजिक और राजनैतिक कार्यों में बहुत मदद मिली!!

उनके गैर हिन्दू मित्रों ने भी उन्हें विशेष इज्जत दी जो उनकी योग्यता को ध्यान में रख कर वाजिब थी! इन मित्रों में पारसी मित्र नवल भातेना एवम् अंग्रेज लार्ड सिडनेम, शामिल हैं!!

महज 15 साल की उम्र में हुई 9 वर्ष की रमाबाई से शादी ने भी अम्बेडकर के जीवन को उसके मौजूदा स्वरूप में ढालने में महती भूमिका निभाई!!

हालांकि 1935 में रमाबाई के निधनोपरांत अम्बेडकर अकेले पड़ गए और बी.पी. तथा शुगर के मरीज बन गए!!

ऐसे में 1948 में एक ब्राह्मण सारस्वत चिकित्सक डॉ. शारदा कबीर से हुई दूसरी शादी ने भी उन्हें एकांकी एकल जीवन में बहुत सहयोग प्रदान किया, क्योंकि इन्हीं दिनों में भारतीय संविधान का प्रारूप लिखा जा रहा था!!

डॉ. शारदा अम्बेडकर ने उन्हें आगे चलकर बौद्ध धर्म पर उनके ग्रन्थ लेखन में भी सहयोग दिया और उनके साथ वो भी 1956 में बौद्ध हो गयीं और इसी साल उनके महापरिनिर्वाण (6 दिसम्बर, 1956) तक साथ रहीं! उनकी मौत के उपरांत उन्होंने अपना जीवन बौद्ध धर्म की सेवा में लगा दिया!!

अम्बेडकर ने एक ऐसा जीवन जिया कि उनके कट्टर आलोचक भी उनकी प्रतिभा और बातों, तर्कों के आगे नतमस्तक महसूस किये!!

यही कारण था कि कांग्रेस का नहीं होने पर भी उन्हें देश का प्रथम विधि मंत्री होने का एवम् संविधान का मुख्य शिल्पकार होने का गौरव मिला!!

उन्होंनें समकालीन कई विभूतियों को पीछे छोड़ते हुए सबसे ज्यादा बड़े लेखक, विचारक, चिंतक होने का ओहदा प्राप्त किया, जिसने उनके अनुयायियों में जबरदस्त चेतना और आत्मगौरव भाव का संचार किया, जिसने जड़ हो चुकी उनकी संवेदना और जिजीविषा के लिए एक संजीवनी का काम किया!!

शायद यही कारण था कि उनके एक कथन पर 10 लाख से ज्यादा लोगों ने उनके साथ बौद्ध धर्म की दीक्षा ली!!

आज भी उनके प्रशंसकों की संख्या और किसी भी समकालीन नेताओं से ज्यादा है!!

अम्बेडकर ने केवल दलित, शोषितों, पिछड़े लोगों की बहुसंख्यक आबादी में ही केवल चेतना नहीं भरी, अपितु उनका जीवन सबों के लिये एक प्रेरणा बन गया, जो अपनी असफलता में साधनों और भेदभाव का रोना रोते हैं!!

कैसे कोई छात्र तमाम परिस्थितिगत अवरोधों, सामाजिक, पारिवारिक बाधाओं को दरकिनार कर अपने परम् लक्ष्य के प्रति एकाग्रचित्त रह सकता है, ये बाबा साहेब डॉ. भीम राव अम्बेडकर जी के जीवन से सीखा जा सकता है!!

ऐसा व्यक्तित्व सदियों में कभी कोई पैदा होता, जिसके विचारों की रोशनी से ये जग उसके जाने के बाद भी जगमगाता रहता है!!

बाबा साहेब का जीवन वो समुद्र है, जिसकी पानी की गणना संभव नहीं है!!

शब्दों, कविताओं, और कई-कई ग्रंथों में भी उनके जीवन को सम्पूर्णता से बताना संभव नहीं है!!

परंतु, आज मेरे अंदर के कवि ने अपनी अल्प दृष्टि और अधूरे ज्ञान से शायद, यही सब सोच कर, उनके जीवन को याद कर, कुछ लिखने का प्रयास किया तो ये कविता उभर आयी...

तो सोचा क्यों न अम्बेडकर जयंती की अशेष शुभकामनाओं संग ये कविता आप मित्रों से साझा करूँ...

WishingAll of UA happyAmbedkar Jayanti!!

- -

चार वर्ण को, एक रंग में, रंगा हुआ हम पाएँगे!
बाबा साहेब जन्मदिवस पे, हम मिल-जुल कर आएँगे!!

शोषित पीड़ित आवाम के हक को हम वापिस कर आएँगे!
मानवता की, लाज बचाने, एक मानव, बन जाएँगे!!

हम हिन्दू हैं, हम मुस्लिम हैं, जयकारा जब गाएँगे!
सबसे शोषित वर्गों को हम सबसे आगे लाएँगे!!

नहीं दिखावा केवल, बल्कि दिल से, सोच ये आएँगे!
भले घटे रफ्तार,ये चलना, सबको सिखला आएँगे!!

जाति के ये भेदभाव को, हम निर्मूल हटायेंगे!
मानवता हो धर्म हमारा, मानव को पूज आएँगे!!

14 था अप्रैल, अठारह सौ इक्यानवे जन्म हुआ!
एक मसीहा शोषित का, एक नायक का आजन्म हुआ!!

एक सैनिक का बेटा था वो, मऊ में था वो जन्म लिया!
चौदहवीं संतान पिता का, दलित घाव आजन्म सिया!!

वो महार था, वो अछूत था, भेदभाव का दंश सहा!
उसके मन को था कचोटता,जाति भाव का अंश रहा!!

15 साल की छोटी उम्र में, रमाबाई का साथ मिला!
वैवाहिक जीवन था क्या, बस दुखों की गठरी हाथ मिला!!

29 साल वो, साथ निभाकर, रमाबाई देहांत हुआ!
तब ब्राह्मण वो एक चिकित्सक शारदा के संग साथ हुआ!!

छोड़ के व्यक्तिगत खुशियाँ, वो शोषित की आवाज बना!
32 डिग्री लेकर, ज्ञान का पुँज, ओज का साज बना!!

कोलंबिया वो लंदन बर्लिन, अर्थ, पॉलिटी ज्ञान लिया!
लॉ करके, वो एडवोकेट बन, सोशल जस्टिस ठान लिया!!

अलग हो निर्वाचन मंडल, था बाबा साहेब ठान लिया!
अंग्रेजों ने इसको था सिद्धान्त रूप में मान लिया!!

पर गाँधी के अनशन से शोषित का हक था दुखी मिला!
बड़ा हृदय दिखला, पीछे हट, आम्बेडकर दिल सुखी मिला!!

पूना पैक्ट के बाद वो लेकिन छुआछूत पे रोक लगी!
आरक्षण पर एक सहमति, भेदभाव पर शोक लगी!!

आरक्षण कोई भीख नहीं हो, सबको बतला जाएँगे!
आरक्षण से आगे भी हम आज यहाँ सोच आएँगे!!

भारत जब आजाद हुआ, तो एक विधान की माँग उठी!
अपना शासन, अपनी निष्ठा, संविधान की माँग उठी!!

ऐसे में इस महति कार्य को बाबा ने अंजाम दिया!
खुद जग कर कितनी रातें, हम सबको ये आराम दिया!!

संविधान प्रारूप बना कर, भारत को सम्मान दिया!
भारत-रत्न की पदवी, देकर देश ने उनको मान दिया!!

पहले थे कानून वो मंत्री, हिन्दू बिल ले आए थे!
पिता की संपत्ति में बेटी को अधिकार दे आए थे!!

पुरुष प्रधान इस देश में लेकिन इसका खूब विरोध हुआ!
छोड़ दिया पद बाबा ने सुकार्य में जब अवरोध हुआ!!

खिन्न हुआ मन धर्म से उनका, बौद्ध धर्म था अपनाया!
10 लाख, वो फॉलोवर को, बुद्ध मार्ग था दिखलाया!!

भले ही हम हिन्दू पैदा हों, मरण बौद्ध हो जाएँगे!
मनुवाद की ईट बजाकर, हृदय शुद्ध हो जाएँगे!!

बहुत लड़ा वो अन्यायों से, नई वो आशा जोड़ गया!
6 दिसम्बर, 56 को वो हम सब को यूँ छोड़ गया!!

नहीं वो केवल दलित, वो पिछड़ा, वो सवर्ण भी रोया था!
चला गया वो महा वो नायक, वक्त ने हीरो खोया था!!

आओ हम मिल मानववाद की ध्वजा सभी लहरायेंगे!
आपस में वो प्रीत प्रेम को, आज यहाँ फिर गाएँगे!!

नमन करेंगे आज उसे फिर, शब्द-शब्द पढ़ आएँगे!
आम्बेडकर स्मृति को दिल में हम निःशब्द गढ़ लाएँगे!!

लेखक था वो, चिंतक था वो, था वकील और शिक्षक भी!
नेता था, एक दर्शन था, हिन्दू था, बौद्ध वो भिक्षुक भी!!

वक्ता था वो, द्रष्टा था वो, था समाज सुधारक भी!
प्रखर वो बुद्धि, विद्य असीमित, था वंचित उद्धारक भी!!

कानून हो, अर्थव्यवस्था, राजनीति हो संस्कृति!
देश-धर्म हो, इतिहास हो, संविधान की आकृति!!

इस महान से, शख्सियत को आज अजीम कह आएँगे!
'क्रांति', आओ हम सब जय-जय भीम यहां कह आएँगे!!

❑❑❑

26 गुड-फ्राइडे पे सलीबजदा येसु के त्याग एवं समर्पण को वंदति मेरी कविता...

दोस्तो,

,आज गुड-फ्राइडे पे मन लहूलुहान प्रभु येशू की यादों में खो गया, और इस पर्व की महत्ता को समझने लगा, और सोचने लगा कि सच का रास्ता इतना कठिन क्यूँ है?

वास्तव में, सच बलिदान माँगता है, सच, कहने की ताकत खोजता है, और सच त्याग और समर्पण की दरकार याचता है !! हम सब को झुठ, पाखंड, चालबाजी का रास्ता ज्यादा आसान सा जँचता है, इसमें समूहगत सुरक्षा का भी भाव जगता है, और इसमें तर्रक्की तुरंत मिलती दीखती है, तो हम इस रास्ते पे खीँचे चले आते हैं !! परन्तु इस धरती पे कुछ बातें सार्वभौमिक सत्य है कि, जिसने अपना सब कुछ खो दिया !! जिसने अपने श्मैंश, को पूरी तरह से विसर्जित कर दिया, दुनिया उसे ही परमात्मा का दर्जा देती है !! वो संसारिकता की भाषा में सब कुछ खोकर भी, सब हृदय का प्यार पा लेता है, मोक्ष पा लेता है और निर्वाण को उपलब्ध हो जाता है !!

ठीक है कि, हम सब उस रास्ते पे पूरी तरह नहीं चल सकते, परंतु अगर आंशिक रूप से भी चल पड़ने की हिम्मत करें तो ये दुनियाँ स्वर्ग बन जाएगी!!

याद रखें हम सब से झूठ बोल सकते हैं, अपने आप से नहीं!!

आइये,

आज गुड़-फराइडे पे प्रभु येशु को याद करके ये प्रण लें कि...

हम न किसी को छोटा समझेंगें और न अपने आप को किसी से छोटा समझेंगें,

हमारी प्रतिस्पर्धा खुद अपने आप से होगी किसी और से नहीं!!

हम सुख -दुःख में अपने चित्त को स्थिरप्रज्ञ रखेंगें और अपने जीवन को त्याग और समर्पण से भर लेंगें!!

शायद ये लहूलुहान प्रभु अपने बलिदान से हमें यही सिखाना चाहता है!!

कुछ यही सब सोचते - सोचते, न जाने कब ये उंगलियां चल पड़ीं, और अनायास ही इस गुड-फ्राइडे कविता ने मेरे मन के पंख से उड़ कर कब कागज के पन्ने पे उतर आई ये पता न चला!!

तो सोचा क्यों न इसे आप मित्रों से साझा करूँ...

और गुड-फ्राइडे पे त्याग एवं समर्पण की डोर को मांझा करूँ...

सच की राहें, बड़ी कठिन हैं, शूली भी, चढ़ जाना होगा !
गुड-फ्राइडे, पे, येशु के, संदेशों से, भर जाना होगा !!

छोड़ के अपनी हर ऊँचाई, झरनों सा गिर जाना होगा !
न्योछावर कर, ये जीवन, हर बुराई, लड़ आना होगा !!

हारने वाला, जीत है जाता, जो जीता, परास्त हुआ !
जिसके सर पे ताज सजा है,उसका सूरज अस्त हुआ !!

यहाँ सिकंदर, भी प्यासा है, और कबीरा, मस्त हुआ !
जिसने अपना सबकुछ खोया, वही बुद्ध औ ख्रीस्त हुआ !!

दया, धर्म, औ परोपकार की हर सीढ़ी चढ़ आना होगा !
खत्म वो करके अहंकार को, चरणों में गिर जाना होगा !!

जिसने, जितना झूठ, गढ़ा है, वो उतना ऊपर बैठा !
संसारी दुनियाँ में, पाने वाला, खुद, खोकर बैठा !!

अंदर से, जो, खाली है, बाहर में, ऊँचा, पद बैठा !
अंतर-आत्म में निर्बल, बाहर सुंदर काठी -कद बैठा !!

एक दिया सा ये जीवन, हर बूँद-बून्द जल जाना होगा !
दूजे के जीवन में, खुशियाँ औ प्रकाश भर जाना होगा !!

आत्मदीप बन कर हमको ये,जग, रौशन कर आना होगा !
त्याग, समर्पण औ संयम से, ये जीवन, भर जाना होगा !!

माफी उनके लिए भी माँगो, जिसने शूली चढ़वाया !
जीवन में,वो जीत है जाता, जिसने गाली मढ़वाया !!

जो दिखता वो होता नहीं, ये अबूझ पहेली पढ़ आया !
ईश्वर से, जो, हमें, मिला दे, राह, अकेली गढ़ आया !!

अपने - अपने, कर्मों से, ये धरती, स्वर्ग, बनाना होगा !
कोई न छोटा, नहीं बड़ा, तुलना,खुद से,कर आना होगा !!

हमने सोचा, शूली पे, सच को, बेजान, बना देंगें !
अत्याचार से, अनाचार से,झूठ की शान बढ़ा देंगें !!

पर सच में, वो ताकत है, जो मरकर भी, जी उठता है !
गुड-फ्राइडे पे, ईस्टर पे, प्रभु सच को ही कह उठता है !!

निडर वो बनके, हिम्मत से, सच का सलीब, ढो आना होगा !
नियति में, प्रभु को, लाकर, सुंदर, नसीब, बो आना होगा !!

सब धर्मों का, एक सबक, है, प्रेम, याद रख आना होगा !
ईद हो, ईस्टर, दिवाली, रस, प्रेम का, ही चख आना होगा !!

लहू-लुहान, औ कील-बद्ध तन में भी अब मुस्काना होगा !
'क्रांति', जीसस, सबके अंदर, मानवता, भर लाना होगा !!

ईस्टर की अशेष शुभकामनायें आप सभी मित्रों को...

27

ईस्टर (16 अप्रैल) पे प्रभु फिर जाग गया,
हमारे बीच सदा रहने के लिये!!
सुख-दु:ख से भरे इस जीवन में नव अध्यात्म लिए,
नश्वर-सी इस दुनिया में,
उम्मीद के रंग-बिरंगे अण्डों में,
नवआशाओं के पंख लिये चूजों में,
नवजीवन का नवविहान लिए,
नवजीवात्म में छुपा नवपरमात्म लिये,
जिन्दगी की पगडंडियों पे सदा ही
साथ आएगा वो!!
हसीन से ख्वाबों की तासीर पे सदा
मुस्कुराएगा वो!!
वक्त के जुल्मोसितम में,
सलीब-जदा अपने जिस्म-ए-असीर पे
वो अनगिनत घाव लिये
फिर से जिंदादिली की जिजीविषा
जगायेगा वो!!
सुने जायेगा वो,
वो अनसुनी-सी दिल की सदायें,
हर उलझन वो दिल की,
बड़ी तसल्ली से,
बेउलझ ही
सुलझाएगा वो!!

सम्भव है!
मेरी आँखें उसे न देख पाएं
पर वो मेरी रूह की रूहानियत भी,
शुभनजरों से हर घड़ी निहार जायेगा वो!!
कभी कभी लड़खड़ायेंगे मेरे कदम जीस्त की,
पगडंडियों के तीखे घुमाव पर!
पर मेरे हौसलों का हाथ थामने,
विश्वास की एक दिव्य,
डोर को,
सदा ही मेरे करीब फेंक,
जायेगा वो!!
दुनिया ने कहा था के,
चले गए तेरे प्रभु!
पर,
मुझे उम्मीद थी हरदम,
मेरे जीवन में ईस्टर के नवरंग लिए,
हर दिन हर पल मेरे दिल के गिरजाघर में,
एक सुरीले से कैरोल में,
खुशियाँ की तान सा,
अविरल,
ही उतर जायेगा वो!!
कंफेसन में कह जायेगा वो मन के अपने सारे
दुराग्रह!
और वो,
मेरी हर गलतियों को तहेदिल से सुन,
मेरे रोते हृदय की हर सिसकियों को चुन,
मेरे अश्कों की धार को,
मेरे दु:ख के आधार को,
सदा ही,
अपने स्नेहिल हाथों में थामे,

दया की रूमाल से,
पोंछ आएगा वो!!
'क्रांति', स्मरण करो
येशु का!
क्योंकि
तेरी हर नज्म में बन भाव
हर्फ-हर्फ,
नए जज्बात जोड़ जायेगा वो!!
फिर से जाग गया है मेरा प्रभु ईस्टर पे!
हाँ! हाँ!
फिर से जाग गया है मेरा प्रभु ईस्टर पे!!
WishingAll of UA happy Easter!!

❑❑❑

28 विश्व विरासत दिवस 18 अप्रैल, पर धरोहर दर्शाती मेरी कविता...

दोस्तो,

आज विश्व विरासत दिवस (18 अप्रैल) पे ये मन, अपने देश-प्रदेश की सभी विरासतों और धरोहरों की याद में खो गया! उन विरासतों और ऐतिहासिक स्थलों के माध्यम से उन पुराने युगों एवम् वर्षों का भी ये मन स्मरण करने लगा, जिसकी गवाही ये पौराणिक स्थल दे रहे थे!!

ये मन बोधगया के बोधिवृक्ष की छाँव के तले दिव्य ज्ञान की अनुभूति को भी महसूसने लगा और विश्व प्रसिद्ध नालंदा विश्वविद्यालय के विभिन्न आख्यानों एवम् विक्रमशिला विश्वविद्यालय के ज्ञानपूर्ण व्याख्यानों में डूब गया!! कुण्डलपुर वैशाली के जैन महावीर जन्मस्थली ने सत्य अहिंसा की विरासत से रू-ब-रू कराया और पावापुरी का महापरिनिर्वाण स्थल ने उस विभूति एवम् उस काल खंड की अपनी पौराणिक स्मृतियों से मन को दो-चार किया!! कुम्हरार पटना, अगमकुआं, वैशाली अशोक स्तम्भ ने हमें उस चक्रवर्ती सम्राट अशोक से मिलवा, हमारे स्वाभिमान और स्वपहचान को एक नई ऊंचाई प्रदान की!! पटना संग्रहालय एवम् नवनिर्मित बिहार म्यूजियम ने इन सब पहचानों को एक जगह प्रदान किया, जहां हम एक ही जगह पे इन सबों से इकट्ठे मिल सकते हैं!!

मोतिहारी के भीतिहरवा आश्रम, पटना के गांधी मैदान एवम् गांधी संग्रहालय ने गाँधी जी के चंपारण सत्याग्रह की गौरवमयी यादों को फिर से ताजा कर दिया और सत्य और उसके आग्रह की असीम शक्ति से हमें परिचित करवाया! मन प्रदेश के बाहर अजन्ता-एलोरा, बेलूर मठ, ताजमहल, चारमीनार, जंतर-मंतर, हवामहल, गोवा चर्च, कन्याकुमारी का समुद्र संगम और रामेश्वरम का धाम भी घूमा तो अजमेर शरीफ का सूफी दरगाह, अमृतसर का स्वर्णमंदिर, पटना साहिब गुरुद्वारा को भी देख आया और

प्रेम सहिष्णुता भाईचारे की अपनी संस्कृति को याद कर असीम श्रद्धा और भक्ति से भर गया! इसी देश से फैले निकले अनेक वाद एवम् दर्शनों को भी विभिन्न पांडुलिपियों एवम् स्मारकों के माध्यम से जान मन अपने सभी सास्कृतिक, आध्यात्मिक,वांग्मय की ऊंचाइयों के उतुंग को बहुत करीब से निहार आया!!

सचमुच विश्व धरोहर दिवस या विश्व विरासत दिवस या वर्ल्ड हेरिटेज डे को मनाने का आशय यही है कि हम अपने मूल को, जड़ों को, सदैव याद रखें और विकास की इस मशीनी दौड़ में मानवीय मूल्यों एवम् परम्पराओं को हमेशा अपनी आत्मा में जीवित रखें और इसी दृष्टि सोच को अपनी अगली पीढ़ी को भी संप्रेषित करें!!

शायद यही सब सोचते-सोचते कब ये उँगलियाँ चल पड़ीं और ये विश्व विरासत दिवस पे धरोहरों से प्रेम जगाती कविता मुझसे निकल आयी पता नहीं चला!! तो सोचा क्यों न इसे आप मित्रों से साझा करूँ और वर्ल्ड हेरिटेज डे की अशेष शुभकामनाओं संग ये परम्पराओं, विश्वासों को डोर को माझा करूँ...

WishingAll of UA happy World Heritage Day (18April)...

सजे हुए, उस इतिहास को आज देख के आएँ हम!
विश्व विरासत दिवस, धरोहर से, गौरव को पाएँ हम!!

बहुत करीने से, सुंदर से, भूतकाल जड़ जाएँ हम!
वर्तमान में और भविष्य में, वो अतीत पढ़ आएँ हम!!

छोटी-मोटी कलाकारी हो, हस्त-शिल्प या शिला-लेख!
पुरातत्व, भग्नावशेष हो, पाण्डुलिपि, साहित्य-लेख!!

यक्ष की मूर्ति, गण का चित्र हो, गजगामिनी नारी हो!
हँसता बुद्ध हो, ध्यान महावीर, दृश्यशोभिनि नारी हो!!

मंदिर घंटी, कब्र मकबरा, चर्च-कैथेड्रल भारी हो!
गुरुद्वारों के अरदासों में, एक अकाल ओंकारी हो!!

निर्गुण-कीर्तन, सूरदास पद, या कबीर की भासी हो!
मीरा-गीत हो, सूफी स्वर हो, आत्म-अनात्म आभासी हो!!

हो तालाब, हो कुआँ-कुण्ड हो, पर्वत वैभवकारी हो!
पेड़ हो पक्षी, गुफा चित्र हो, शैल की शिल्पकारी हो!!

अपने सब साहित्य-कला से, रू-ब-रू हो जाएँ हम!
अपने हर वो, सोच व दर्शन का सुरूर ले आएँ हम!!

सत्य-अहिंसा भाईचारा, राष्ट्र-पिता का सपना था!
समरसता की सोच लिए वो बाबा-साहेब अपना था!!

जे. पी., लोहिया ने समाज-वो-वाद की राह बतायी थी!
भारत के इस लोकतंत्र को नई दिशा दिखलायी थी!!

राजनीति-समाज के सारे, वाद यहां पढ़ आएँ हम!
इतिहास से सीख वो लेकर, नया वाद गढ़ जाएँ हम!!

एक विरासत हमने पाया, प्रकृति औ संस्कृति का साया!
सोच हमारी जीवन-दृष्टि, जो जीवन के गति को भाया!!

जिनको हमने ग्रहण किया था, आगे भी दे जाएँगे!
पीढ़ी दर पीढ़ी इस रस्म के धागे को ले जाएँगे!!

सभी धरोहर अपनी है पहचान समझ ये जाएँ हम!
अपनी है ये आन, यही है शान, बुझ ये आएँ हम!!

ताजमहल, नालंदा हो या, कुतुबमीनार या लालकिला!
संसद-भवन हो, बोधगया हो, वैशाली का जैन-शीला!!

चर्च वो गोवा, अजंता वो, अंडमान का कारागर!
भूल-भुलैया, हवामहल वो, इण्डिया गेट या चारमीनार!!

अमृतसर का स्वर्ण वो मन्दिर, पटना-साहिब गुरुद्वारा!
रामकृष्ण, विवेकानंद वो, बेलूर-मठ हुगली धारा!!

इन जैसे कितने स्थल को देख-दिखा यूँ आएँ हम!
अपने ज्ञान व स्वाभिमान को नई ऊंचाई पाएँ हम!!

अपने देश पे और प्रदेश पे आज यहाँ हम नाज करें!
पर मत भूलें भूत को अपने, याद धरोहर आज करें!!

नहीं ये, केवल सरकारों का, नेताओं का, काम रहे!
सर्व-जनों को प्रेम, विरासत से हो, ये उनका धाम रहे!!

कहीं भले हम रहें, वो चाहे हम कितने भी व्यस्त रहें!
अपनी मिट्टी, अपना कल्चर याद जीवन-पर्यन्त रहे!!

समय निकालकर घूम आएँगे, बच्चों को दिखलाएँगे!
विश्व विरासत दिवस का मकसद हम सबको समझायेंगे!!

ज्ञान अधूरा रह जायेगा बिना मूल का ज्ञान हुए!
खुशबू व्यर्थ ही रह जायेगा, बिना फूल का प्राण हुए!!

आओ अपने मूल विरासत से प्यार कर आएँ हम!
हम जैसे हैं, उसी हाल पे एक दुलार भर जाएँ हम!!

सभी धर्म से प्रीति अपनी, सभी सोच से प्यार रहे!
एक दूजे से प्यार कमें न, भले अलग विचार रहे!!

गंगा-जमुनी तहजीबों में, पला बढ़ा घरबार रहे!
सर्व-धर्म-संभाव फिज़ाँ में, अम्न भरा संसार रहे!!

सब धर्मों की सभी विरासत एक साथ देख आएँ हम!
सब अपने हैं, इनसे नाता आज यहाँ जोड़ आएँ हम!!

दिवस-विरासत बुला रहा है, सभी तीर्थ घूम आएँ हम!
हिन्दू-मुस्लिम-सिक्ख-ईसाई-बौद्ध-जैन मिल जाएँ हम!!

पूरी दुनिया एक समंदर, लहर-लहर मिल जाएँ हम!
'क्रांति', आओ विश्व विरासत को सहेज कर आएँ हम!!

❑❑❑

29 विश्व पृथ्वी दिवस 22 अप्रैल पर धरती प्रेम जगाती मेरी कविता...

दोस्तो,

ये प्यारी न्यारी-सी जीवनदायिनी धरती हमारी आज हमसे तुमसे और सबसे मुखातिब है, वो आज व्यथित है कि

आज उसकी ही संतानें उसी का कलेजा छलनी कर रही हैं
बांधों को बना कर
प्रदूषण फैला कर
वनों को उजाड़ कर
वन्यजीवों को मारकर
कंक्रीट के जंगलों रूपी
शहरों को सजा कर
हरे-भरे से गांवों को मिटा कर
तेल भंडारों को निचोड़कर
जनसंख्या का बोझ बढ़ाकर
पाताल जल को सोखकर
पहाड़ों को तोड़कर
द्वीपों को जोड़कर
नदियों का रुख मोड़कर
और तथाकथित
भौतिकता और आधुनिकता
का झूठा चोगा ओढ़कर
रो रही है धरती हमारी
आओ उसे दुलारें
आओ उसे सजाएँ
आओ...

उसने हमको बहुत दिया,
हम भी
कम से कम एक वृक्ष इसे दे जाएँ,
आओ...
विश्व पृथ्वी दिवस मनाएं...

वर्ल्ड अर्थ डे 22 अप्रैल, 2017 पर आज मेरे जेहन में ये ख्याल आया, जिसे पृथ्वी गीत के रूप में आप मित्रों से साझा करने में अपार हर्ष हो रहा है...

जिन्दगी की गूँज से हर, गूँजती वसुंधरा
जिन्दगी को जिन्दगी भर, सींचती वसुंधरा
पेड़, झरने, वादियों में रंग-ए-कुदरत भरा
पर्वतों, इन घाटियों में जोश-ए-जुर्रत भरा
पर्वतों को हर ऊँचाई, बाँटती वसुंधरा
गहराई से घाटियाँ, सँवारती वसुंधरा
जिन्दगी की गूँज से हर, गूँजती वसुंधरा
जिन्दगी को जिन्दगी भर, सींचती वसुंधरा

लहरों में सागर छुपा, ये जिन्दगी का ज्वार है
भाटा में जीवन के दुःख का ही तो एकशृंगार है
सागरों के शोर से हर, बोलती वसुंधरा
लहरों के उन्माद में हर, डोलती वसुंधरा
जिन्दगी की गूँज से हर, गूँजती वसुंधरा
जिन्दगी को जिन्दगी भर, सींचती वसुंधरा

उन अरण्यों में भटकते मृग को है देखा कभी
मोर नाचे दृश्य को नयनों में है रखा कभी
मृग की तृष्णा, मोर हँसना, बांचती वसुंधरा
कोयलों की कूक संग फिर, गा उठी वसुंधरा
जिन्दगी की गूँज से हर, गूँजती वसुंधरा
जिन्दगी को जिन्दगी भर, सींचती वसुंधरा

हरियाली का वास है औ खुशियों की रंगोली है
पतझड़ों के मौसमों की भी छटा चटकीली है
रूप में नवरंग ही हर बार भरती वसुंधरा
इस प्रकृति को नया छव, एक देति वसुंधरा
जिन्दगी की गूँज से हर, गूँजती वसुंधरा
जिन्दगी को जिन्दगी भर, सींचती वसुंधरा

वन हैं, पेड़ है, जीव है, और नदी में पानी है
खेत-खलिहानों में फसलों की एक खिली जवानी है
मेघों की बारिश से हर, धुलती वसुंधरा
इंद्रधनुषों से ये हर, सजती वसुंधरा
जिन्दगी की गूँज से हर, गूँजती वसुंधरा
जिन्दगी को जिन्दगी भर, सींचती वसुंधरा

मानव ने बनाए बांध कई, काटा है, कितने वृक्षों को
शहरों को सजाने की खातिर, उजाड़ा गांवों के अक्षों को
इतने इन घावों से, फिर रोती वसुंधरा
होता कंपन, आता तूफान, है गुस्साती वसुंधरा
जिन्दगी की गूँज से हर, गूँजती वसुंधरा
जिन्दगी को जिन्दगी भर, सींचती वसुंधरा
पीड़ा अपनी सहती, फिर कुछ कहती वसुंधरा
रहने दो हरियाली बिखरी, औ हँसती वसुंधरा
'क्रांति' ले लो, सब कुछ यहाँ, जो बाँटती वसुंधरा
पर दे दो वो एक पेड़ जिसे, है माँगती वसुंधरा
जिन्दगी की गूँज से हर, गूँजती वसुंधरा
जिन्दगी को जिन्दगी भर, सींचती वसुंधरा।

❑❑❑

धरती बचाने का संकल्प लिए मेरी दूसरी कविता...

पर्यावरण है, जीवन है, इसे दूषित नहीं होने देंगे
धरती, तेरी सुंदरता पे, आँच नहीं आने देंगे।

मिट्टी सोंधी, पेड़ हरे, औ, नभ पे काले बादल हैं
कोयल की है, कूक निराली और मयुरी आँचल है।

सख्त बड़ी चट्टानें हैं तो, कोमल-सा ये दलदल है
उफानों में, सागर के, दिख जाता जीवन अविरल है।

जीवन की दुपहरी की, वो छाँव, नहीं घटने देंगे
हरियाली चहुँ ओर बसे, ये भाव, नहीं मरने देंगे।

पर्यावरण है, जीवन है, इसे दूषित नहीं होने देंगे
धरती, तेरी सुंदरता पे, आँच नहीं आने देंगे।

बारहसिंघे घूम रहे, औ बाघों, का बसेरा है
गैंडे ने है डाल दिया, कीचड़ में अपना डेरा है।

दरियाई घोड़े, हाथी हैं, जिराफों का घेरा है
चिम्पांजी ने फल तोड़ा, जंगल में हुआ सवेरा है।

जंगल जीवन विविध रूप, ये रूप, नहीं मिटने देंगे
कुदरत के हैं रंग कई, कोई रंग, नहीं घटने देंगे।

पर्यावरण है, जीवन है, इसे दूषित नहीं होने देंगे
धरती, तेरी सुंदरता पे, आँच नहीं आने देंगे।

उड़ते पंछी, चुगते पंछी, नील गगन को जीते पंछी
पेड़ों में है नीड़ कई, कई पेड़ों को ही भीते पंछी।

कलरव जीवन, झुँड सजीवन, वृहत व्योम को सीते पंछी
विविध रूप में उड़ते रहते, जमीं पे खुशियाँ प्रीते पंछी।

उड़ने वाले पंखों की उड़ान नहीं थमने देंगे
भाँति-भाँति के पँछी हैं, पहचान नहीं मिटने देंगे।

पर्यावरण है, जीवन है, इसे दूषित नहीं होने देंगे
धरती, तेरी सुंदरता पे, आँच नहीं आने देंगे।

ये धरती, अपनी है सुन्दर, आओ मिलकर इसे सजाएँ
घाटी, नदियाँ और हवाएँ, पर्वत, झरना, नीर बहाएँ।

शीतल है, हरियाली, आँगन, शीतलता को और बढ़ाएँ
नदियों को बहने दें कलकल, बाँधों को हम, ना, कर जाएँ।

क्षुधा हमारी, भौतिकता, इसे और नहीं बढ़ने देंगे
दूषण और प्रदूषण से जलवायु न हम सड़ने देंगे।

पर्यावरण है, जीवन है, इसे दूषित नहीं होने देंगे
धरती, तेरी सुंदरता पे, आँच नहीं आने देंगे।

लुप्त हो रहे बाघ जमीं से, डॉल्फिन गंगा छोड़ चली
सोन चिरैया नहीं है दिखती, गिद्धें भी मुँह मोड़ चली।

गैंडों को मारा हमने, आँखें घड़ियाली बे-अश्क चली
लाल भेड़िया भाग चला है, व्हेल कुबड़ी जल छोड़ चली।

इन जीवों से मोह हमारा, अब और नहीं घटने देंगे
'क्रांति', ले लो प्रण, धरा, जीवों को न तजने देंगे।

पर्यावरण है, जीवन है, इसे दूषित नहीं होने देंगे
धरती, तेरी सुंदरता पे, आँच नहीं आने देंगे।

पीपल देता छाँव सुहाना, नीम चिरायु देता है
तुलसी घर की व्याधि हरती, गूलर दीर्घायु देता है

पूजे जाते बेल के पत्ते, बरगद साया देता है
जीवन में हरियाली भर कर, गदगद काया देता है।

हरी-भरी जलवायु में, कोई विष नहीं घुलने देंगे
'क्रांति', दुनिया संग कहो, ये धरा नहीं मिटने देंगे।

पर्यावरण है, जीवन है, इसे दूषित नहीं होने देंगे
धरती, तेरी सुंदरता पे, आँच नहीं आने देंगे।

❑❑❑

30
विश्व पुस्तक दिवस (23 अप्रैल) पे किताबों में डूबती मेरी कविता...

दोस्तो,

आज 23 अप्रैल, विश्व किताब दिवस यानी वर्ल्ड बुक डे, की पूर्व-संध्या पे मन पुस्तक की यादों में खो गया!!

मन ककहरा की वो पहली पुस्तक और एबीसीडी सिखाने वाली पुस्तक से, कॉमिक्स, कहानी, नॉवेल, कविता संग्रह, गणित, विज्ञान, सामान्य ज्ञान, पत्र-पत्रिकाओं, समाचार पत्रों का वो रविवारीय विशेषांकों के ख्यालों में डूब गया!!

सोचने लगा कि जब अकादमिक वर्ग परिवर्तन होता था, तो नई किताबों की एक खास चमक-दमक, से चेहरे एवम् दिल में कितनी प्रसन्नता एवम् आनंद का संचार होता था!!

सोचने लगा कि ट्रेन में लंबे एवम् एकांत के पलों में, किसी अच्छी पत्रिका के दार्शनिक लेखों से, बुद्धि एवम् विवेक को, कितना सुकून एवम् दिली तसल्ली मयस्सर होती थी!!

मन ये भी याद करने लगा कि जब किन्हीं कारणों से मन के आकाश पे, अवसाद के काले बादल छाते थे तो, उन प्रेरक पुस्तकों से कैसे रूह पर खुशियों की बारिश हुआ करती थी।

कैसे किसी बेचैन से हुई लंबी रातों में...
जब नींद लुका-छिपी खेलते-खेलते...
आँखों के घर से गायब हो जाया करती थी तो...
उस किताब के पन्नों में दफन उन हर्फों में छिपे...
स्निग्ध से अहसासों की...
लोरियाँ सुन तुरंत हाजिर-सी हो जाया करती थीं!!

ये मन उन सुखद पलों के भाव-सागर में भी गोते लगाने लगा, जब

किताबों में रखा गुलाब...

प्रेम-पाती के संग...

हृदय के सबसे अंदर के तहखाने में भी...

वफा की खुशबू छोड़ जाया करता था...

आज उन किताबों की जगह....

स्मार्ट फोन, नोटपैड, लैपटॉप, कंप्यूटर, डिजिटल बुक और इंटरनेट ने ले ली है...

परंतु किताबों की सोंधी-सी एक खास महक एवम् अहसास तो किताबों से ही मिल सकती है!!

23 अप्रैल विलियम शेक्सपियर की पुण्य तिथि भी है, जो महान नाटककार, दार्शनिक, लेखक एवम् कवि थे, उनकी याद में भी इस दिन विश्व किताब दिवस मनाया जाता है!!

आज यही सब सोचते-सोचते अनायास ही ये किताब दिवस की कविता एक पन्ने पे मेरे हस्तकलम से उतार दी गई!!

तो सोचा क्यों न विश्व किताब दिवस 23 अप्रैल की अनंत शुभेक्षाओं संग ये कविता आप मित्रों संग साझा करूँ...

एवम् पुस्तक प्रेम की डोर को माझा करूँ...

WishingAll of UA happy Book Day 23April!!

अपने मन की, जिज्ञासा को, एक शिखर, दिखलाएँगे!
हम सब मिलकर विश्व किताब का दिवस यहाँ मनाएँगे!!

पढ़ने-लिखने की आदत को, उम्र में बाँध न आएँगे!
चाहे बच्चे, युवा, वृद्ध हों, सब पुस्तक पढ़ आएँगे!!

ज्ञानार्जन की उम्र न कोई, जीवन के विद्यालय में!
कौतुहल पे रोक न कोई, भुवन के इस ज्ञानालय में!!

जीवन है एक पुस्तक, इसके अध्यायों को याद करें!
पल-पल है पन्ना-पन्ना, उन विद्याओं को साथ करें!!

जीवन से जो सीख मिली, उसे किताबें लिख आएँगे!
अपने अनुभव को दुनिया के सन्मुख हम रख जाएँगे!!

सीख-सिखाने की अभिरुचि को जिंदा रख पाएँगे!
तर्क-कसौटी से, जीवन को आज परख हम आएँगे!!

ए बी सी डी बच्चे सीखे, ज्ञान ककहरा सीख गए!
खेल-खेल में जीवन के, हर रूप नए वो दीख गए!!

उम्मीदों में जीवन पलता, जिज्ञासा की भीख लिए!
अज्ञानी से ज्ञान पाने की, उत्कण्ठा की चीख लिए!!

जीवन के हर एक उलझन का हल पुस्तक से पाएँगे!
ज्ञान के घर में, हम प्रवेश का, पल दस्तक से पाएँगे!!

ज्ञान शारदे पूज आएँगे, कलम-दवातें लाएँगे!
हम अपने जीवन में, प्रज्ञा की सौगातें लाएँगे!!

चाहे कविता, नाटक हो या, कोई कहानी लेख कोई!
चाहे हो, विज्ञान-कला, या वाणिज्य आलेख कोई!!

किताबों की जगह आज ये इंटरनेट ने ले ली है!!
लैपटॉप, मोबाइल या के पैडनोट ने ले ली है!!

पर जो बात किताबों में है, नहीं वो डिजिटल पाएँगे!
पन्नों की वो खास महक, न भाव वो शीतल पाएँगे!!

इंटरनेट के युग में भी वो, नई वो पुस्तक लाएँगे!
किताबों में दोस्त वो अपना, जीस्त-घटक वो पाएँगे!!

चाहे गृहणी, चाहे शिक्षक, सरकारी वो सेवक हों!
वैज्ञानिक हों, छात्र हों नेता, या अभिनेता गायक हों!!

चाहे चिकित्सक, अभियंता हों, प्रशासक, प्रबंधक हों!
व्यापारी हों, श्रमिक, लिपिक हों, या के खेत के कृषक भी हों!!

अपनी इच्छा से, पुस्तक का चयन, यहां कर जाएँगे!
मन के हर एक तिमिर को रौशन आज यहां कर जाएँगे!!

जीवन के हर पल में, पुस्तक को साथी हम पाएँगे!
जीवन के उलझन का हल, गुरु की भांति हम पाएँगे!!

सभी बुराई इस समाज की, शिक्षा से, दूर भगायेंगे!
खाली समय में पुस्तक पढ़ना हम सबको सिखलायेंगे!!

अच्छा वो, साहित्य लिखेंगे, अच्छी कविता लाएँगे!
सद्गुण से एक ज्योत नई, खुद आत्मदीप बन जाएँगे!!

भेदभाव को, खत्म करेंगे, एक मानव बन जाएँगे!
सर्वधर्म समभाव की पुस्तक आज यहां पढ़ आएंगें!!

पुस्तक पढ़ कर खुद सोचेंगे, चिंतन हम कर जाएँगे!
अंधी भक्ति नहीं किसी की, सभी कोण सोच आएँगे!!

पुस्तक-मेला देख आएँगे, ज्ञान की रेला बुन लेंगे!
लाइब्रेरी के गलियारों में, विद्य सुनहला चुन लेंगे!!

आनंदित ये, तन-मन होगा, रोम -रोम पढ़ आएँगे!
अपने रूह पे आत्म-ज्ञान का मोम-मोम चढ़ जाएँगे!!

पढ़कर हम सब ज्ञान-पिपासा की तृप्ति कर जाएँगे!
'क्रांति', पुस्तक-दिवस किताबों से प्रेम भर जाएँगे!!

❑❑❑

जेनेरिक ड्रग की सच्चाई बताती मेरी कविता...

31

दोस्तो,

विगत सप्ताह के सोमवार को सूरत में देश के मुखिया का सम्बोधन सुन कर मन आश्चर्यचकित, विस्मित एवम् दु:ख से भर गया, जिसमें उन्होंने ब्रांडेड की जगह पर जेनेरिक ड्रग लिखने का तुगलकी फरमान जारी करने के संकेत दिये थे!!

उनके भाषण को सुन कर ऐसा लगा कि इस देश में सबसे भ्रष्ट और लुटेरा डॉक्टर है और सबसे ईमानदार, देशभक्त, गरीबनवाज और कोई नहीं वो देश के कर्णधार, सर्वज्ञानधारी ये नेता और अभिनेता (सॉरी- आमिर खान साहब) ही हैं!!

और तो और हमारे मीडिया के सर्वज्ञ कुछ लोग, जिनके अनुसार नई-नई दवाइयाँ, जो महंगी रिसर्च के बाद ही मार्केट में जारी की जाती हैं, उनकी कोई जरूरत ही नहीं है!!

बस वो दवा जो पुरानी हो चुकी हैं, और जिनका पेंटेंट खत्म हो गया है, और जिसे जेनरिक दवा का नाम दे दिया गया है, उतने भर से ही सारी बीमारियां दूर हो जायेंगी!!

अगर वो कहते कि...

हम गरीब मरीजों को दवा मुफ्त में देंगे तो अच्छा लगता!!

अगर वो कहते कि...

भारतवर्ष में हम कुछ अस्पताल खोल रहे हैं, जहां सभी इलाज (जिसमें दवा, ऑपरेशन, इलाज, मरीज का भोजन, भर्तीबेड सभी शामिल है), हम मुफ्त में देंगे तो अच्छा लगता!!

अगर वो कहते कि भाइयों एवम् बहनों!!

अब इस देश के नेता, अभिनेता, जज, अति विद्वान मीडिया के भद्र-जन, नीति

निर्माता सर्वोतज्ञ ब्यूरोक्रेट, उद्योगपति और मूर्ख-लालची-लुटेरा-बेईमान-डॉक्टर को छोड़कर बाकी सभी दूध के धुले लोग अब सरकारी चिकित्सालय के आज्ञाकारी चिकित्सक की लिखी जेनेरिक ड्रग ही खाएँगे और इलाज हेतु विदेश या पंच सितारा अस्पताल नहीं जाएँगे! तो बहुत अच्छा लगता!!

परंतु अरे ये क्या??

इस मुद्दे पर सबसे ज्यादा भाषण देने वाला खुद ब्रांडेड दवा और ब्रांडेड हॉस्पिटल में इलाज करा रहा है!!

और जनता की सेहत से खिलवाड़ कर उसे मेडिकल साइंस की नई रिसर्च से खोजी गयी दवा और बीमारी ठीक करने की दिशा में ईजाद किए गए नए उपकरणों से मरहूम कर, घिसी-पिटी पुरानी दवाओं से अपनी सेहत खराब करने के लिये उकसा रहा है!!

इस देश में शराब, गुटका, बीड़ी, सिगरेट बिकवा कर जनता की सेहत से खुलेआम खिलवाड़ कर रहा है!!

इस देश में डॉक्टरों की वैसे ही किल्लत है और 1674 लोगों के लिये केवल 1 डॉक्टर है, जबकि विश्व स्वास्थ्य संगठन WHO के अनुसार कम-से-कम 1 डॉक्टर प्रति 1000 जनसंख्या होनी चाहिए!!

ऐसे तुगलकी फरमान से इस चिकित्सकीय पेशे में आने से नए लोग बचेंगे, जहां पैसा और पावर तो पहले से नहीं था, एक अदद इज्जत थी, मरीज एवम् उसके इलाज के लिए एक समर्पण एवम् सेवा भाव था, एक आत्मीय संतोष था, एक नशा था किसी की जिन्दगी को बचा आने का, परंतु इस फैसले से ऐसी बू आ रही है कि अब सरकार भी अपनी कमी को छुपाने हेतु जनता को जेनेरिक दवा का अधूरा ज्ञान देकर एवम् उसके आक्रोश को डॉक्टरों की ओर मोड़कर उस रही सही प्रतिष्ठा को भी छीन लेना चाहती है!!

परंतु इस पल में हमें भी अब मिलजुल कर इसका जवाब देना होगा और अपने भगवान यानी मरीज को इस सच्चाई से हर स्तर पर अवगत कर जाना होगा!!

ऐसे में ये राजनीतिज्ञ इसीलिये निश्चिन्त हैं, क्योंकि उन्हें पता है कि दस लाख डॉक्टर कोई वोट बैंक तो है नहीं और वैसे भी ये 10 लाख चिकित्सक

भी सवर्ण, पिछड़ा, दलित, आदिवासी, हिन्दू, मुस्लिम, सिक्ख, ईसाई, बौद्ध, जैन, विभिन्न भाषाभेद, राज्यभेद, क्लीनिकल, नॉनक्लीनिकल, सरकारी डॉक्टर, प्राइवेट प्रैक्टिसनर, अति विशेषज्ञ, विशेषज्ञ, सामान्य चिकित्सक वगैरह-वगैरह में विभाजित एवम् विखंडित हैं!!

कुछ यही सब सोचता मेरे अंदर के एक दुःखी चिकित्सक को देखकर मेरे अंदर का कवि जाग गया...

तो ये चिकित्सकीय आक्रोश, एक कविता की शक्ल में, जेनेरिक दवा की असलियत बताते हुए, एक कागज के पन्ने पे, उभर आयी...

तो सोचा क्यों न इसे आप मित्रों से साझा करूँ...

देख नजरिया, सरकारों का, एक चिकित्सक विस्माता है!
ये सरकार भी, जनता को ठग, जेनेरिक-जेनेरिक चिल्लाता है!!

खुद ही ड्रग का लाइसेंस देता, नई दवाएं बनवाता है!
नई-नई कंपनियों को ये, देश-विदेश से बुलवाता है!!

दवा कंपनी के निवेश को मेक-इन-इण्डिया कह जाता है!
उससे भी वो टैक्स कमाकर, देश खजाना भर जाता है!!

स्मार्ट सिटी व डिजिटल इंडिया, कहते नहीं वो अघाता है!
देश के अंदर पाँच सितारा हॉस्पिटल वो खुलवाता है!!

खुद इलाज को फॉरेन जाता, इंटरनेशनल ड्रग खाता है!
पर गरीब जनता को, घटिया जेनेरिक ड्रग वो खिलवाता है!!

यदि ये इनका, दवा गलत है, फिर क्यों इनसे बनवाता है?
भारत-वर्ष में, इनके बिजनेस, को क्यों नहीं, ये रोक आता है??

कौन लिखेगा दवा वो इनके? उत्तर क्यों नहीं दे जाता है?
भारत-वर्ष में केवल जेनेरिक दवा ही क्यों न बनवाता है??

बार-बार यूँ बलि का बकरा डॉक्टर को क्यों बनवाता है?
घटिया ड्रग लिखने का नियम बना के क्यों ये धमकाता है??

गुटका-बीड़ी पान व सिगरेट हर नुक्कड़ पे दिख जाता है!
बार का लाइसेंस और मसाज का पार्लर भी वो खुलवाता है!!

पूरे भारत में, दारू की, नई दुकान ये खुलवाता है!
देश की जनता की सेहत से खूब मजाक ये कर जाता है!!

दाल की कीमत आसमान है, प्रोटीन जनता छुड़वाता है!
महंगाई की मार से जनता चावल-आलू खिलवाता है!!

50 रुपये में आधा लीटर पानी देखो बिकवाता है!
एयरपोर्ट पर 100 रुपये में चाय बेचकर लूट आता है!!

ब्रांडेड सेलफोन, ब्रांडेड चश्मा, ब्रांडेड चीजें रख आता है!
ब्रांडेड कार में बैठ के, ब्रांडेड परिधान में दिख जाता है!!

ब्रांडेड हॉस्पिटल में देखो, ब्रांडेड दवा वो खुद खाता है!
पर जनता को भेड़ व बकरी समझ के जेनेरिक दे जाता है!!

त्याग के धन-दौलत की ख्वाहिश, कोई डॉक्टर बन पाता है!
ग्लैमर से नाता नहीं, सेवा-दीन-दु:खी का, फन आता है!!

कहके वो भगवान वो इसको, मन्दिर में ही जड़ जाता है!
धन-लालची आमिर खान भी, सत्यमेव की जय गाता है!!

जिसको मौका मिले, चिकित्सक का ये भक्षक बन जाता है!
घूस-कमीशन खाने वाला, जनता-सेवक बन जाता है!!

पुल बनाता, सड़क बनाता, अपना हिस्सा ले जाता है!
नहीं तो पार्टी-फंड में चंदा, उद्योगों से दिलवाता है!!

भ्रष्ट-न्याय की भ्रष्ट व्यवस्था भी डॉक्टर को हर जाता है!
जनता पीटे डॉक्टर को तो, दोष चिकित्सक सर जाता है!!

पब्लिसिटी वो सस्ती पाने, डॉक्टर को धमका जाता है!
अपनी नाकामी छुप-आने, जनता को बमका जाता है!!

सत्रह सौ पर एक है डॉक्टर, कमी नहीं ये, देख पाता है!
जनता से भद्दा मजाक ये बार-बार ही, कर आता है!!

चिकनी-चुपड़ी बातों में वो देश को देखो ठग आता है!
भगवा वस्त्र पहन कर भोगी, योगी देखो बन जाता है!!

हर जातों और धर्मों को ये एक समान ही ठग आता है!
खुद को कहता एक स्वदेशी, हिन्दू मुस्लिम लड़वाता है!!

आरक्षण हटवा देंगे हम, कह सवर्ण को ठग आता है!
रेवड़ियां दिखला के पिछड़ों -दलितों का मत चुग जाता है!!

पंद्रह साल के त्याग-पढ़ाई, को देखो ये झुठलाता है!
जन-औषधि भण्डार खोलकर खुद ही डॉक्टर बन जाता है!!

आओ अब वो आत्म-वो-गौरव-भाव तुम्हें फिर बुलवाता है!
वो मरीज भगवान तुम्हारा, मन से डर को धो जाता है!!

कितने अत्याचार करें वो, डर नहीं मन में अब आता है!
जेनेरिक नहीं मरीज स्वास्थ्य ही आज नजर में दिख जाता है!!

धन्वन्तरि की जय बोलें!! आज घड़ी ये कह जाता है!!
'क्रांति', आओ अब सब मिलके सेवा भाव बुला जाता है!!

❑❑❑

32 विश्व नृत्य दिवस (29 अप्रैल) पर जीवन नृत्य जगाती मेरी कविता...

दोस्तो,

आज विश्व नृत्य दिवस (29 अप्रैल) पर मन, नृत्य की विभिन्न मुद्राओं में डूब, जीवन के ताल एवम् लय को महसूसने लगा!!

रोम-रोम जैसे ईश्वर की नृत्यलीलाओं के दर्श देखने लगा!
इस कायनात में हो रहे नृत्य को चहुँ-ओर, फर्श एवम् अर्श देखने लगा!!
ये मन आज सोचने लगा कि...
नृत्य क्या है?
क्या ये शिव का तांडव रूप है?
या कृष्ण-गोपियों का रास-रूप है?
क्या ये नदी का बहना है?
या ये शीर्ष से छलकता खुशियों का एक झरना है?
क्या ये जिजीविषा का वेग है?
या के ये पूरा जीवन, एक जिंदादिली का संवेग है?
क्या ये सुर है, ताल है, लय है?
या के आनंद से भर गया हृदय का निलय है?
क्या ये चेहरे, पद, हस्त, देह का थिरकन है?
या के, जीवन को जीवित रहने को, ये साँस व धड़कन है?
क्या कथकली, भरतनाट्यम, कुचीपुड़ी, मणिपुरी भाव है?
या के सालसा, ओडिसी, कत्थक या राजस्थानी घाघरे का घुमाव है?
क्या ये होली का हुड़दंग है?
या के डांस-बार में झूमते, निफिक्री का एक ढंग है?
क्या ये मीरा और तानसेन का मल्हार है?
या के बूंद-बूंद बरस रही कुदरती बहार है?
क्या ये वैशाली की आम्रपाली का सुन्दरतम गान है?

या के पाश्चात्य धुनों पे थिरकते युवाओं के कदमों में आसमान है?
क्या ये मेडिकल साइंस में कैलोरी का जलाना है?
या के लाइफ में डांस भर, इसे जॉय से सजाना है?
क्या ये योगा का एक रूप है?
या के ये सम्पूर्ण जीवन का स्वरूप है?
क्या ये इनमें से कुछ-कुछ है?
या के ये सब कुछ या इनसे भी ज्यादा बहुत कुछ है?

कुछ यही सब सोचते-सोचते ये उँगलियाँ नृत्यभाव में डूब बहकने लगी, तो देखा के कागज के एक पन्ने पे ताल-लय-भाव लिए ये नृत्यदिवस की कविता मेरे अंदर से बाहर आ चुकी थी...

तो सोचा क्यों न...

विश्व नृत्य दिवस (वर्ल्ड डांस डे) 29 अप्रैल की अशेष शुभकामनाओं संग ये कविता आप मित्रों से साझा करूँ...

औ जीवन में नृत्य की डोर को माझा करूँ...

WishingAll of UA happy World Dance Day 29April...

अपने भाव को, नई भंगिमा, नया रूप, दे जाएँगे!
हमसब मिलकर, विश्व नृत्य का दिवस, यहां मनाएँगे!!

जीवन का उल्लास जगाने, पैर में थिरकन लाएँगे!
रूह तलक हो नृत्य में डूबा, नृत्य में धड़कन पाएँगे!!

नाद नए व नए से स्वर में एक अभिनय कर जाएँगे!
जीवन की हर जिजीविषा को नए नृत्य में पाएँगे!!

आँखें भी कह देंगे कुछ-कुछ, चेहरे भी, कह जाएँगे!
पैर की थिरकन, हाथ की मुद्रा, नव उमंग घोल आएँगे!!

सुख-दु:ख के अहसासों से पदचाप नया दे जाएँगे!
बाँध के घुँघरू पैरों में, जीवन की गूँज सुनायेंगे!!

लास्य भी होगा, तांडव भी औ, रास यहां रचाएँगे!
जीवन के हर रस डूबेंगे, हर रस को जी आएँगे!!

जीवन का उल्लास सजाने हम गरबा कर जाएँगे!
लोकनृत्य से जीवन जीने का जज़्बा भर जाएँगे!!

सहज सरल-सी दिल की खुशियाँ, मध्यहृदय रख आएँगे!
जब नाचें हम खुल के नाचें, जोश निलय रख आएँगे!!

अवसादों में, जब हम डूबें, नृत्य-नाव चढ़ जाएँगे!
हाथ-पैर की हर थिरकन से, लहर-लहर बढ़ जाएँगे!!

ढोल बांधकर, थाप बजाकर, हवा में उड़-उड़ नाचेंगे!
छोड़ के चिंता मन की सारी, खुशियाँ जुड़-जुड़ नाचेंगे!!

कुचीपुड़ी का मटका नृत्य हो, भरतनाट्यम चारी हो!
ओडिसी में, नृत्यगीत ये, गोविंदम-गिरधारी हो!!

केरल-कथकली में चेंहरे से नृत्य नाटिका सारी हो!
मणिपुरी, उंगली और भुजा से भाव-नृत्य तैयारी हो!!

कत्थक में पदचाप मिले, हाथों की गति, घुमारी हो!
मोहिनी-अट्टम में समुद्र-मंथन के दृश्य सवारी हो!!

हो आसाम का सत्रिय, औ महाराष्ट्र लावणी न्यारी हो!
रासनृत्य-यूपी का, छऊ, ये झारखण्ड की प्यारी हो!!

लोकनृत्य, पाश्चात्य शास्त्रीय सबका मिश्रण पाएँगे!
अपने मन के सब भावों का पूरा चित्रण पाएँगे!!

नृत्य बसा है कण-कण में, जीवन है तो है नृत्य यहां!
शिशु भी करता नृत्य, है पहला रुदन भी तो एक नृत्य यहां!!

चिड़ियाँ चुगती भाव से कहती, मोर-नृत्य-शृंगार यहाँ!
बरसातों में धरती नाचे, ईश्वर का आभार यहाँ!!

कायनात में कुदरत के नृत्यों को देख के आएँगे!
पर्वत-झरना-नदी व सागर नृत्य सीख के जाएँगे!!

बिना कहे हर शब्द कहेंगे, रोम-रोम कह आएँगे!
नृत्यांगन ये जीवन है जहां मोम-मोम बह जाएँगे!!

केवल चाल ये नृत कहलाता, भाव जुड़े तो नृत्य हुआ!
शब्द जुड़े तो नाटक होता, जीवन एक लालित्य हुआ!!

हम सब इस जीवन में थोड़ा लालित्य भर जाएँगे!
'क्रांति', आओ हम सब मिलकर नृत्य यहाँ कर जाएँगे!!

❑❑❑

विश्व श्रमिक दिवस (1 मई) पर श्रम को पूजती मेरी कविता... 33

दोस्तो,

आज, 1 मई, मजदूर, श्रमिक दिवस की पूर्व संध्या पे मन श्रम, श्रमिक तथा समकालीन श्रम कानूनों एवम् आज के इस पूंजीवादी युग में उसकी दशा एवम् दिशा को याद करके गहन चिंता में डूब गया!!

सोचने लगा कि...

शहरों की चकाचौंध लिए दुनिया को उसकी खूबसूरती एवम् सुंदरता प्रदान करने वाले विभिन्न मॉल, फ्लाईओवर, मेट्रो, ब्रिज, सड़कें, आलीशान एवम् हैरतअंगेज इमारतों को बनानेवाला...

वो मजदूर...

आज भी इन शहरों में एक छत एवम् अपने परिवार के लिए दो जून की रोटी के लिए तरस रहा है और अपने मेहनत के कमाए बचे-खुचे पैसे वो इलाज में गँवा रहा है!!

पेट काटकर कुछ बचाने की जद्दोजहद में वो अपने शरीर को भी बीमार बना रहा है!!

इस निराशा एवम् हताशा में वो नशे का भी आदी हो जाता है और अपनी अच्छी खासी आमदनी वो बीड़ी, पान, सिगरेट, गुटका, शराब आदि में उड़ा रहा है!!

यहां भी सरकार उसे गच्चा दे रही है, जो इन सब नशे की वस्तुओं को मार्किट में बिकने दे रही है और इन पर लगाम नहीं लगा रही है!!

उलटे वो इन नशीली वस्तुओं की बिक्री से, सबों से टैक्स भी कमा रही है!!

अब ये मजदूर बंधक बन चुका है, क्योंकि वो इस सिस्टम में जो कमा

रहा है, वो उससे ज्यादा यहां गवां कर ऋण के जाल में फँसकर, एक गुलाम की जिन्दगी बसर कर रहा है!!

और इससे उलट इन सबों को बनवाने का ठेका लेने वाला कॉन्ट्रैक्टर करोड़ों में, अरबों में खेल रहा है!!

ये पूंजीपति अपने हिसाब से श्रम कानूनों को शिथिल कर इन मजदूरों का हक मार रहे हैं!!

सरकार ने भी दाल को महंगा कर गरीब की थाली का प्रोटीन छीन लिया है, और अब वो गरीब चावल आलू खाकर बीमारी को मोल ले रहा है और अनेक संक्रमणों से ग्रसित हो रहा है, जिसमें टी.बी., लेप्रोसी आदि शामिल हैं!!

इन संक्रमण के रोगों से हमारा शरीर प्रोटीन से बचता है, परंतु सरकार ने जानबूझ कर प्रोटीन को महंगा कर मजदूरों को बीमार-लाचार और रोगों का आसान शिकार बना दिया है!!

सरकार के काम को आसान इन श्रम संगठनों के तथाकथित नेताओं ने भी कर दिया है, जो अपने राजनीतिक पदलोलुपता की चाह में अपने घुटने सरकार के आगे टेक दिए हैं!!

ये तो बात संगठित क्षेत्र के मजदूरों की है, जिनके पास ESIC (कर्मचारी राज्य बीमा निगम) की सुविधा है!!

परंतु असंगठित मजदूर, दिहाड़ी मजदूर, खोमचे वाले, रिक्शे वाले, खेतिहर मजदूर आदि लोगों की हालत तो और भी खराब है!!

आज अमीरी-गरीबी की खाई बहुत ज्यादा बढ़ गयी है!!

देश के केवल 54 (चौवन) खरबपतियों के पास देश की एक चौथाई जीडीपी चली गयी है!!

और 65 फीसदी आबादी वाले खेतिहर ग्रामीण लोगों के पास केवल 17 फीसदी जीडीपी है!!

ये तथ्य, हमें एक नए उपनिवेशवाद एवम् अति पूंजीवाद के उदय की ओर इशारा कर रहा है!!

कुछ इन्हीं सब कारणों से नक्सलवाद की आग पुनः सुलग रही है परंतु हमारी सरकार उसे बलपूर्वक दबा कर, और उसकी आवाज को जातिवाद,

धर्मवाद, राष्ट्रवाद की आड़ में अनसुना कर फिर से पूंजीवादी शक्तियों को संबल प्रदान कर रही है!!

आज जरूरत फिर आन पड़ी है कि देश इस तथाकथित कट्टर राष्ट्रवाद एवम् असहिष्णुता से बाहर आके ये समझे के हाशिये पे गए ये लोग भी इसी देश के मूल निवासी हैं और वे केवल अपना रोटी, कपड़ा, मकान, रोजगार सरकार से माँग रहे हैं, जो कि विकास की इस अंधी दौड़ में उनसे छीन लिया गया है!!

उनके जल, जंगल, जमीन को सरकार ने बांध, नवनगर, स्मार्ट सिटी, उद्योगों, सड़कों के नाम पर छीन कर उन्हें विस्थापित मजदूर बनने पर मजबूर कर दिया है!!

आज जरूरत फिर से गाँधीवाद की राह पे चलने की आ गयी है!!

आज ये समय आ गया है कि सरकार, शहरों को स्मार्ट बनाने से ज्यादा ध्यान गांवों को उन्नत करने और लोगों को उनके ग्रामीण परिवेश में ही रोजगार मुहैया कराने में लगाए!!

कुछ लोगों के पास पूंजी की बाढ़-सी आयी है, तो बहुतों के पास जीवन जीने का सामान्य संसाधन भी उपलब्ध नहीं है!!

हमारा देश तभी आगे जा सकता है, जब हम एक ऐसी नीति बनाएं, जहां इन संसाधनों के ध्रुवीकरण को रोका जा सके और गरीब-से-गरीब मजदूर भी तरक्की एवम् खुशी महसूस करे!!

आखिर क्या कारण है कि हम खुशी के अंतर्राष्ट्रीय मानकों में बांग्लादेश और पाकिस्तान से भी पीछे हैं?

कुछ लोगों को अमीर बना के और खरबपतियों की सूची में डलवा कर हम मेक इन इंडिया का ढोल नहीं पीट सकते!!

कुछ यही सब सोचते-सोचते ये उँगलियाँ चल पड़ीं...

और ये विश्व मजदूर/श्रम दिवस की कविता, व्यवस्था में आमूलचूल बदलाव की माँग करते हुए मेरे हाथों के मातहत, मेरे जेहन से उतर कर एक कागज के पन्ने पे अपना वजूद बना ली!!

तो सोचा क्यों न इसे आप मित्रों से साझा करें और...

सही मायने में मजदूर दिवस की डोर को माझा करें...

WishingAll of UA happy Labour Day 1 May!!

खून-पसीने औ मेहनत को, उसका हक दे जाना होगा!
1 मई, मजदूर दिवस पे, नमन श्रमिक कर आना होगा!!

शोषित श्रमिक की जात न कोई, याद हमें रख आना होगा!
पूंजीवाद है शोषक, अब ये साम्यवाद फैलाना होगा!!

जिसके खून-पसीने से ये, मुल्क संवर-सा जाता है!
उसका ही चेहरा नहीं देखो, इस विकास को भाता है!!

सबसे निचले पायदान पे, वो अपने को पाता है!
असंगठित इन मजदूरों को, ये विकास चुभ जाता है!!

देख रवैया श्रम-संगठनों का, ये मन भर आता है!
सेठ व सरकारों से मिलकर, नियम में छेद कर आता है!!

श्रम की कीमत और बढ़ाने, सबको कदम बढ़ाना होगा!
विश्व-वो-कर्मा है वो देश का, भूल नहीं अब जाना होगा!!

आठ वो घंटे काम करेगा, आठ वो घंटे मनोरंजन!
आठ वो घंटे रेस्ट करेगा, जीवन उसका भी गुंजन!!

उसके बच्चे-परिवार को नमन करेंगे! सब वंदन!
सरकारों से, उनकी शिक्षा-स्वास्थ्य का मिले आश्वासन!!

मिले सभी मजदूर, अमेरिका में ताकत दिखलाया था!
सन् अट्ठारह सौ छियासी (1886), एक मई मनाया था!!

'सिंगरावेलु चेत्तीयर', ने श्रमिकों को, जगाया था!
वो मद्रास में उन्नीस सौ तेईस (1923) में 1 मई मनाया था!!

कार्ल मार्क्स ने, औ लेनिन ने, पूंजीवाद ढहवाया था!
श्रम की कीमत को नया एक आसमान दिखलाया था!!

गुरुनानक ने एक श्रमिक लालो घर भोग लगाया था!
धन्ना सेठ हाकिम के घर के खाने को ठुकराया था!!

श्रम की पूजा, ईश्वर भक्ति, बापू ने बतलाया था!
मालिक नहीं, वो संरक्षक हो, सेठों को समझाया था!!

नहीं वो केवल, ईएसआईसी, आगे भी सोच आना होगा!
असंगठित वो मजदूरों को, न्याय हमें दे आना होगा!!

आज अमीरी और गरीबी की, खाई बढ़ आई है!
देख के भूखे-नंगे श्रम को, आज आँख भर आई है!!

केवल 54 खरबपति को, 22 फीसदी जाता है!
बाकी 88 परसेंट, जीडीपी, शेष भारत पाता है!!

65 फीसदी किसानों को, 17 फीसदी मिलता है!
स्मार्ट सिटी को देख गाँव का आम आदमी रोता है!!

ये देखो कैसा विकास है, आज यहां श्रम रोता है!
श्रमकानूनों पे सरकारें, घोड़ा बेच के सोता है!!

बदलेंगे इस परिपाटी को, आज यहाँ, सोच आना होगा!
गाँधीवाद की राह देश को, आज यहां चल आना होगा!!

अपने भौतिक लालच को नहीं, और यहाँ बढ़ाना होगा!
अपने लाभ का ज्यादा हिस्सा, श्रमिकों को दे जाना होगा!!

ऐसी नीति, ऐसा उद्यम, भारत में, ले आना होगा!
नहीं रोशनी कुछ तक, रौशन हर घर को, कर जाना होगा!!

ऐसे अंधे इस विकास को आज यहां रोक आना होगा!
सबके हिस्से में वो, खुशियाँ थोड़ी-थोड़ी लाना होगा!!

उठो श्रमिक!! मशालें ले लो!! मिलकर अलख जगाना होगा!
हर शोषण, औ अत्याचार को, सिरे से, ना, कह जाना होगा!!

मई दिवस ये बुला रहा है, मिलकर श्रम पूज आना होगा!
श्रमिक बढ़ेगा, देश बढ़ेगा, ये नारा, दे जाना होगा!!

नहीं, ये केवल, सरकारों को, हमें भी मिलकर, आना होगा!
'क्रांति', कर संकल्प, वो सबके साथ ये अलख जगाना होगा!!

❑❑❑

34 विश्व प्रेस दिवस (3 मई) पर पत्रकारिता को नमन करती मेरी कविता...

दोस्तो,

आज 3 मई, यानी, विश्व प्रेस स्वतंत्रता दिवस (वर्ल्ड प्रेस फ्रीडम डे) के दिन मन प्रेस, पत्रकारिता, प्रेस की आजादी, समकालीन मीडिया के स्वरूप, सच्चाई एवम् उद्देश्यों की सोच में लीन हो गया...

और आज के इस अतिवाद एवम् असहिष्णुता के युग में मीडिया के महत्त्वपूर्ण रोल को भी याद करने लगा!!

ऐसे में उन दिनों की भी कल्पना से मन सिहर उठा, जब जनता की आवाज को, तानाशाही के पशोपेश में पड़, दबाया गया था!!

सारे विरोधियों को जेल की सलाखों के अंदर भेज दिया गया था, जन आकांक्षाओं पे ताला जड़ दिया गया था एवम् प्रेस की स्वतंत्रता की बलि चढ़ा दी गयी थी!!

पूरे देश को केवल उस तानाशाह और उसकी तानाशाही नीतियों के समर्थन की ही आजादी थी, और कोई दूसरा रास्ता नहीं था!! न जाने कितने वीर पत्रकारों को यातनाएं दी गयी थीं, कितने सच्चे, निर्भीक जर्नलिस्टों को मरवा दिया गया था, नहीं तो झूठे मुकदमे में फँसा दिया गया था!!

वो देश में लागू आपातकाल-इमरजेंसी का काला दौर था!!

ये हमारे अमिट प्रजातंत्र की बुलंदी की ही एक निशानी थी कि देश उससे भी बाहर निकल पाया और फिर से प्रेस की आजादी एवम् जनभावनाओं की स्वच्छंदता का दौर शुरू हुआ!!

ये हमारे राष्ट्रपिता के सत्य के आग्रह की ही सोच थी, एवम् हमारी संस्कृति में रचे-बसे वसुधैव-कुटुम्बकम् एवम् सत्य-अहिंसा के बुद्ध, महावीर के ज्ञान एवम् संस्कार का ही नतीजा था कि लोगों ने निडरता एवम् जीवटता

से उन काले दिनों पे भी जीत पायी और ऐसी सोच को भी ना कहने की हिम्मत जुटाई, जिसमें अतिवाद, अलोकतंत्र एवम् हिटलरशाही जैसे आग्रह शामिल हैं!!

आज के दौर में भी मीडिया के सामने बहुत सारी चुनौतियाँ खड़ी हैं!!

आज सोशल मीडिया की इतनी ज्यादा उपस्थिति ने हरेक व्यक्ति को पत्रकारिता से किसी-न-किसी रूप से जोड़ दिया है!!

लोग-बाग फेसबुक, ट्विटर, व्हाट्स अप, ब्लॉग, वेबसाइट के माध्यम से अपनी भावनाओं को बखूबी बिना किसी संपादकीय कट के प्रस्तुत कर रहे हैं!!

अगर आज के जमाने में कोई चैनल एकपक्षीय न्यूज दिखायेगा तो उसकी बदनामी सोशल मीडिया पे तुरंत शुरू हो जायेगी और वो उसी के अनुरूप ब्रांडेड मान लिया जायेगा!!

आज स्टिंग ऑपरेशन, सेलेब्रिटी जर्नलिज्म, सनसनी युक्त न्यूज, ब्रेकिंग न्यूज, स्पोर्ट्स जर्नलिज्म, साइंस जर्नलिज्म का भी दौर है!!

एक अखबार के अनेक लेखक एवम् समीक्षक होते हैं, जो विभिन्न क्षेत्रों एवम् पेशाों से जुड़े होते हैं!!

सबों के हित, सोच, अपेक्षाओं में बहुत अंतर देखने को मिलता है!!

अत: एक संपादक की चुनौतियाँ बहुत बढ़ जाती हैं, क्योंकि उन्हें इन सबों की आशाओं एवम् विश्वासों पे सही एवम् खरा साबित होना होता है!!

पर इन तमाम चुनौतियों के बावजूद आज भी पत्रकारिता जो जनभावना का प्रतिबिम्ब है, जो समाज का आईना है, और जो समाज का दीपक भी है!!

लोकतंत्र के चौथे खम्भे का अपना रोल बखूबी अदा कर रहा है और अगर कुछ कमियाँ हैं भी तो प्रेस परिषद, न्यायपालिका, विधायिका एवम् सरकार और सोशल मीडिया पे सामान्य जनता की पहुँच उन कमियों को सुधारने के लिये काफी है!!

वास्तव में अगर जो कमियाँ या अच्छाइयां हैं भी तो, वो समाज की ही कमियों एवम् अच्छाइयों का ही एक प्रतिबिम्ब है!!

आज के इस असहिष्णुता एवम् अतिवाद एवम् अतिपूंजीवाद के युग में मीडिया को तटस्थ रहने, दिखने तथा साथ ही साथ हरेक वादों को समुचित अभिव्यक्ति देने का समय है!!

परंतु कुल मिलाकर आज के विश्व प्रेस आजादी दिवस पे ये संकल्प लेने का दिन है कि हम अपनी सोच ऐसी रखें कि हम अपने विरोधियों की सोच को भी अतार्किक एवम् अनैतिक तरीके से नहीं दबाएं एवम् बातचीत की गुंजाइश हमेशा जीवित रखें!!

जियें एवम् जीने दें!!

अगर कोई मीडिया सरकार की नीतियों की तार्किक आलोचना भी करे तो उसका सरकारी विज्ञापन बन्द ना हो, आज हम सब को ये संकल्प लेने का दिन है!!

क्योंकि अगर मिडिया स्वतंत्र नहीं है तो तो देश की तमाम आर्थिक उन्नति एवम् विकास बेमानी साबित हो जायेगा!!

क्योंकि ये जनभावना की ही एक गूँज है!!

कुछ यही सब सोच में डूबे कविमन के पशोपेश में फंस ये कलम आज पत्रकार बन समकालीन सच को गद्य एवम् पद्य में पिरोने लगा तो इस विश्व प्रेस दिवस कविता का जन्म हुआ ...

तो सोचा इस अवसर पे प्रेस- पत्रकारिता एवम् पत्रकार को नमन एवम् आभार कह इस कविता को आप मित्रों के संग, अभिव्यक्ति की शुभकामनाएँ लिए, साझा करूँ ...

और पत्रकारिता की डोर को माझा करूँ...

WishingAll of UA happy World Press Freedom Day (3 May)...

कलम के सैनिक, पत्रकार हैं, आज नमन कर जाएँगे!
विश्व प्रेस इस दिवस पे अभिव्यक्ति को अस्त्र बनाएँगे!!

लोकतंत्र का चौथा खंभा, प्रेस, समझ ये जाएँगे!
जन-जन की आवाजों को हम एक मंच दे जाएँगे!!

शासक भी थर्राएंगे, वो गलत नहीं कर पाएँगे!
पत्रकार की कलम चलेगी,तो शासक हिल जाएँगे!!

जनाधिकारों को अब हासिल आज यहां कर जाएँगे!
निडरता को, जनमानस में, शामिल अब हम पाएँगे!!

गाँव-गाँव में जायेगा वो, देश की धारा बदलेगा!
गाँवों से ही, लोकतंत्र का, उद्गम सारा निकलेगा!!

दूरदराज की खबरों को भी, ये प्रकाश में लाएँगे!
गूँज ये जनआकांक्षा की, जिसे आकाश दिखलाएँगे!!

जनता द्वारा, जनता के लिए, जनता पर ही शासन है!
नेता को भी, सुनना पड़ता, जनता का जो भाषण है!!

न्यायपालिका, संसद है तो कार्यपालिका शासन है!
सब अपनी सीमा में रहते, लोकतंत्र अनुशासन है!!

इन सब को अब एक कड़ी में,एक माला डाल आएँगे!
प्रेस की आजादी से, हर हक,हम अपना वो पाएँगे!!

सत्य की शक्ति बड़ी रही है, सत्य हमेशा जीता है!
एक सूत्र में, बाँधे हमको, सत्याग्रह का फीता है!!

राष्ट्रपिता ने बतलाया था, बुद्ध महावीर सिखलाया!
सत्य-अहिंसा की राहों से, राष्ट्रप्रेम था दिखलाया!!

सत्य व निष्ठा से अब अपनी बात सभी कह पाएँगे!
तर्क-कसौटी से हर दर्शन की बातें अपनायेंगे!!

प्रेस रहे आजाद, निडर वो, पत्रकार हम पाएँगे!
देश के मुखिया को भी उनकी गलती हम दिखलाएँगे!!

अगर सत्य के साथ खड़ा है, भय को भूल वो जाएँगे!
प्रजातंत्र के बागीचे में, सुंदर फूल खिलायेंगे!!

इतिहास को पीछे जाकर आज यदि देख आएँगे!
लोकतंत्र में, इमरजेंसी, का कालादिन पाएँगे!!

देश को रोता और बिलखता, भूतकाल में पाएँगे!
सभी विपक्षी को, जेलों के अंदर हम देख आएँगे!!

कैद में थी वो प्रेस की शक्ति, कैद में जनता-भाव सभी!
तानाशाही ने, तोड़ा था, लोकतंत्र-संभाव सभी!!

अंत में पर, उन काली रातों बाद सवेरा आया था!
लोकतंत्र ने, अंगड़ाई ली, देश बहाराँ लाया था!!

छोड़ के, मन के डर, वो सारे पत्रकार लड़ आए थे!
जनता की आवाज को हरदम आगे वो रख पाए थे!!

लोकतंत्र के वीर थे, उनको आज नमन कर जाएँगे!
ऋणी देश ये, कलम-सिपाही-प्रेम गहन भर लाएँगे!!

पीत नहीं हो पत्रकारिता, मीडिया नहीं, बिकाऊ हो!
नहीं वो ब्रेकिंग न्यूज, सनसनी, प्रायोजित, कमाऊ हो!!

विशेषज्ञ से, जान के, हर मुद्दे पे, जो कुछ चर्चा हो!
सतही ज्ञान से, नहीं एकांगी, कोई अब परिचर्चा हो!!

कुछ विज्ञापन के चक्कर में, झूठ नहीं परोसा हो!
न्यूज हो दिल से, सच्चाई हो, जनता को भरोसा हो!!

सोशल मीडिया के इस युग में, सच नहीं छुप अब पाएँगे!
एक तरफा, वो न्यूज, वो चैनल, अब ब्रांडेड, हो जाएँगे!!

नए दौर में नया है मीडिया, नया ठौर अपनाएँगे!
हरेक मंच से, जनमुद्दे को, उठा गौर फरमाएँगे!!

बहुत बड़ी है, जिम्मेदारी, याद इसे रख जाएँगे!
धन-पद के हर लालच को वो मन के बाहर लाएँगे!!

एक निरपेक्ष ही भाव से सारे कोण यहाँ देख आएँगे!
एक वो निष्ठा, कर्त्तव्यों की, रूह में रख के लाएँगे!!

हर अन्याय व अत्याचार की तह तक अब वो जाएँगे!
कितना भी वो, बड़ा शख्स हो, बेनकाब कर आएँगे!!

उनके पंखों से, अधिकारों के खग में उड़ जाएँगे!
लोकतंत्र में, जनसेवा का, मोती हर जड़ लाएँगे!!

जनता की, हर एक दुआएँ, पत्रकार वो पाएँगे!
बेजुबान की अभिव्यक्ति के सूत्रधार बन जाएँगे!!

देश के सपनों को, एक सुंदर आसमान दे जाएँगे!
'क्रांति', सबके संग, प्रेस को, मान सभी दे जाएँगे!!

❑❑❑

बुद्ध जयंती (10 मई) पर बुद्ध, धम्म, संघ के शरण जाती मेरी कविता...

35

दोस्तो,

आज 10 मई, बुद्ध जयंती पे मन बुद्ध, बौद्ध धर्म एवम् बौद्ध दर्शन की यादों में खो गया!! आज से करीब 2580 साल पहले, आज के नेपाल के कपिलवस्तु की लुम्बिनी नामक जगह पर शाक्य वंश के राजकुमार का जन्म हुआ, जिसका मन असीम करुणा से भरा था, जो जगत के दुःखों से इतना द्रवित हुआ कि बेहद, सुख वैभव से भरे पारिवारिक जीवन को छोड़कर 28 वर्ष की आयु में, विभिन्न जंगलों में दर-ब-दर भटकने और मानवजाति के तमाम दुःखों का कारण-निवारण को तलाशने निकल पड़ा!! वो कई सिद्धों एवम् ऋषिओं से भी मिला, परंतु उसके मन की जिज्ञासा शांत न हो सकी!! ऐसे ही भटकते 6 साल यूँ ही बीत गए!! फिर सातवें साल में 35 वर्ष की अवस्था में, बिहार के बोधगया के बोधि-वृक्ष की छांव तले उन्हें परम् ज्ञान की प्राप्ति हुई!! सारनाथ में उन्होंने अपना पहला उपदेश दिया!! 80 साल की आयु यानी कुशीनगर में अपने महापरिनिर्वाण तक वे घूम- घूम कर दुःखी एवम् पीड़ित मानवों को उनके दुःखों का कारण एवम् निवारण समझाते रहे!! उन्होंने 'आत्मदीपो भवः' का उपदेश दिया और ईश्वर, आत्मा, परमात्मा, पुनर्जन्म आदि तत्वशास्त्रीय प्रश्नों पे मौन धारण कर, अर्थात 'अवयक्तानि' कहकर, यह संकेत दिया कि, जीवन की दैनंदिन की समस्याओं से निवृत्ति ज्यादा महत्त्वपूर्ण है बनिस्पत कि अलौकिक जगत की चर्चाओं में व्यर्थ का समय बर्बाद करके!! ये उनकी व्यावहारिक सोच एवम् सामान्यजन के सच्चे हमदर्द होने की भावना को ही प्रदर्शित करता है!!

उन्होंने चार आर्य सत्य बताए:-

जीवन में दुःख है

दु:ख का कारण है

दु:ख के कारण का निवारण है

दु:ख के निवारण का मार्ग है

दु:ख के कारणों की विवेचना में उन्होंने प्रदीप्त समुत्पाद यानी कार्य, कारण का सिद्धान्त दिया, जिसे द्वादश निदान या जन्म मरण चक्र या धर्म चक्र या भाव चक्र भी कहा जाता है!! जिसके अनुसार दु:ख या जरामरण का कारण जाति (rebirth) है, rebirth का कारण भव (the will to be born) है, भव का कारण उपादान (mental clinging) है, उपादान का कारण तृष्णा (craving) है, तृष्णा का कारण वेदना (sense contact) है, वेदना का कारण स्पर्श (sense contact) है, स्पर्श का कारण षडायतन (siñ sense organs) है, षडायतन का कारण नाम-रूप (MindBody organism) है, नामरूप का कारण विज्ञान (consciousness) है, विज्ञान का कारण संस्कार (impressions) है, संस्कार का कारण अविद्या (ignorance) है!!

अर्थात हम कह सकते हैं कि दु:ख का कारण अविद्या है!!

अविद्या मतलब जो वस्तु अवास्तविक है उसे वास्तविक समझना, जो वस्तु, घटना दुखमय है उसे सुखमय समझना और जो वस्तु आत्मा नहीं है बल्कि अनात्म (no self) है उसे आत्मा समझना!!

यही अविद्या विभिन्न कड़ियों से होते हुए दु:ख या जिसे बुद्ध ने जरामरण कहा है, उसका कारण बनता है!!

ये कड़ियाँ भूत, भविष्य एवम् वर्तमान से गुजरती हैं...

भूत अतीत से अविद्या एवम् संस्कार आती है!!

भविष्य से जरामरण (दु:ख) एवम् जाति (rebirth) आती है!!

बाकी कड़ियाँ जैसे विज्ञान, नामरूप, षडायतन, स्पर्श, वेदना, तृष्णा, उपादान एवम् भव (the will to be born) वर्तमान जीवन से सम्बंधित है!!

यह कुछ हद तक उपनिषद दर्शन के ब्रह्म चक्र से भी मिलता-जुलता है!!

बुद्ध ने इन दु:खों को दूर करने का मार्ग भी बताया है, जिसे अष्टांगिक मार्ग कहते हैं, जो हैं...

1. सम्यक् दृष्टि (right views) यह जानना कि दुनिया नश्वर है, अत: किसी चीज से मोह न पालना और ये मेरा है, इसे मैंने किया का घमण्ड नहीं पालना!! चार आर्य सत्यों का पूरा ज्ञान होना चाहिए!!

2. सम्यक् संकल्प (right resolve) अशुभ, अनैतिक कार्यों को न करने का संकल्प!! चार आर्य सत्यों का जीवन में पालन का संकल्प!!
3. सम्यक् वाक् (right speech) किसी की निंदा नहीं करना, जरूरत से ज्यादा न बोलना, सत्य वचन बोलना!
4. सम्यक् कर्मांत (rightAction) बुरे कर्म का परित्याग! बुरे कर्म हैं हिंसा, चोरी, अतिशय इन्द्रिय भोग, ज्यादा धन, सम्पत्ति संचय!! इन सब का परित्याग कर परोपकार, त्याग में लीन रहना!!
5. सम्यक् आजीविका (right livelihood) अनैतिक कार्य से बचना और ईमानदारी से जीविकोपार्जन करना!!
6. सम्यक् व्यायाम (right efforts) मन से पुराने बुरे विचारों को बाहर निकालना, नए बुरे विचार को मन में आने से रोकना, अच्छे भावों को मन में भरना एवम् उसे अच्छे विचारों से भरे रहने देना!!
7. सम्यक् स्मृति (right mindfulness) चार आर्य सत्यों को याद रखना!! मन को मन, सम्वेदना को सम्वेदना, शरीर को शरीर समझना!!
8. सम्यक् समाधि (right concentration) सभी चित्त वृत्तियों का निरोध कर समाधि में जाना और निर्वाण को पाना!! अनासक्ति की पराकाष्ठा!!

इस अष्टांगिक मार्ग को प्रज्ञा (knowledge), शील (conduct), समाधि (concentration) भी कहते हैं!!

कोई भी व्यक्ति इन मार्गों पे चलकर बुद्ध बन सकता है!!

बौद्ध धर्म आगे चलकर मूलतः हीनयान एवम् महायान में बँटा, हीनयान पन्थ के लोग बुद्ध की बातों को अक्षरशः मानते हैं और व्यक्तिगत निर्वाण की बात करते हैं, जो कुछ मायने में स्वार्थपरक एवम् छोटी सोच जान पड़ता है, वे बुद्ध को ईश्वर नहीं मानते वरन् एक जागा हुआ विद्वान पथप्रदर्शक मानते हैं, परंतु महायान पन्थ के लोग बुद्ध को ईश्वर के समान पूजते हैं एवम् वे सामूहिक निर्वाण की बात करते हैं जो लोकहितकारी एवम् परोपकारी जान पड़ता है!! यही कारण है कि आज के समय के चौथे बड़े धर्म धर्म में महायानियों की संख्या सबसे ज्यादा है!! ये विरोधाभास ही है कि बुद्ध की धरती भारत में केवल 6 प्रतिशत आबादी बौद्ध है, जबकि चीन, जापान, थाईलैंड, कम्बोडिया, हाँगकांग, ताइवान आदि देशों की 90 प्रतिशत से ज्यादा आबादी बौद्ध है!!

बुद्ध के जाने के बाद उनके शिष्यों ने उनके उपदेशों को त्रिपिटक नामक ग्रन्थ में प्रस्तुत किया!! संसार के हर कोने में प्रचार किया तथा इसमें समयानुकूल परिवर्तन कर इसे लोकोपयोगी संरूप प्रदान किया!!

नागार्जुन, असंग आदि प्रमुख नाम हैं!! चक्रवर्ती सम्राट अशोक ने भी बौद्ध धर्म अपनाकर जगह-जगह स्तूपों एवम् विहारों का निर्माण करवाया और इस धर्म के प्रसार में अपने पुत्र-पुत्री को भी भारत के बाहर भेजा!!

भारत में 1956 में 14 एवम् 15 अक्टूबर को बाबा साहेब डॉ. भीम राव अम्बेडकर के नेतृत्व में करीब 10 लाख दलितों ने बौद्ध धर्म की दीक्षा ली!! ये मानव इतिहास का किसी एक-दो दिनों में घटित सबसे बड़ा सामूहिक धर्म परिवर्तन था!!

आज बौद्ध जयंती पर शायद यही सब सोच कर ये मन 'बुद्धम् शरणम् गच्छामि! संघम् शरणम् गच्छामि! धम्मम् शरणम् गच्छामि!!'

की जिद करने लगा, और इसी जिद ने, एक कविता का रूप ले,एक कागज के पन्ने पे अपनी आकृति बना ली, तो सोचा क्यों न बुद्ध जयंती की अशेष मंगलकामनाओं संग मेरी इस बुधजयन्ति कविता को मैं आप मित्रों से साझा करूँ...

बुद्ध, संघ, धम्म की डोर को माझा करूँ...

WishingAll of UA happy Budhha Jayanti (10 May)!!

जीवन दुःख है, दुःख का कारण औ निवारण पाएँगे!
बुद्ध जन्म पे, आत्मदीप को, हम रौशन कर जाएँगे!!

जीवन में वो प्रज्ञा, शील और एक समाधि पाएँगे!
अष्टांगिक इस मार्ग पे चलकर, बोधिसत्व बन जाएँगे!!

563 ईसा-पूर्व में, लुम्बिनी में, था जन्म लिया!
छोड़ के सुख वो राजमहल का, दुःख-चोला आजन्म लिया!!

शुद्धोधन के पुत्र थे वो, माता वो महामाया थी!
राजकुमार थे शाक्य वंश के, बेहद सुंदर काया थी!!

इधर भटकते, उधर भटकते, ज्ञान प्राप्त नहीं हो पाया!
ऋषि-मुनि संग भी जिज्ञासा मन का शांत न हो पाया!!

दुनिया में इतने दुःख क्यों है? जन्म-मरण का चक्र है क्यों?
हर सुख में, एक दुःख, घुला है, जीवन का दुष्चक्र है क्यों??

यदि ये दुनिया, नश्वर है तो, मैं, मेरा का जंग है क्यों?
धन, दौलत औ शोहरत का ये झूठा एक आसंग है क्यों??

इन प्रश्नों का उत्तर पाने, एक सिद्धार्थ वो व्याकुल था!
बोधगया में, ज्ञान मिला वो, बोधि वृक्ष वो माकूल था!!

तज के महल 28 वर्ष में, वो दुःख को थे परख गए!
35 वर्ष की आयु में बन बुद्ध, वो ज्ञान को निरख गए!!

सारनाथ में, पहला वो, उपदेश दिया, जग-हर्ष लिए!
80 साल की उम्र तलक ज्ञान बाँट आए संघर्ष किए!!

483 ईसा-पूर्व में, देह उन्होंने त्यागा था!
कुशी-नगर में महपरि-वो-निर्वाण हो आया था!!

बुद्ध-जन्म पे, उन उपदेशों से जीवन तर आएँगे!
बुद्ध के दर्शन की हर बातें जान ये दुःख हर लाएँगे!!

अविद्या है, दुःख का कारण, आज जान ये जाएँगे!
इंद्रिय-सुख की चाह अविद्या, अनासक्त बन जाएँगे!!

पाँच इन्द्रियाँ हैं शरीर में, छठी ये, मन के अंदर है!
ज्ञान कराती, बोध कराती, देती तृष्णा सुंदर है!!

इस तृष्णा के, पशोपेश में, उपादान जग जाता है!
भव का जन्म ये जरा-मरण का दुःख फिर से दे जाता है!!

ये शरीर, औ मन का संगम, नामरूप कहलाता है!
स्वयं का बोध ये, संस्कार से, एक अविद्या पाता है!!

जानता है सुख क्षणिक यहाँ पर, पर सुख-चाह ही पाता है!
सुख की अवधि, पूरी होने पर, दुःख से भर जाता है!!

नए-नए वो सुख की कामना से फिर-फिर घिर जाता है!
सुख पाने के यत्न में, जीवन दुःख-सागर बन जाता है!!

ये प्रतीत्य ये, समुत्पाद ये, दुःख कारण बन जाता है!
बुद्ध ने हमको बतलाया था, आर्य-सत्य कहलाता है!!

दुःख निरोध की राह पे चलकर, हम निर्वाण को पाएँगे!
राग-द्वेष औ लोभ-मोह से, मुक्त ये जीवन पाएँगे!!

इसी गृहस्थ के इस जीवन में, संन्यासी बन जाएँगे!
कर्म-गीत वो राग-मुक्त वो, अनासक्त धुन गाएँगे!!

नहीं हिमालय की गुफा में, नहीं गहन से जंगल में!
जीवन में खुशियाँ बिखरीं हर, मंगल और अमंगल में!!

स्वयं-भाव को त्याग समष्टि-भाव नया ले आएँगे!
परोपकार से जीवन-नाता, आज यहां जोड़ आएँगे!!

सबकी खुशियाँ में ही खुशियाँ, अपनी हम देख आएँगे!
ये संकल्प, ये वाक्, ये दृष्टि, कर्म को परख जाएँगे!!

ये जीवन नश्वर है, हम ये याद सदा रख आएँगे!
अच्छे कर्मों से जीवन का स्वाद नया चख जाएँगे!!

धर्म-चक्र की बारह कड़ियाँ, कड़ी-कड़ी देख आएँगे!
भूत-भविष्य औ वर्तमान की घड़ी-घड़ी लख जाएँगे!!

शाश्वत है या अशाश्वत है, है असीम या है ससीम?
पुनर्जन्म क्या सच्चाई है? आत्म-अंग में क्या तकसीम??

तत्त्व-शास्त्र के इन प्रश्नों पे, बुद्ध मौन हो जाते हैं!
व्यावहारिक जीवन के दुःख का हल, बतला वो जाते हैं!!

सम्यक् दृष्टि, संकल्प ये, वाक्-कर्म कर आएँगे!
सुजीविका, सु-ध्यान ये, शुद्ध समाधि पाएँगे!!

दुःख निरोध के इसी मार्ग पे अष्टांगिक चल आएँगे!
अपने अंदर आत्मदीप को जला हुआ हम पाएँगे!!

बुद्धम् शरणम्, संघम शरणम्, धम्मम् शरणम् जाएँगे!
'क्रांति', सबके साथ बुद्ध को, इस जीवन में पाएँगे!!

❑❑❑

जून

5 जून: सम्पूर्ण क्रांति दिवस पे, जे पी को याद करती मेरी कविता... 36

दोस्तो,

5 जून, 1975 को पटना के गाँधी मैदान में 73 वर्षीय लोकनायक जयप्रकाश नारायण ने सम्पूर्ण क्रांति का नारा दिया था और न केवल राजनैतिक बल्कि आर्थिक, सामाजिक, शैक्षिक, बौद्धिक, सांस्कृतिक एवम् आध्यात्मिक क्रांति का आह्वाहन करते हुए सम्पूर्ण व्यवस्था बदलने की बात की थी!! पूरे देश के युवाओं एवम् छात्रों को एक साल के लिए कक्षाओं को छोड़कर सड़क पर संघर्ष करने हेतु बुलाया था!! ये चिंगारी बिहार से ही पूरे मुल्क में फैली थी, जिसके चलते अंततः तत्कालीन प्रधानमंत्री इंदिरा गाँधी को देश में आपातकाल लगा कर आंदोलन को दबाना पड़ा था, परंतु 1977 के चुनाव में जनता ने उन्हें बुरी तरह से हराया था!! उस समय भी विपक्ष दीन-हीन था और आज भी भारत में विपक्ष बहुत कमजोर पड़ता दिखता है!! ये लोकतंत्र के लिए अशुभ संकेत है!! गरीबी, बेकारी अशिक्षा के मुद्दे अब गऊ, मन्दिर-मस्जिद, राष्ट्रवाद, देशद्रोह की बेवजह के मुद्दों से साजिशन दबा दिए गए हैं!! ये मीडिया, सरकार और कॉरपोरेट की मिलीभगत का नतीजा है!!

आज यही सब सोच के गाँधीवाद/जेपीवाद की याद आ गयी और अनायास ही ये सम्पूर्ण क्रांति को याचति मेरी ये कविता ने अपना आकार ले लिया!! तो सोचा क्यों न इसे आप मित्रों से साझा करें!!

फिर से शासन हुआ निरंकुश, जन-पीड़ा भर आई है!
जे.पी. के सम्पूर्ण-क्रांति की, याद ताजा हो आई है!!

पाँच जून पचहत्तर की आवाज मुल्क गुँजाई है!
भूख, गरीबी, बेकारी, से ये जनता घबराई है!!

गऊ बहस में ध्यान मोड़कर ये मीडिया इतराई है!
मंदिर- मस्जिद के मुद्दे को फिर से वो गरमायी है!!

- -

आम आदमी ठगा रहा है, पूंजीवाद बौराई है!
भ्रष्टाचार से लड़ने वाले की बोली लग आई है!!

सभी विरोधी अस्त-पस्त हैं, लोकतंत्र मुरझाई है!
नशे में सत्ता झूमते-गाते, तीजा वर्ष बिताई है!!

सभी विरोधी दल के नेता, भ्रष्ट हैं और बिकाऊ हैं?
सत्ता-पक्ष में बैठने वाले, हरिश्चंद के भाई हैं??

नहीं है बेनामी संपत्ति, स्वच्छ पार्टी बन आई है?
भगवे वस्त्र में राष्ट्रभक्ति का पाठ नया ये लाई है??

राष्ट्रभक्ति औ देशद्रोह में ये जनता उलझाई है!
धर्म-अफीम को पीकर, जनता बेसुध औ मताई है!!

केवल कहना, नहीं है सुनना, 'मन की बात', बताई है!
एक अघोषित, इमरजेंसी सा, देश में अब लग आई है!!

नहीं कोई बदलाव है दिखता, आरक्षण पिछड़ों को ठगता!
सिविल कोड, ये बहस, हमेशा मुख्य मुद्दे को पीछे करता!!

शोषित, पीड़ित व वंचित बँट कर, नई गुलामी ओढ़ा करता!
राष्ट्र-भक्ति औ धर्म-नशे में, दोनों हाथों जोड़ा करता!!

शहर चमकता, गाँव उजड़ता, पूंजीवाद का लालच बढ़ता!
बेकारी औ बेउम्मीदी, नई विषमता का सच गढ़ता!!

कौन उठाये आवाजों को? ये विपक्ष तो टूटा करता!
धन-लोलुपता में सब अंधे, शासक ही तो लूटा करता!!

बापू तेरी याद है आई, सत्याग्रह की चाह जगाई!
गहन अँधेरे में एक रौशन भारत की नई राह दिखाई!!

मिले आजादी विषमता से, माँग गगन गुँज आई है!
फिर से गाँधीवाद का सपना, ज्योति पुँज फैलाई है!!

काश के ये शासक पढ़ पाते, गाँव-गाँव की अलख जगाते!
गाँवों में रहकर गाँवों की हालत को ये खुद लख जाते!!

सबसे पिछड़े राज्य, जिले को दृष्टि में हरदम रख जाते!
इस समाज के अंतिम व्यक्ति भी विकास को तब चख पाते!!

अब अमीर औ इस गरीब की आय विषमता है बढ़ आई!
कृषक झूलते फाँसी पर, उद्योगपति ऋण माफी पाई!!

जंगल पर्वत काट के इन उद्योगपति को भेंट चढ़ाई!
इस जंगल का आदिवासी,अपने घर में हुआ पराई!!

लेकर सबकुछ, महज दिखावा के, घड़ियाली नीर बहाई!
नक्सल कह कर फिर गरीब को, बदनामी का पीर दिलाई!!

एक गरीब वो सैनिक लड़ता, अपने भाई एक गरीब से!
वो अमीर, ये जंगल हरता, देखो शातिर तरकीब से!!

नहीं कोई छुटकारा दिखता, पिछड़ेपन के इस सलीब से!
भृकुटियां ताने राजनीति भी, देख रही है, कुछ अजीब से!!

सत्य मौन है, मुद्दे गौण हैं, प्रजातंत्र शरमाई है!
बिन विपक्ष के तानाशाही झलक यहाँ दिख आई है!!

बापू!! तेरे हत्यारे की, मूरत अब, सज आई है!
छद्म से अब इस राष्ट्रवाद की बिगुल यहां बज आई है!!

जश्न मनाओ, झूमो गाओ, चौथा वर्ष ये आई है!
'क्रांति', तुम भी संग में गाओ, नहीं तो जेल भराई है!!

जातिवाद व धर्मवाद से, पूरी मुक्ति माँग रहा!
न्याययुक्त ये हो विकास, ये शासनयुक्ति माँग रहा!!

राज-वो-नैतिक, सामाजिक वो आर्थिक क्रांति माँग रहा!
शैक्षिक, बौद्धिक, सांस्कृतिक, आध्यात्मिक शांति माँग रहा!!

जनमानस अब नहीं दिखावा, सच्ची नीति माँग रहा!
सर्व-वो-हारा वर्ग, समर्पित राजनीति है माँग रहा!!

ऐसे अंधे इस विकास से, लोकनीति बिखराई है!
बापू के चेले, जे.पी. की, याद ताजा हो आई है!!

गाँधीवाद व जे.पी. वाद ने, मुल्क को राह दिखाई है!
भारत में संपूर्ण क्रांति की अलख पुनः जगाई है!!

❑❑❑

37 रमजान मुबारक कहती मेरी कविता...

दोस्तो,

इस्लामिक कैलेंडर के आठवें महीने यानी शआबान महीने के आखिरी शब, चाँद के दीदार के साथ ही रमजान के पाक महीने का आगाज हुआ!! और मौला के रहमत का अशरा शुरू हुआ, जो 10 दिनों तक चलेगा!! और उसके बाद मगफिरत का अशरा चलेगा, इसमें हमें अपने गुनाहों की माफी मिलेगी!!

और फिर आएगा मुक्ति का अशरा!!
इसी रमजान महीने के 27वीं तारीख को
शबे-कद्र
की रात आएगी...
जिस रात परमेश्वर (अल्लाह) के सन्देश,
पाक कुरआन,
को
फरिश्ते जिब्रील ने
पैगम्बर मुहम्मद साहब के मार्फत,
इस धरती पे नाजिल फरमाया था!!
और फिर शव्वाल के महीने के पहले दिन...
ईद की सेवइयां और दिली खुशियाँ बांटीं जायेंगी!!
अब रोज रात में तरावीह की विशेष नमाज पढ़ी जायेगी...
और कुरआन की तिलावत होगी!!
सच में

ये रोजा या उपवास या जिसे अरबी में 'सौम' कहा जाता है, तन मन को दुर्गुणों से मुक्त कर देता है!!

ये उपवास

आहार, धन एवम् शब्द तीनों का होता है!!

सारे ऐशो इशरतों से तकवा फरमा कर हम अपने अंदर कष्टों एवम् दुःखों पे विजय पाने का जज़्बा भरते हैं!!

एवम् अल्लाह एवम् परमेश्वर से अपने आप को नजदीक करते हैं!! सूर्योदय से पहले हल्का भोजन जिसे सेहरी एवम् सूर्यास्त के बाद इफ्तार होता है!!

इससे...

अमीरी-गरीबी का भेद भुलाकर इकट्ठे बैठकर सजदा करना, भोजन करना,

ध्यान मनन करना,

सामूहिकता एवम् सामाजिकता का भी सन्देश दिया जाता है!!

रमजान का ये पावन महीना इंसान को इंसानियत सिखाकर भाईचारा और प्यार मोहब्बत का सन्देश पूरी दुनिया को दे जाता है!!

...यही सब ख्याल आया, जब मैं अपने एक मित्र के इफ्तार पार्टी से लौटा, फिर पता नहीं चला कि कब मैं एक सोच निद्रा में लीन हो गया और फिर जब होश आया तो ये रमजान की कविता अपने पूरे आकार में एक कागज के टुकड़े पर अपना वजूद बना चुकी थी, तो सोचा क्यों न इसे आप मित्रों से साझा करूँ।

आयतें कुरान की सुना रहा रमजान है
अमन का हर गीत गुनगुना रहा रमजान है।

जिन्दगी में खुशियाँ हैं तो, गम का भी बसेरा है
बाद है सुखों का, अब्र-दुःख का भी घनेरा है।

आते-जाते गम खुशी को लेके यूँ ही साथ हम
सुख में दुःख, औ दुःख में सुख को आपसों में बाँट हम।

गीत भाईचारे का सुना रहा रमजान है
जिन्दगी को हर सुकूँ, दे जा रहा रमजान है।

आयतें कुरान की सुना रहा रमजान है
अमन का हर गीत गुनगुना रहा रमजान है।

बाइसों में जीस्त के, जाके वहाँ देखा कभी?
आइनों में वक्त के, खुद को यहाँ परखा कभी?

जिंदगी जीनी है तो, जी लो मआशर के लिए
दे जकातें मुफ्लिसों को, जीवन-बसर के लिए।

जिन्दगी जीने का फन, बतला रहा रमजान है
हर बशर इंसानियत, सिखला रहा रमजान है।

आयतें कुरान की सुना रहा रमजान है
अमन का हर गीत गुनगुना रहा रमजान है।

रोजे रखकर बंदगी, हमने इलाही माँग ली
जिन्दगी की सब खुशी, हमने सलाही माँग ली।

नफ्सकुश जीवन में हासिल, बस मेरा अल्लाह है
फेअल है मजहब मेरा, ईमान में लिल्लाह है।

महफिले इफ्तार को सजा रहा रमजान है
भेद राजे रंक सब मिटा रहा रमजान है।

आयतें कुरान की सुना रहा रमजान है
अमन का हर गीत गुनगुना रहा रमजान है।

पाक बदन है, पाक हैं कपड़े, पाक जगह पे आये हैं
नीयत पाक है, वक्त नमाजी, कर किबले मुंह आये हैं।

भूखे-प्यासे रह के आया तकवा-ए-इल्हाम है
इस जमीं पे दिख गया, नूर -ए- बहराम है।

रहमते लिल्लाह के दे जा रहा रमजान है
ईद का वो चाँद भी दिखला रहा रमजान है।

आयतें कुरान की सुना रहा रमजान है
अमन का हर गीत गुनगुना रहा रमजान है।

आये हैं हाफिज कुराने-पाक का दानिश लिए
दुनिया में नेकी, अदल, ईमान की ख्वाहिश लिए

नफरतों को छोड़कर आओ यहाँ हम खुश रहें
हम मुखालिफ से गले मिल लें श्वो हमसे खुश रहे।

दुश्मनों से दोस्ती सिखला रहा रमजान है
मजहबों की दूरियाँ, सिमटा रहा रमजान है।

आयतें कुरान की सुना रहा रमजान है
अमन का हर गीत गुनगुना रहा रमजान है।

तकवा ऐशो इशरतों पे हमको ये सिखलायेगा
चंगा तन, शफ्फाफ मन, ये रोजा देकर जायेगा।

रहमते, माफी औ मुक्ति, अशरा है रमजान का
मौला से यूँ सरपरस्ती, चेहरा है रमजान का।

है बरक्कत रूह की, दे जा रहा है रमजान है
'क्रांति', कर सजदा, तुझे सिखला रहा रमजान है।

आयतें कुरान की सुना रहा रमजान है
अमन का हर गीत गुनगुना रहा रमजान है।

❑❑❑

38 कबीर जयंती पर मानवधर्म सजाती मेरी कविता...

दोस्तो,

आज कबीर जयंती यानी ज्येष्ठ शुक्ल की पूर्णिमा के दिन मन कबीर दास की यादों में खो गया!!

मन काशी के लहरतारा सरोवर पे पाये गए एवम् एक जुलाहे दंपत्ति नीरा नीरू के द्वारा पाले गए उस महान कवि, समाज सुधारक, संत महात्मा को फिर से याद करने लगा और उनके कहे दोहों और शब्दों, गजलों, उलट बांसिओं को अपनी स्मृतियों में फिर से जीवित पाने लगा!!

उनके जन्म पे बहुत मतांतर है, वैसे ये माना जाता है कि वो 1455 में पैदा हुए थे और लोदी और नानकदेव जी के समकालीन थे!!

वे हिन्दू-मुस्लिम दोनों के प्रिय थे, क्योंकि उन्होंने आडम्बरों की खिलाफत की थी!!

चाहे वो मूर्ति-पूजा हो या मस्जिद की अजान हो!!

वे अपने दोहों में तर्क से अपनी बात समझाते थे और उन्होंने अपना पूरा जीवन धर्म के कर्मकांडों और आडम्बरों के विरोध में लगाया!!

यहां तक कि ये सिद्ध करने के लिये कि मनुष्य अपने कर्म से स्वर्ग-नर्क जाता है, केवल काशी में अंतिम संस्कार से नहीं!!

वे अपने अंतिम दिनों में मगहर प्रयाण कर गए और उन दिनों में प्रचलित इस बात को काटा कि मगहर में मरने से नर्क मिलता है और काशी में मरने से स्वर्ग!!

वे अपने देह त्याग तक वहीं रहे!!

आज के समकालीन समाज और राजनीति में फिर से कबीर प्रासंगिक हो गए हैं!!

क्योंकि हम...

धर्म की मूलभावना, जो प्रेम की है, उसे भूलकर बेवजह के कर्मकांडों

में पड़कर, मन्दिर-मस्जिद के झगड़े में आपस में लड़े हैं और मानवता को कलंकित कर एक-दूसरे के प्रति घृणाभाव से भरे हैं!!

कुछ यही सब सोचते सोचते मन कबीर के इन शब्दों को दुहराने लगा कि मन लागो यार फकीरी में और इसी बीच न जाने कब ये कबीर के मानव धर्म को याद करती मेरी कबीर जयंती कविता ने अपना आकार ले लिया ये पता न चला!!

तो सोचा क्यों कबीर जयंती की अशेष शुभकामनाओं संग ये कविता

आप सबों से साझा करूँ...
मानवता की डोर को माझा करूँ...
WishingAll of UA happy Kabir Jayanti!!

छोड़ के, आडंबर धर्मों के, सच्चे मानव, बन जाएँ!
कर्म ही अपना धर्म सदा हो, कहत कबीरा धुन गाएँ!!

जीवन है अनमोल, न इसमें, क्षुद्र-सोच को, बो आएँ!
भोग-विलास को तज कर, मन का मैल सभी हम धो आएँ!!

जीवन सच है, मृत्यु सच है, हर पल को हम जी आएँ!
जीवन की हर एक हकीकत, हर गम को हम पी आएँ!!

जन्में काशी, नीमा-नीरू ने बचपन संभाल दिया!
लहरताल के लावारिस को, जुलाहे ने पाल दिया!!

हिन्दू-मुस्लिम तहजीबों ने जीवन सुर औ ताल दिया!
रामानंद चेताये उनको, निर्गुण-ब्रह्म का भाल दिया!!

ईश्वर को था देख लिया, हर शय में, जीवन कण-कण में!
कर्म से ही था जीत लिया, प्रभु-भक्ति जीवन क्षण-क्षण में!!

मूर्तिपूजा गलत बताया, औ अजान को व्यर्थ कहा!
प्रेम न सीखा तो जीवन के, पोथी-ज्ञान को व्यर्थ कहा!!

अपने अंदर, अपने बाहर, प्रभु के स्वर को सुन जाएँ!
त्याग, दया औ परोपकार से, प्रेम का जेवर चुन जाएँ!!

नश्वर से इस जीवन में, हर पल एक सपना,बुन जाएँ!
आज करें सो अभी करें हम, हर पल अपना चुन जाएँ!!

तीर्थ है अंदर, तीर्थ है बाहर, अंदर में हम रम जाएँ!
आत्मदीप से रौशन करके, जीवन का हर तम, आएँ!!

मन लागो यार फकीरी में, ये दास कबीरा बोल गया!
वो धन-वैभव तो कोयला था, प्रभु-भक्ति-हीरा मोल गया!!

माया के सारे बंधन वो, अपने दोहे से खोल गया!
वसुधा कुटुंब है, मानवता की भाषा सब वो बोल गया!!

निंदक से दूरी ठीक नहीं, एक भाव सहिष्णु घोल गया!
ये सत्य-अहिंसा ताकत है, एक ताव अजिष्णु बोल गया!!

एक धन है, ये संतोष, जिसे था, दास-कबीरा मोल गया!
ये लालच, तृष्णा, त्याग, फकीरी-आस कबीरा तोल गया!!

काशी छोड़ा, मगहर में वो, इस देह-धर्म को त्याग गया!
मरते दम तक हर आडंबर, ये कांड-कर्म को त्याग गया!!

निर्गुण राम है, रमता राम है, राम-असीरा बन जाएँ!
हृदय राम को अर्पित, राम-आसक्त-फकीरा बन जाएँ!!

घिरे रहें, हम, प्रेम के जल से, द्वीप-जजीरा बन जाएँ!
मानव-धर्म की अलख जगाने, भक्त कबीरा बन जाएँ!!

दुनिया पागल, भोग-लोभ में, देख कबीरा रोता है!
दु:खी बहुत हैं ये अमीर सब, शांत फकीरा होता है!!

जिसकी जितनी सोच रही है, उतना ही वह होता है!
उम्र लूटा के तुच्छ भोग में, हरि चाह में रोता है!!

झूठा लागे सच, आभास ये सच का, मिथ्या होता है!
दुनिया में न, शोहरत, धन न, पद ये सत्या होता है!!

तज के हम अब लोभ, मोह को पर-उपकारी बन जाएँ!
जियें यहां औ जीने भी दें, पर-हितकारी बन जाएँ!!

मन्दिर, मस्जिद, गुरुद्वारे का, भेद न कोई बुन जाएँ!
एक ही ईश्वर, एक खुदा है, एक अकाल के गुण गाएँ!!

राह अनेकों, एक है मंजिल, एक ही यात्री बन जाएँ!
सब को लेके, साथ चले हम, दान के दात्री बन जाएँ!!

क्रोध-लोभ औ ईर्ष्या, त्यागें, सत्य, अहिंसा चुन जाएँ!
बिसरा, जाति-धर्म का रिश्ता, मानव रिश्ता बुन जाएँ!!

कहीं बाढ़ है, कहीं है सूखा, एक नहर हम बन जाएँ!
प्रेम-नदी में कल-कल बहती एक लहर हम बन जाएँ!!

याद करें, हम फिर कबीर को, प्रेम हृदय औ मन लाएँ!
'क्रांति', सबके साथ वो मिलकर, सर्व धर्म की धुन गाएँ!!

❑❑❑

39 विश्व योग दिवस (21 जून), पर आत्म-परमात्म योग चाहती मेरी कविता...

दोस्तो,

आज विश्व योग दिवस 21 जून की पूर्व संध्या पर मन योग, अध्यात्म, योग दर्शन के ध्यान में डूब गया!!

सोचने लगा कि योग क्या है?
योग का शाब्दिक अर्थ है जोड़ना...
आत्मा को परमात्मा से...
तन को मन से...
शब्द को भाव से...
जीवन गीत को सांसों के संगीत से..
चेतन को अवचेतन से...
अज्ञानता को ज्ञान से....
दु:ख को सुख से...
आचार को विचार से...
कर्म को धर्म से...
संकल्प को विकल्प से...
क्रिया को प्रक्रिया से...
कृति को प्रकृति से...
आदि को अनादि से...
नित्य को अनित्य से...
प्रयास को विजय से... आदि आदि
फिर ये भी सोचने लगा कि
क्या ये

हिन्दुवाद है या के ये मानववाद है?

जवाब आया के नहीं ये किसी एक धर्म की विरासत नहीं बल्कि सम्पूर्ण मानवता की एक सनातन परम्परा और जीवनशैली है, जिससे हम जीवन को पूरे मन-धर्म से जीकर भी जीवन से आसक्त नहीं होते और सन्मार्ग पे हमेशा सद्‌गुणों को ही लेकर आगे बढ़ते हैं और अपने कर्मयोग से मोक्ष एवम् समाधि को प्राप्त करते हैं!!

क्या ये केवल योगासन या व्यायाम है या उससे भी ज्यादा?

जवाब आया कि नहीं ये केवल तन का विशिष्ट आसान और व्यायाम ही नहीं है, बल्कि ये सद्‌गुण और सदाचार से युक्त और विषय वासना से मुक्त जीवन जी कर धारणा, ध्यान, समाधि एवम् अंत में मोक्ष प्राप्त करनी का एक तरीका है, जिसमें अपनी चित्त वृत्तियों पे पूर्ण निरोध कर एवम् अपने सोई हुई कुण्डलिनियों को जाग्रत करने की बात की जाती है!! योग दर्शन ये बताता है कि हम जो जीवन भर तुच्छ चीजों पे अपनी ऊर्जा एवम् उम्र बर्बाद करते रहते हैं, जिससे हम परम् लक्ष्य से वंचित हो जाते हैं, और हमारा तन एवम् मन जल्द ही बीमार हो जाता है!!

योग हमें तन एवम् मन से निरोग रखता है एवम् एक सदाचार का संकल्प देता है!!

महर्षि पतंजलि ने योग दर्शन में अष्टांगिक मार्ग की बात की थी, जिसमें शामिल है

यम यानी:-

सत्य, अहिंसा, अपरिग्रह (जरूरत से ज्यादा धन संचय नहीं), अस्तेय (दूसरे के धन की चोरी नहीं), ब्रह्मचर्य (विषय-वासना से यथोचित दूरी)!!

नियम यानी:-

तन-मन की शुद्धता एवम् शुचिता, ईश्वर का ध्यान एवम् संतोष सिखाता है!!

आसन यानी:-

शरीर के कण-कण में प्राण के संचार हेतु विभिन्न आसनों में, मुद्राओं में रहना ताकि शरीर लचीला एवम् क्रियाशील रहे!!

प्राणायाम यानी:-

जोर से साँस खींचना, उसे रोके रखना, उसे निकलना एवम् साँस को निकले हुए रखना!! इससे प्राण शक्ति का हर तरफ संचार होता है!!

प्रत्याहार यानी:-

इन्द्रियों को बाह्य विषयों से हटाकर उसे मन के नियंत्रण में रखना और धारणा, ध्यान एवम् समाधि हेतु अनुकूल माहौल तैयार करना!!

धारणा यानी:-

चित्त को अभीष्ट विषय पर लगाना!!

ध्यान यानी:-

अभीष्ट विषय का निरंतर अनुशीलन, उस विषय पे चित्त को टिकाए रखना!!

समाधि यानी:-

मन अपने ध्येय वस्तु में पूर्णतः लीन हो जाता है, चित्तवृत्तियों पे पूर्ण निरोध हो जाता है एवम् आत्मा को ये परम् ज्ञान मिलता है कि यह प्रकृति, देह, मन, इन्द्रिय से भिन्न है!!

योग दर्शन हमें ये भी बताता है कि हम अपनी कुण्डलिनियों को जगाकर अपनी असीम ऊर्जा का अनुभव कर सम्पूर्ण जगत का कल्याण कर सकते हैं!!

मूलाधार चक्र से ऊपर बढ़कर, स्वाधिष्ठान चक्र, फिर मणिपुर चक्र, फिर अनाहत चक्र, फिर विशुद्धि चक्र, फिर आज्ञा चक्र जगा सकते हैं और अंत में सहस्रार चक्र जगने पे असीम शांति एवम् आनंद की अनुभूति होती है और परमात्मा का साक्षात्कार होता है!!

कुछ यही सब सोचते-सोचते न जाने कब ये उँगलियाँ चल पड़ीं और अनायास ही ये योग दिवस की कविता ने अपना आकार ले लिया!!

तो सोचा क्यों न इसे आप मित्रों से साझा करें...

योग दिवस पे कर्मयोग की डोर को माझा करूँ....

WishingAll of UA happy World Yoga Day 21 june!!

अपने आत्म को अब परमात्म से योग करा हम जाएँगे!
योग-दिवस पे, ध्यान, धारणा और समाधि पाएँगे!!

यम-नियम-आसन से काया का विकार तज आएँगे!
प्राणायाम, औ, प्रत्याहार से, नई धारणा पाएँगे!!

सत्य, अहिंसा, अपरिग्रह और अस्तेय अपनाएँगे!
ब्रह्मचर्य का पालन करके संयम से भर जाएँगे!!

शुद्ध ये मन हो, साफ ये तन हो, तपस् यहां कर जाएँगे!
ध्यान में ईश्वर, ज्ञान साथ सब, संतोषी बन जाएँगे!!

नहीं हो चंचल तन औ मन ये, चित्त अचल कर जाएँगे!
ध्यान-समाधि पाने हेतु, योगासन कर जाएँगे!!

गहरी साँस को खींच के, 'पूरक', रोक के, 'कुम्भक' पाएँगे!
बाहर करके साँस ये, 'रेचक', प्राणायाम कर जाएँगे!!

जितेन्द्रिय बन, सभी इंद्री पे, काबू, हम कर आएँगे!
विषय-वासना नहीं, योग की खुशबू से भर जाएँगे!!

प्रत्याहार से इन्द्रिय निग्रह का अभीष्ट पा जाएँगे!
मूल विषय पे ध्यान लगाकर, आत्म-धारणा पाएँगे!!

गहन ध्यान जब चढ़ जाएगा, तभी समाधि पाएँगे!
चित्त-वृत्ति के, पूर्ण निरोध का मोक्ष उपाधि पाएँगे!!

यम-नियम-आसन से राहे-योग पे हम चल आएँगे!
प्राणायाम औ प्रत्याहार से, ध्यान योग फल पाएँगे!!

स्थूल विषय या सूक्ष्म विषय, आनंद समाधि पाएँगे!
बिना अहम्, हयाते-जमीं पे आत्म-बीज बो आएँगे!!

कभी समाधि, निष्काम ही, बिना ध्येय पा जाएँगे!
भूल के अपने चेतन मन को, अवचेतन हो जाएँगे!!

यहीं बने हैं, यहीं पे मिटना, क्या लाए? क्या ले के जाना?
तुच्छ लोभ में जो भी पाया, यहीं पड़ेगा दे के जाना!!

पाँच भूत से, बने हुए हो, पाँच भूत, फिर बन-बन जाना!
तनिक सुगंध बिखरा दे जग में, राख ही तो फिर बन जाना!!

नहीं है बाती, नहीं दीप अब, आत्म-दीप तुम खुद बन जाना!
योगी बन कर फिरो ये धरती, योग-सीप-मोती बन जाना!!

जहां से हैं हम बने हुए, अब योग उसी में फिर कर आना!
जन्म-जन्म तक याद रहे ये, तृष्णा-भोग सब जड़ कर जाना!!

संन्यासी का धर्म नहीं हो, कर्म के पथ से हट-हट जाना!
छोड़ जहाँ की जिम्मेदारी, संसारी से कट-कट जाना!!

मायावी दुनिया में जीना, पर, आसक्ति से कट जाना!
लोभ-मोह को छोड़ प्रभु की भक्ति में ही जुट-जुट जाना!!

नए से युग में नई-सी भक्ति, नया योग ले आएँगे!
औरों के, खातिर हो जीवन, कर्म-योग दे जाएँगे!!

धन-संग्रह काहे को करना, धन से दुःख ही पाएँगे!
असली धन तो आत्म-ज्ञान है, सच्चा सुख पा जाएँगे!!

ये दुनिया एक परिवार है, क्यों विष मन में लाएँगे!
प्यार बाँट के, प्रेम जगा के, हर्ष ये मन में पाएँगे!!

योग कर्म से, योग धर्म से, योग बुद्धि औ प्रज्ञा से!
योग दया से, परोपकार से, योग प्रभु की संज्ञा से!!

योग समर्पण, योग त्याग है, योग, भोग-अवज्ञा से!
योग ही बल है, योग ज्ञान है, योग आत्म-प्रतिज्ञा से!!

नहीं ये केवल तन का आसन, मन योगी बन जाएँगे!
सुख-दुःख की, सीमा से ऊपर, वैरागी बन जाएँगे!!

जीवन क्या है? एक संतुलन!! आज जान ये जाएँगे!
जितना जग से लेंगे, उतना वापिस, खग कर जाएँगे!!

ज्यादा श्रम नहीं, तो कैलोरी कम, का भोजन खाएँगे!
योगासन और वर्जिश करके सेहत से भर जाएँगे!!

भोग-विलास व इन्द्रिय-सुख को आज मना कर जाएँगे!
सादे-जीवन में, विचार को, उच्च सदा, रख आएँगे!!

सब धर्मों की, एक है मंजिल, मानवता फैलाएँगे!
हिन्दू, मुस्लिम, सिक्ख, ईसाई, योग, बौद्ध कर आएँगे!!

तुच्छ लोभ, आनंद से ऊपर, ये जीवन कर जाएँगे!
कुण्डलिनियां सात जगा के, परम् ज्ञान को पाएँगे!!

'मूलाधार' से 'स्वाधिष्ठान', फिर 'मणिपूरक', चढ़ जाएँगे!
चक्र 'अनाहत', पहुँच, 'विशुद्धि', 'आज्ञा चक्र', जगाएँगे!!

अपनी ऊर्जा मूलाधार से सहस्रार पहुंचाएँगे!
सहस्रार वो चक्र जगाके, चैतन्य भर जाएँगे!!

इड़ा-पिंगला और सुषम्ना नाड़ी से चढ़ जाएँगे!
ब्रह्म-रंध्र तक पहुँच योग परमात्म से हम कर जाएँगे!!

आज्ञा चक्र से गुरु कृपा, अब हासिल, हम कर जाएँगे!
सिद्ध-मनीषि की संगत से, आत्म-ज्ञान भर लाएँगे!!

योग जोड़ना, योग है मिलना, योग प्रेम फैलाएँगे!
'क्रांति', सबके संग योग की सब सीढ़ी चढ़ जाएँगे!!

❑❑❑

40 ईद मुबारक कहती मेरी कविता...

दोस्तो,

रमजान के पाक महीने के आखिरी शब, माहताबे-ईद के दीदार के साथ ही, शव्वाल के महीने की पहली तारीख को, ईद-उल-फितर, मनाने का आगाज हुआ!!

एक माह की दिली इबादत के बाद मौला ने, अमन, भाईचारे से लबरेज खुशियाँ की सौगात, ईद के रूप में, इस जहाँ में नाजिल फरमाया!!

ये पर्व है फितर बांटने का अर्थात दान-पुण्य करके सबके साथ खुशियाँ बांटने का और सबको गले लगा के ईद की दिली मुबारकबाद देने का!!

कुछ यही सब जज्बात जेहन से निकले जब इन चश्मों ने आसमानें-नूर में माहताबे-ईद का दीदार किया...

तो सोचा क्यों न आप सबों को ईद की दिली मुबारकबाद भेजते हुए, अपनी इस ईद मुबारक कविता को आप सबों से साझा करूँ...

और मआशरी खुशहाली और अम्नो-सुकूँ की डोर को माझा करूँ...

WishingAll of UA happyAnd prosperous Eid

दिखे चाँद जब अंबर पे, कह दो के ईद मुबारक हो!
मिले दुआएं जी भर के, कह दो के ईद मुबारक हो!!

लिए जकातें, और फितर, कह दो के, ईद मुबारक हो!
फिज़ा में घुलता अम्न-इतर,कह दो के ईद मुबारक हो!!

रब रहमत हर शय-मंजर, कह दो के ईद मुबारक हो!
शव्वाल माह खुशियाँ से भर, कह दो के ईद मुबारक हो!!

खत्म हुआ रमजान, बरकत छोड़ गया है जीवन में!
प्रेम, अमन औ भाईचारा, जोड़ गया है जीवन में!!

आनंदित सा अंतरतम है, और सहल सी खामोशी!
रब की रहमत का ये, हर रुख मोड़ गया है जीवन में!!

गले मिलाकर अपनों को, कह दो के ईद मुबारक हो!
बच्चों को ईदी दिलवा, कह दो के ईद मुबारक हो!!

धोकर मन का मैल सभी, रमजान का अशरा बीत गया!
इंसानियत से, इंसानों का, रिश्ता गहरा, जीत गया!!

प्यार की सुरलहरी बिखराकर, एक सुनहरा गीत गया!
रहे हमेशा, लबों पे धुन वो, एक प्यारा संगीत गया!!

तन पे, मन पे, साफ लिबासें पहन, के ईद मुबारक हो!
सहल-जीस्त, जज्बात पनाशें जेहन, के ईद मुबारक हो!!

दिखे चाँद जब अंबर पे, कह दो के ईद मुबारक हो!
मिले दुआएं जी भर के, कह दो के ईद मुबारक हो!!

ऊँच-नीच का भेद मिटा कर, मिलकर सजदा करते हैं!
एक गालीचा बैठ, नमाजें मिलकर अदा करते हैं!!

एक पैरहन, एक लिबासें, एक कदा में रहते हैं!
दीन-दुःखी की मदद करें हम फर्ज अदा सब करते हैं!!

खिला सेवइयां उल्फत की, कह दो के ईद मुबारक हो!
बाकरखानी, खिला के, फेनी, कह दो के ईद मुबारक हो!!

दिखे चाँद जब अंबर पे, कह दो के ईद मुबारक हो!
मिले दुआएं जी भर के, कह दो के ईद मुबारक हो!!

जैसे सांता क्रिसमस पे हर गिफ्ट नया सा लाता है!
जैसे होली रंग नया, हर भाव नया दे जाता है!!

बैसाखी में, ढोल बजा, जैसे, मन को हर्षाता है!
जैसे बुद्ध, महावीर जीवन, हमको कुछ सिखलाता है!!

प्यार पले, हर मजहब में, हो ये फरियाद मुबारक हो!
लेके खुशहाली ये जीवन, कह दो के ईद मुबारक हो!!

दिखे चाँद जब अंबर पे, कह दो के ईद मुबारक हो!
मिले दुआएं जी भर के, कह दो के ईद मुबारक हो!!

पाक-माह, रमजान, हमें इंसानी मजहब सिखलाता!
हिन्दू, मुस्लिम, सिक्ख, ईसाई, भाई-भाई बतलाता!!

राह अलग है, मंजिल एक है, हमको है ये दिखलाता!
खूब दुआएं अमन-चैन की, रब से ये मांगे जाता!!

आओ, हम हों, एक सभी, कह दें कि ईद मुबारक हो!
'क्रांति', कह दो, संग सभी, हर शय को ईद मुबारक हो!!

दिखे चाँद जब अंबर पे,कह दो के ईद मुबारक हो!
मिले दुआएं जी भर के, कह दो के ईद मुबारक हो!!

❑❑❑

1 जुलाई (डॉक्टर्स डे) पे अपने चिकित्सकों को नमन करती मेरी कविता...

41

मित्रों,

आज राष्ट्रीय चिकित्सक दिवस की पूर्व संध्या को...
जब मैं सोचने लगा...
कि मेरे आज तक के जीवन में बहुत से ऐसे मौके आये...
जब मैं बीमार हुआ...
जब मैं शारीरिक-मानसिक तकलीफों से दो-चार हुआ...
कभी-कभी तो ऐसे मौके भी आये...
जब मेरे प्राणों पे गंभीर खतरा हुआ...
और मेरे परिजन मुझे विभिन्न चिकित्सकों के पास ले गए
और मैं ठीक हुआ!!
अगर उस समय वो चिकित्सक न होते तो क्या होता?
आज ये सोच मन सहम सा जाता है...
और अपने सभी चिकित्सकों के प्रति असीम अनुग्रह से भर जाता है!!
आज इस मौके पर...
कुछ इन्हीं ख्यालों में डूबे-डूबे...
मेरे अंदर का कवि फिर से जाग गया
और मन के सब भाव, स्नेह, अनुग्रह अपने चिकित्सक के प्रति,
जो मेरी चेतना में दबी थी,
अचानक मुखर हो
एक कागज के टुकड़े पर उभर आए!!

तो सोचा...

क्यों न इसे आप मित्रों से साझा करूँ!

और अपने डॉक्टर्स के प्रति कृतज्ञता की डोर को माझा करूँ!!

राष्ट्रीय चिकित्सक दिवस 1 जुलाई, जो महान फिजिशियन, एवम् पश्चिम बंगाल के दूसरे मुख्यमंत्री डॉ. विधान चंद्र रॉय (जिनका जन्म बांकीपुर, पटना, बिहार में 1 जुलाई 1882 को हुआ था), को याद कर मनाया जाता है एवम् उनके माध्यम से सम्पूर्ण चिकित्सक वर्ग एवम् चिकित्सकीय पेशे के प्रति, व्यक्ति, समाज, देश के अनुग्रह और प्यार को अभिव्यक्ति मिलती है।

आइये आज के दिन हम अपने उन चिकित्सकों को दिल से याद करें, जो शारीरिक, मानसिक तकलीफों में हमारे साथ खड़े थे, खड़े हैं और भविष्य में भी हमारे साथ खड़े रहेंगे!!

आइये राष्ट्रीय चिकित्सक दिवस मनाएं...

Wishing happy National Doctors Day toAll...

इस, चिकित्सक के दिवस पर, शब्द कम पड़ जा रहा!
इतने हैं, अहसान उसके!! क्या कहूँ? भरमा रहा!!

एक सफेदी कोट की, आले लिए, वो आ रहा!
इस धरा पे, दूसरा भगवान फिर दिख जा रहा!!

स्वस्थ तन में, स्वस्थ मन है, ख्वाब भी इतरा रहा!
है, चिकित्सक, साथ मेरे, मन से डर सब जा रहा!!

दु:ख की, काली रात में, जिसने, दिखाया था, दीया!
आज सुख में, वो चिकित्सक, याद बरबस आ रहा!!

वेदना जीवन के सब, ले के चिकित्सक जा रहा!
जिन्दगी को जिन्दगी, दे के चिकित्सक जा रहा!!

रुग्ण तन में खुशियाँ भी मुँह को चिढ़ा के जाती है!
पीर हर, अवसाद हर, मन में जगा के जाती है!!

रुग्णता, जीवन का, हर के, वो चिकित्सक जा रहा!
रूह तक, खुशियाँ को भर के वो चिकित्सक जा रहा!!

वेदना जीवन के सब, ले के चिकित्सक जा रहा!
जिन्दगी को जिन्दगी, दे के चिकित्सक जा रहा!!

जिन्दगी का, रंग सब, वो चख नहीं,पाया कभी!
आँखों से, वो, सब नजारे देख न पाया कभी!!

सब नजारे-जिन्दगी, दिखला चिकित्सक जा रहा!
अंधों को दुनिया नयी, दिखला चिकित्सक जा रहा!!

वेदना जीवन के सब, ले के चिकित्सक जा रहा!
जिन्दगी को जिन्दगी, दे के चिकित्सक जा रहा!!

सुन नहीं सकता है वो जीवन की हर एक दास्ताँ!
बुन नहीं, सकता है वो, जीवन से कोई राबिता!!

जिन्दगी के सुर सभी, सिखला, चिकित्सक जा रहा!
बहरों को, जीवन का धुन, सुनवा, चिकित्सक जा रहा!!

वेदना जीवन के सब, ले के चिकित्सक जा रहा!
जिन्दगी को जिन्दगी, दे के चिकित्सक जा रहा!!

जल गया है तन तो, छाले मन में भी कुछ आये हैं!
रो रही है, ये त्वचा, आँखों में, आँसू, लाये हैं!!

लेप कर, मरहम, लगा पट्टी, चिकित्सक जा रहा!
भर के तन का घाव, मन हर्षक चिकित्सक जा रहा!!

वेदना जीवन के सब, ले के चिकित्सक जा रहा!
जिन्दगी को जिन्दगी, दे के चिकित्सक जा रहा!!

लकवा है मारा, ये हाथ, पैर ये, बेकार हैं!
जिजीविषा टूटी है सब, अब मौत भी स्वीकार है!!

पंगु अंगों में, वो हलचल, कर चिकित्सक जा रहा!
फिर जिलाकर जिन्दगी को वो चिकित्सक जा रहा!!

वेदना जीवन के सब, ले के चिकित्सक जा रहा!
जिन्दगी को जिन्दगी, दे के चिकित्सक जा रहा!!

बच्चों की, किलकारियाँ, गूँजी नहीं, उस गोद में!
माँ की ममता, रोती है, जीवन के हर आमोद में!!

माँ की गोदी भर, खुशी दे के, चिकित्सक जा रहा!
बाँझपन अभिशाप, धो के वो चिकित्सक जा रहा!!

वेदना जीवन के सब, ले के चिकित्सक जा रहा!
जिन्दगी को जिन्दगी, दे के चिकित्सक जा रहा!!

बातें खुद से कर रहा, वो हँस रहा वो रो रहा!
पागलों की संज्ञा ओढ़े, अपने में ही खो रहा!!

खत्म करके द्वन्द्व मन का,वो चिकित्सक जा रहा!
उन विक्षिप्तों को, नया जीवन, सीखा के जा रहा!!

आज अंतरतम से भी, एक रौशनी बिखरा रहा!
जिजीविषा को बाँटता, जुगनू-चिकित्सक,जा रहा!!

वेदना जीवन के सब, ले के चिकित्सक जा रहा!
जिन्दगी को जिन्दगी, दे के चिकित्सक जा रहा!!

चेहरे की झाँई ने कह दी,पीर मन की अनकही!
है सफेदी जिस्म की, एक टीस देती अनकही!!

झाँई धो कर, मन हँसा कर वो चिकित्सक जा रहा!
रंग भरकर, हर सफेदी, वो चिकित्सक जा रहा!!

वेदना जीवन के सब, ले के चिकित्सक जा रहा!
जिन्दगी को जिन्दगी, दे के चिकित्सक जा रहा!!

सूजी हैं, आँखें, व सुजा है, बदन का, अंग सब!
साँसें मद्धम, नब्ज कम, धड़कन बड़ी बेढंग सब!!

थम चुके, दिल को, जीला कर, वो चिकित्सक जा रहा!
बूटी है, संजीवनी, औषध, पिला के, जा रहा!!

इस हृदय की धड़कनें, मद्धम हुई थीं, जब कभी!
सांसों के संगीत की सरगम, रुकी थी, जब कभी!!

धड़कनें भर, जोश-बल फिर, वो चिकित्सक जा रहा!
करके सांसें, अविरल फिर, वो चिकित्सक जा रहा!!

वेदना जीवन के सब, ले के चिकित्सक जा रहा!
जिन्दगी को जिन्दगी, दे के चिकित्सक जा रहा!!

आओ, कर लें, कुछ नमन, उनको, जिन्होंने साँसें दीं!
कर लें सजदा 'क्रांति' उनको, जीने की अहसासें दीं!!

गर नहीं है वो खुदा, वो गम का तो एक साथी है!
ऐ चिकित्सक साथ रहना, गम बड़ा जज़्बाती है!!

स्वस्थ तन में स्वस्थ मन, दे के चिकित्सक जा रहा!
खुल के जी लो जिन्दगी, ये मर्म वो बतला रहा!!

वेदना जीवन के सब, ले के चिकित्सक जा रहा!
जिन्दगी को जिन्दगी, दे के चिकित्सक जा रहा!!

❑❑❑

42 CBI रेडः अपने पुराने लालू को जेहन में जीवित पाती मेरी कविता...

दोस्तो,

आज अहले सुबह अखबार के पन्नों पे जब नजर गयी तो पिछले दो दिनों से सुर्खियों की खबर यानी लालू जी के यहां पर रहे सीबीआई एवम् ईडी के छापों के बारे में न्यूज को देखा तो मन सोचने लगा कि ये लालू कौन है? क्या ये केवल एक पूर्व मुख्यमंत्री, एक पूर्व रेल मंत्री या कि ये एक राजनीतिक दल के अध्यक्ष हैं या कि कोई और भी हैं?

आज का ये लालू जिनके यहां छापा पड़ रहा है, इनसे इतर भी एक लालू है जो सदियों से सताए गए शोषित, पीड़ित, अकलियत के दिल और जेहन में रहता है!!

आज के इस लालू को आप जेल भेज सकते हैं!!

परंतु उस लालू को दुनिया की कोई भी ताकत गरीबों के दिल से नहीं निकाल सकती है!!

वो लालू सदियों से सोये एक पीढ़ी का फिर से जाग गया एक आत्मविश्वास है!!

एक बेआवाज कौम की वो आवाज है, जिसे पीढ़ियों से दबाया गया!!

हाँ, मगर एक अफसोस हरेक उस व्यक्ति को है...

जो गर्व से कहता है कि मेरे दिल में लालू बसता है...

कि...

कि उसके इस मसीहे ने...

आगे के दिनों में भौतिकता और भाई-भतीजावाद का ये रास्ता क्यों चुना?

अगर वो महात्मा गांधी, जे.पी., कर्पूरी ठाकुर, और यहां तक कि

नीतीश कुमार का रास्ता चुनता, जिसने कि अपने परिवार को एवम् अपने आप को राजनीति एवम् वैयक्तिक सम्पतिनिग्रह से सदा दूर रखा, तो सच में ये लालू, गाँधी, जे.पी., लोहिया, और न जाने कितने लोगों से आगे निकल जाता और अपार से दिली-धन का मालिक होता!!

उनके पास जबरदस्त जनसमर्थन का हीरा था, परंतु उन्होंने तुच्छ से भौतिक संपत्तियों का मकड़जाल बुनने के चक्कर में वो अभूतपूर्व जनप्रेम का हीरा-जवाहरात खो दिया!!

आज सम्भव है कि बहुत से लोग, जो उनकी अच्छाई से प्रेरित हो कर, समाज में एक अच्छा स्थान पाया हो, वो आज के दिन में सोशलमीडिया में उनके समर्थक के रूप में दिख कर अपना नाम नहीं खराब करना चाहते हों, परंतु ये बात सत्य है कि उन लोगों के जेहन में भी वो प्रेरक लालू हमेशा जिंदा रहेगा, जिसने कि सामंतवादी युग में उन्हें बोलने की, सोचने की, सपने देखने की आजादी दी थी!!

एक और बात...

लालू जी के साथ जो भी कानूनी प्रक्रिया होगी, उस पर कोई टीका-टिप्पणी उचित नहीं है...

परंतु ये एक तथ्य एवम् राजनितिक शुचिता की जरूरत है कि और भी भ्रष्ट नेताओं पर भी कार्यवाही होनी चाहिए, चाहे वो सत्ताधारी दल के क्यों न हों!!

नहीं तो...

दो बात

लालू के घोर विरोधी जनता को भी नहीं पचेगा कि...

1. क्या बीजेपी में किसी नेता ने आय से ज्यादा संपत्ति नहीं बनाई? और अगर बनाई तो इतनी ही कड़ाई से वहां कार्रवाई क्यों नहीं हुई?
2. क्या ये सभी विरोधियों को सीबीआई का भय दिखाकर 2019 की तैयारी तो नहीं हो रही है?

अगर हाँ, तो ये लोकतंत्र के लिए शुभ संकेत नहीं!!

लोकतंत्र में बहुमत पाने का ये तरीका उचित नहीं ठहराया जा सकता!!

कुछ यही सब ख्याल आया, जब आज के लालूजी पे सीबीआई रेड की खबर को देखा!!

- -

मेरी चेतना के अंदर का लालू शायद फिर से जाग गया और फिर जो निकला वो थी अपने ये पुराने लालू को नमन करती ये कविता जो आज के सजायाफ्ता लालू के साथ तो नहीं दिखना चाहती, परंतु उस लालूपन के आत्मविश्वास को खोना भी नहीं चाहती...

तो मित्रों सोचा क्यों न इस कविता को आप से साझा करूँ
और जेहन के लालूपन की डोर को माझा करूँ...

आज शिकंजे में है लालू, देखो मीडिया, बोल रहा!
वंचित के दिल का एक लालू, देखो आँखें खोल रहा!!

सबसे भ्रष्ट ये लालू ही है? करे मिनादी-ढोल रहा!
दूध के धुले बाकी नेता? सीबीआई बोल रहा!!

घोटाले पे घोटाला है!! घोटाला, अनमोल रहा!
खत्म करो इस लालू को, न झाल रहा न झोल रहा!!

लोभ-मोह की मृगतृष्णा में, फँसा मसीहा बोल रहा!
खोकर हीरा-दिली-प्रेम का, कंकड़-पत्थर तौल रहा!!

रोती है शोषित की आँखें, देख कबीरा डोल रहा!
सीसे के घर रहने वाला, संगे-पत्थर मोल रहा!!

आँखें नम हैं, दिल भी नम है, पर आँसू बेमोल रहा!
चला गया है, आज रहनुमा, ये गरीब बेबोल रहा!!

लोभ ने छीना, मोह ने छीना, दुर्गुण से है,जोल रहा!
एक नवाज वो इस गरीब का, रहा बजाता ढोल रहा!!

छोड़ करोड़ों दीन-दुःखी को, निज पीड़ा को झेल रहा!
सबको त्राण दिलाने वाला, खुद ही माँगे बेल रहा!!

नहीं मरा है, नहीं मरेगा, ये लालूपन, बोल रहा!
हर शोषित की आवाजों में, एक अपनापन घोल रहा!!

आज जगी है, कौम-नई ये, पत्थर मोती चुन लेंगे!
जलने को बेलौस ये खुद से दिया का बाती बुन लेंगे!!

अच्छाई को, हम भौतिकता-फँसे मसीहा चुन लेंगे!
दुःख की बरसातों में, सुख के गीत, पपीहा सुन लेंगे!!

भ्रष्टाचार की गंगा में, सद्‌गुण का अमृत घोल रहा!
आज के लालू के अंदर, वो रूप पुराना बोल रहा!!

राजनीति काजल की कोठी, नयना काजल मोल रहा!
शोषित के माथे के टीके से, लालूपन बोल रहा!!

काश के वो एक त्यागी होता!! लालू प्रेम है बोल रहा!
पीढ़ी-दर-पीढ़ी सब कहते, ये हीरा अनमोल रहा!!

सदियों से वंचित औ शोषित, बेजुबान है, बोल रहा!
मन में हिम्मत और निडरता, आजीवन वो घोल रहा!!

मेरा लालू, मेरे मन के, अंदर रहता, बोल रहा!
'क्रांति', उसको नमन करो तुम, भले ये लालू जेल रहा!!

❑❑❑

43 वर्ल्ड पॉपुलेशन डे (11 जुलाई): जनसंख्या को नमन करती मेरी कविता..

दोस्तो,

विगत दिवस 11 जुलाई, विश्व जनसंख्या दिवस के रूप में मनाया गया, क्योंकि उसी दिन सन् 1987 में हम लोग 5 अरब (बिलियन) की आबादी के आँकड़े को छुए थे!!

आज 2017 में 7 अरब से ज्यादा हो चुके हैं!!

बढ़ती आबादी जहां एक तरफ अनेक मुसीबतें लाती है, जैसे कि भूख, गरीबी, अशिक्षा, पर्यावरण प्रदूषण, शहरीकरण एवम् वनक्षेत्रों की कटौती, बीमारियां, कुपोषण, बेरोजगारी, पारिस्थितिकीय असंतुलन, आतंकवाद वगैरह-वगैरह...

वहीं ये जनसंख्या वृद्धि का दूसरा पहलू भी है...

इसी के चलते युवाओं की आबादी बढ़ती है और अनेक इग्नाइटेड माइंड यानी जिज्ञासु एवम् प्रज्वलित दिमाग का जन्म होता है, जो नए-नए आविष्कारों, खोजों के द्वारा हरेक समस्या का समाधान खोज कर मानव सभ्यता को नित्य नई ऊँचाइयां प्रदान करता है...

अगर हमें लगता है कि हमारी पृथ्वी में अब हमारे लिए जगह / संसाधन पर्याप्त मात्रा में मौजूद नहीं हैं, तो हम स्वभावतः नए ग्रहों / आयामों की तलाश में लग जाते हैं और अन्त्वोगत्वा हमें सफलता मिलती ही है, क्योंकि आवश्यकता ही आविष्कार की जननी कही गयी है!!

हम बढ़ते हैं तो नए-नए विचार आते हैं, क्योंकि सोचने, समझने का कार्य केवल मनुष्य ही कर सकता है, अतः हम कह सकते हैं, जनसंख्या हमारे लिए अभिशाप नहीं बल्कि एक विकास का सूचक है...

हाँ, ये अलग बात है कि हमारे नीति निर्माताओं को ये सुनिश्चित करना रहता है, कि ज्यादा-से-ज्यादा माइंड इग्नाइटेड हो, शरीर, समाज स्वस्थ हो और प्रतिभा को विकसित होने का समुचित माहौल एवम् वातावरण मिले!!

आज भारत को आबादी में चीन के बाद दूसरा स्थान प्राप्त है, परंतु 2030 तक यह विश्व में सबसे बड़ी जनसंख्या वाला देश बन जायेगा!!

करीब 3 गुना क्षेत्रफल रखने वाले अमेरिका में भारत की तुलना में एक तिहाई लोग ही रहते हैं!! यानी वहां प्रति व्यक्ति रकबा भारत से 9 गुना ज्यादा हैं!! यहीं पे उनकी आर्थिक समृद्धि दिखती है!! परंतु फिर भी ये देश मानसिक शांति और आध्यात्मिकता के लिए भारत की ओर देखता है और भारतीय योग दर्शन का मुरीद बनता है!!

आखिर ये इग्नाइटेड माइंड का ही कमाल है कि आज गूगल, माइक्रोसॉफ्ट, पेप्सी, नोकिया सब बड़ी-से-बड़ी कम्पनियों के कर्ता-धर्ता भारतीय ही हैं!!

कुछ हद तक ये बात अनैतिक दिखती है कि हम जबरन किसी को इस प्यारी धरती पे आने से रोकें!!

ये हम सब का दायित्व है कि हम आपस में प्रेम भाईचारा और मानवता के अटूट जोड़ से जुड़े रहें, जियें और जीने दें!!

हम शिक्षित होके अपने ज्ञान को सबको बाँटें तो समाज शिक्षित होगा और फिर ये शिक्षित समाज स्वत: ही अपनी परिस्थितियों एवम् विवेक से अपनी जनसंख्या और जीवन के सन्दर्भ में हर पहलू पे विचारोपरांत सही ढंग से फैसला कर पाने की योग्यता प्राप्त कर लेगा!! उस पर कोई भी फैसला थोपने की जरूरत नहीं पड़ेगी!! वो खुद समझ लेगा कि उसके लिए जनसंख्या को बढ़ाना उचित है कि घटाना!!

ये बहस एवम् तर्क-वितर्क चलती रहनी चाहिए, शायद विश्व जनसंख्या दिवस मनाने का प्रयोजन यही है!!

कुछ यही सब ख्याल आया, जब विश्व जनसंख्या दिवस 11 जुलाई को ये मन सोचने लगा और फिर जनसंख्या को नमन करती इस कविता का जन्म हुआ!!

तो सोचा क्यों न इसे आप मित्रों से साझा करूँ... एवम्
जनसंख्या व मानवता की डोर को माझा करूँ...

जनसंख्या के दिवस, धरा को, आज नमन, कर जाएँगे!
साढ़े सात अरब, फूलों का ताज, चमन भर जाएँगे!!

जनसंख्या अभिशाप नहीं हो, मानवता भर लाएँगे!
प्रेम, दया से, खत्म यहां हर दानवता कर जाएँगे!!

प्यारी धरती, सुंदर सा, ये, आसमान, कर जाएँगे!
इस वसुधा को एक कुटुंब औ एक जहान कर जाएँगे!!

ढाई फीसद जमीं पे, सत्रह फीसद, लोग ये रहते हैं!
लाख-गरीबी-भारत, शिक्षा-विश्व, योग की देते हैं!!

जनसंख्या में युवा बहुत हैं, युवा-जोश भर देते हैं!
पूरी दुनिया में, छा कर ये, हुनर-होश भर देते हैं!!

गूगल, माइक्रोसॉफ्ट या पेप्सी, नोकिया, सी ओ देते हैं!
सुंदर, सत्या, नुई, राजीव, जय भारत!! कह देते हैं!!

तीन अमेरिका से भी ज्यादा, हम मिलकर रह लेते हैं!
पूरी दुनिया में, अध्यात्म का, पाठ पढ़ा हम देते हैं!!

अति भौतिक से विकसित देश ये मन चंचल कर लेते हैं!
धर्म, शांति, अध्यात्म व योगा, ये भारत से लेते हैं!!

दो हजार सन तीस, तलक हम, दुनिया में छा जाएँगे!
जनसंख्या में पहला पद, हम भारतीय पा जाएँगे!!

सस्ते श्रम से, हम भारत में, उन्नत माल बनाएँगे!
दुनिया भर के बाजारों में, हम फिर से छा जाएँगे!!

हर जन की अपनी बुद्धि, सबका विवेक, जोड़ आएँगे!
कभी न सोचा, खोज वो ऐसी, आज यहां, कर जाएँगे!!

दृश्य यहाँ हो सुंदर कोई, नयनों में भर लाएँगे!
रंग-बिरंगे, सबके सपनों से, धरती रंग जाएँगे!!

नहीं वो आसानी, मेहनत से, दुनिया को जीत जाएँगे!
आवश्यकता, आविष्कार की, जननी है!! जान आएँगे!!

विविध सोच से, विविध धर्म औ विविध ये दर्शन पाएँगे!
प्रेम दया का, मूल-भाव, हम, सब धर्मों में पाएँगे!!

नई बीमारी, नई समस्या, नई खोज करवाएगा!
जनसंख्या की नई पौध, नया सा विवेक भर जायेगा!!

हम बढ़ जाएँगे जलवायु, संरक्षित कर, जाएँगे!
नदियां, पर्वत और ये वन को सुरक्षित कर आएँगे!!

इस ब्रह्माण्ड के और भी ग्रह पे, नया बसेरा पाएँगे!
हम सब मिलकर नई खोज से नया नजरिया लाएँगे!!

छोड़ के विलासी जीवन, हम परोपकार कर जाएँगे!
छोटी-छोटी खुशियों से, सबका दामन, भर जाएँगे!!

कभी अकाल-दुर्भिक्ष भी होगा, पर न आपा खोयेंगे!
हर विपदा से, नई सबक, हम नई सी, राहें खोजेंगे!!

क्षय ऊर्जा-अक्षय ऊर्जा की, सीमाएँ पढ़ आएँगे!
सूरज की ऊर्जा से, जीवन-बीमाएं गढ़ जाएँगे!!

पवन की ऊर्जा, संग बदल के, आसमान उड़ जाएँगे!
जन-जन में भर, जिजीविषा, जीवन से भर-भर जाएँगे!!

कहीं पे जीवन निर्जन, कहीं पे कोलाहल हम पाएँगे!
जैव-विविधिता से, जीवन को, घन-घन में गुँजाएँगे!!

खाद्य माँग भी बढ़ेगी और ये प्रदूषण बढ़ जाएगा!
उन्नत-बीजों, ज्ञान-चेतना, आकर्षण गढ़ लाएगा!!

नव-तकनीकों से, जलवायु का, दूषण हर जाएँगे!
भूख मिटाकर हम खुशियों का संवितरण कर आएँगे!!

हर जन पूरा एक विचार है, एक दर्शन है, उम्र तलक!
हर क्षण बुद्धि निराकार है, एक चिंतन है, उम्र तलक!!

मानव संसाधन ही धन है, मानवता पूज आएँगे!
प्यार वो छोटे-छोटे श्रम से, जीवटता पूज आएँगे!!

जितने लोग हैं, उतना वाद है, सबकी हम सुन आएँगे!
छोड़ धर्म औ, वर्ग के, झगड़े, एक मानव, बन जाएँगे!!

बिन समाज के व्यर्थ है जीवन, ये गुलशन मुस्काएँगे!
'क्रांति', सामाजिक बन जाओ, जनसंख्या हर्षाएँगे!!

❑❑❑

44 राजनीति में द्वेषरहित राजधर्म, चाहती मेरी कविता...

दोस्तो,

आज अहले सुबह जब समाचार पत्र पे नजर गयी तो देखा बिहार भाजपा के आदरणीय शीर्ष नेतृत्व की तरफ से बिहार के वर्तमान डिप्टी सीएम साहब का इस्तीफा माँगा गया था (क्योंकि उन पर सीबीआई ने तथाकथित आय से ज्यादा सम्पत्ति का आरोप पत्र तैयार किया था) और सीएम साहब से ये गुजारिश की गयी थी कि इस्तीफा न मिलने की सूरत में उन्हें वो बर्खास्त कर दें!!

अभी ममता बनर्जी जी, अखिलेश यादव जी, मायावती जी, केजरीवाल जी पर भी भ्रष्टाचार का आरोप लगाया गया!!

अब अगर ये सारे-के-सारे विपक्षी दल भ्रष्टाचारी हैं, तो इस देश के एक नागरिक के तौर पे हम इन लोगों के तथाकथित भ्रष्टाचार को तो सही नहीं ठहरा सकते, और हमें ये कहना ही होगा कि इन पर यथोचित कानूनी कार्रवाई जरूर होनी चाहिए, परंतु बावजूद इसके, फिर भी मेरे मन में कुछ बुनियादी प्रश्न अपना जवाब मांगने लगे हैं कि...

1. क्या सत्तारूढ़ दल के सभी लोग दूध के धुले हैं और इस आशय का शपथ-पत्र जारी किया गया है?
   अगर सत्तारूढ़ दल के सभी लोग ईमानदार नहीं हैं, तो उनमें से किन-किन भ्रष्ट लोगों पर कार्रवाई की गयी है?
2. क्या राजनीति में दंगा करवा के वोट लेना एवम् ध्रुवीकरण को सही ठहराया जा सकता है? अगर नहीं तो किन-किन नेताओं पे दंगा भड़काने के आरोप लगे? और उनमें से कितने लोगों को जेल हुई?
3. क्या किसी भ्रष्ट नेता को जेल भेजना/सजा देना और
   उसकी संसद की सदस्यता खत्म करना/राजनीति से बाहर करना
   ये दोनों एक ही चीज है या अलग अलग?

4. भ्रष्ट नेता को सजा देने में किसी को कोई आपत्ति नहीं होनी चाहिए, परंतु अगर हम उसकी संसद/विधानसभा की सदस्यता को रद्द करते हैं, तो क्या उस जनता का अपमान नहीं होता जिन्होंने उसे चुना?
क्या ये लोकतंत्र का तकाजा नहीं होना चाहिए कि एक बार उस जनता से भी पूछ लें कि उसे ये तथाकथित भ्रष्ट नेता अब स्वीकार्य है कि नहीं?
5. अंग्रेजों ने हम भारतीयों पे बहुत जुल्म किया और हम पे शासन किया, परंतु क्या अंग्रेज आदमी नहीं थे? क्या उनकी हत्या करने वाले को हम हत्यारा कहेंगे? क्या हम शहीद भगत सिंह को हत्यारा कहेंगे या महान क्रांतिकारी?
और अगर हम उस गुलामी से आजादी देने वाले को क्रांतिकारी कहते हैं, हत्यारा नहीं, तो फिर हम शोषितों, वंचितों को सदियों से जारी सामंतवादी/मनुवादी उत्पीड़न से आजादी दिलाने वाले को क्या चोर कहेंगे?
6. अगर हमारे नेता ने भ्रष्टाचार किया है, तो उसकी सजा उस वंचित/शोषित आवाम को क्यों मिले, जिसे केवल उसी नेता में अपना रहनुमा दिखता है?
7. क्या इस देश में ये बहस का मुद्दा नहीं होना चाहिए कि लोग तथाकथित इन भ्रष्ट नेताओं पे भरोसा, उन स्वनामधारी तथाकथित ईमानदार नेताओं से ज्यादा क्यों करते हैं?
8. लोकतंत्र में नियम बनाने का अधिकार जनता के प्रतिनिधि को हासिल है, तो न्यायपालिका, (जिसका काम उस बने नियम की रक्षा या पालन होना सुनिश्चित कराना है), ये कैसे कह सकती है, कि फलाँ नेता ने चूँकि ये अपराध किया है, अतः उसकी संसद सदस्यता रद्द की जाती है और उसका चुनाव पुनः लड़ने का अधिकार भी खत्म किया जाता है!! क्या इस हेतु उसे पुनः जनता से जा के नहीं पूछना चाहिए कि अबके बदले हालात यानी अब जबकि इस नेता को अपराधी ठहरा दिया गया है, क्या अब भी उस जनता को ये भ्रष्ट नेता पसंद है कि नहीं?
9. नियम के लिए जनता है? या जनता के लिए नियम है? या दोनों?
10. क्या राजनीति का राजधर्म ये नहीं है कि हम पहले अपने घर की गन्दगी हटायें, अपने आप को स्वच्छ साबित करें, तब औरों को साफ/दाग मुक्त रहने का उपदेश दें? हालाँकि गन्दा रहना/और गन्दगी की तरफदारी करना किसी भी दृष्टिकोण से गलत है, परंतु फिर भी क्या ये नैतिकता की

दृष्टि से ज्यादा सही नहीं है कि सफाई की शुरुआत अगर आप अपने घर से करते हैं, तो सामने वाले गंदे लोगों का मनोबल स्वतः ही क्षीण हो जाता है।

11. अगर आप खुद के दल के गंदे/भ्रष्ट नेताओं पे खामोश रहोगे और केवल विरोधी दल के भ्रष्ट नेताओं पे सीबीआई, इनकम टैक्स, ईडी का डंडा चलाओगे तो, तो आपका कट्टर समर्थक भी ये इलजाम जरूर लगाएगा कि आप जान-बूझ कर विरोधियों को अलोकतांत्रिक तरीके से दबा कर/ फँसा कर, सत्ता अपने पास रखना चाह रहे हो!! और आपकी मंशा पे सवालिया निशान वो लोग भी लगाने लगेंगे, जिन्होंने वर्षों तक आपको वोट दिया है!! आप अपने कार्यों से विरोधी दल के भ्रष्ट नेताओं के प्रति भी एक सहानुभूति की लहर पैदा कर, इसका खामियाजा आगामी चुनावों में शिकस्त के रूप में पाओगे, भले ही आपने इस देश में कितने भी अच्छे कार्य किए हों!! याद रखें, जनता अर्श से फर्श पे पहुंचाने में देर नहीं लगाती!!

क्या ये उपरोक्त कथन एवम् शंकाएं सही नहीं हैं, और इनका निवारण नहीं होना चाहिए?

कुछ यही सब सोचते-सोचते न जाने कब ये उँगलियाँ चल पड़ीं और और अनायास ही न जाने कब 'राजनीति में राजधर्म चाहती', मेरी इस कविता का जन्म हुआ, ये पता ही न चला!!

तो सोचा क्यों न इसे आप मित्रों से साझा करूँ...
और सच्चे लोकतंत्र की डोर को माझा करूँ...

डंडे से, सीबीआई के, नहीं, विपक्ष हर लेने दो!
कुछ मर्यादा राजनीति की, दामन में भर लेने दो!!

सत्ता पक्ष के, भ्रष्टों को भी, जेलों में, सड़ लेने दो!
तब विपक्ष के, भ्रष्टाचार पे, सभी कील गड़ लेने दो!!

आय से ज्यादा, संपत्ति को, किसी को मत रख लेने दो!
इस विकास के फल को थोड़ा सबको भी चख लेने दो!!

दंगा को, भड़काया जिसने, बेनकाब कर लेने दो!
छोड़ घृणा को, राजनीति में, इंकलाब भर लेने दो!!

भ्रष्टाचार की, रोकथाम को, सभी कमर कस लेने दो!
भाई-भतीजावाद छोड़ के, अजर-अमर यश लेने दो!!

धर्म के झगड़े, जात के झगड़े, पे लगाम लग लेने दो!
सभी विवादित, मुद्दों का हल, बातचीत कर लेने दो!!

सभी भ्रष्ट हैं, यदि व्यवस्था, जनता का मत लेने दो!
भ्रष्टाचार का सही आकलन जनमत को कर लेने दो!!

वर्ण व्यवस्था, एक सच्चाई, मुँह न यूँ मोड़ लेने दो!
सभी जात औ धर्म की संसद, नहीं मान गिर लेने दो!!

नहीं मीडिया, न न्यायपालिका, संसद से, बढ़ लेने दो!
नियम बनाने का, जो हक है, संसद में, रह लेने दो!!

कुछ तो इज्जत बख्शो जनता, नेता खुद चुन लेने दो!
कौन चोर है, कौन संत है, जनमत को चुन लेने दो!!

यदि चोर को जनता चुनती, लोकतंत्र है, चुनने दो!
चोर हुआ क्यों प्रिय ये जनता? नई बहस को बुनने दो!!

जनता का हीरो है, वो तो, जनमुद्दों को कहने दो!
जेल से संसद, भले वो पहुँचे, राजनीति में रहने दो!!

कहलाते नहीं, हत्यारा वो वीर भगत सिंह भारत में!
अंग्रेजों को था मारा, वो क्रांतिवीर था, भारत में!!

वंचित की आवाज मगर क्यों सजा है पाता भारत में?
राजनीति से, क्यों कोई, उसे बाहर करता, भारत में??

लोकतंत्र की रूह, ये खुद को, ठगा सा पाता,भारत में!
जनता का हमदर्द, जाल में फँसा सा पाता भारत में!!

राजनीति के, केंद्र में जनता, जनसंवाद उभरने दो!
जनभावों की इज्जत करके, जन-फरियाद संवरने दो!!

नेता का अपराध, असर यूँ जनता पे, न पड़ने दो!
बेआवाज बनाके जनता, लोकतंत्र न, मरने दो!!

एक निष्पक्ष सा मीडिया, और ये न्यायपालिका करने दो!
सब वर्गों की, हिस्सेदारी, समुचित, इनमें, करने दो!!

भले दबा दो, भ्रष्टाचारी, आवाजों पे, दबिश नहीं!
लोकतंत्र में, जनता मालिक, जनमत पे यूँ खलिश नहीं!!

नियम बनाती जनता खुद है, जनता पे हो दबिश नहीं!
कोर्ट व मिडिया नियम न थोपे, जन-बहसों में खलिश नहीं!!

नदी की धारा खुद चुन लेगी, राह वो अपनी, दबिश नहीं!
टूट गए हैं, बाँध अनेकों, जनाक्रोश पे, खलिश नहीं!!

भले गीत हो, एक विरोध का, कानों को, सुन लेने दो!
तुम शासक हो, दिल की बातें, उसको भी कह लेने दो!!

कौन संत है, कौन है पापी, ये जनता खुद चुन लेगी!
जिस नेता से, प्यार वो करती, उससे रिश्ता बुन लेगी!!

नहीं ये गीते-तानाशाही, भारत-माता सुन लेगी!
लोकतंत्र संगीत सुरीला, जनभावों का धुन लेगी!!

नहीं डरा के, इस विपक्ष को, लोकतंत्र हर लेने दो!
हटा के शासन-तानाशाही, प्रजातंत्र कर लेने दो!!

आओ मिलकर, राजनीति की,नई बहस,चल लेने दो!
भूख, गरीबी, शोषण-मुक्ति, पहल, यहाँ हो लेने दो!!

कोई है, भ्रष्टाचारी, कोई दंगाई, सड़ लेने दो!
दोनों दोषी एक बराबर, दोनों को गड़ लेने दो!!

एक को छोड़ा, तो दूजे को खुला घूम तुम लेने दो!
मैं हूँ सज्जन, वो अपराधी, ये गुमान, हर लेने दो!!

ये जनता बतला देगी तुम्हें, घड़ा पाप भर लेने दो!
अर्श यहीं है, फर्श यहीं है, जनाशाप भर लेने दो!!

लोकतंत्र में नैतिकता की, मर्यादा को रहने दो!
पत्थर मारो शीशमहल पे, वासिन्दा को रहने दो!!

सदाचार की, बारिश से, एक नई फसल,उग लेने दो!
'क्रांति', जनमत -बीज से, अंकुर, नई यहां जग लेने दो!!

❑❑❑

नमो के साथ नीतीश: बिहार का हित, देखती मेरी कविता... 45

दोस्तो,

विगत बुधवार को अचानक नीतीश जी का इस्तीफा देना एवम् उनका, बीजेपी के सहयोग से पुनः सी एम बनना, महागठबंधन टूटना एवम् बिहार का पुनः एनडीए शासित राज्य बनना!!

इन सब घटनाओं को देखकर फौरी तौर पर मन दुःखी हो गया और सोचने लगा कि आखिर ऐसी कौन-सी परिस्थिति आ गयी कि नीतीश जी को उस महागठबंधन से बाहर आने का कठिन फैसला लेना पड़ा, जिसे जनता ने प्रचंड बहुमत से पाँच साल के लिए बिहार में शासन को चुना था!!

परंतु जब विधानसभा में नीतीश जी एवम् तेजस्वी जी का भाषण सुना तो ये समझ आया कि ये कदम बिहार की भलाई को देखते हुए उठाया गया है, हालाँकि इससे तात्कालिक रूप से नीतीश जी के विपक्ष के भावी प्रधानमंत्री के रूप में उभर रही छवि को धक्का लगा है और दूसरे शब्दों में कहें तो उन्होंने बिहार के विकास की खातिर अपनी महत्त्वाकांक्षा को एक विराम-सा दिया है!! इधर के हालिया वर्षों में पहली बार ऐसा हुआ है कि बिहार एवम् केंद्र में एक ही सरकार है, अतः बिहार को अब ज्यादा विकास राशि प्राप्त होगी, और सम्भव है कि विशेष राज्य के दर्जे की बिहार की माँग पर भी अब केंद्र सरकार सहानुभूतिपूर्वक विचार करे या विशेष पैकेज का प्रावधान करे!!

इस कदम से नीतीश जी को व्यक्तिगत रूप से नुकसान हुआ है और उनको छोड़ कर बाकी सबों को फायदा हुआ या यूँ कहें तो उन्होंने बिहार के लिए कुर्बानी दी है, जिसे आने वाली कई पीढ़ियाँ याद रखेंगी!!

जदयू के साथ आकर आरजेडी ने जहां अपने पुराने 30 से कम विधायकों की संख्या से सीधे 80 पे छलांग लगाई और राजनीति के हाशिये पे चले गए लालू जी का न सिर्फ पुनर्जन्म हुआ अपितु उनके दोनों पुत्रों एवम् पुत्री

का भी राजनैतिक करियर बहुत अच्छे तरह से लॉन्च हो गया, और काँग्रेस भी 20 से ज्यादा सीटें जीत पायी, जिसके लिए ये दोनों दल नीतीश जी का सदा आभारी रहेगा!!

एक चीज और अच्छी हुई कि इतने दबाव के बावजूद नीतीश जी ने गठबंधन धर्म का पालन करते हुए किसी को बर्खास्त करने से अच्छा खुद का इस्तीफा देना उचित समझा!!

अब तेजस्वी जी विपक्षी दल के नेता के रूप में और तपेंगे और जनता से सीधे जुड़ने के लिए फील्ड में ज्यादा समय दे पाएँगे!!

अभी से उन पर लगे तथाकथित भ्रष्टाचार के आरोपों के चलते उम्मीद है कि वो भविष्य में और तपे नेता के रूप में उभरेंगे और सार्वजनिक जीवन में वैयक्तिक संपत्ति अर्जित करने से बचेंगे!!

भाजपा को भी न केवल बिहार अपितु पूरे भारतवर्ष में दीर्घकालिक फायदा पहुँचेगा!!

नीतीश जी के एनडीए में आने से विपक्ष लगभग समाप्त है और अब मोदी जी आराम से 2019 में फिर से प्रधानमंत्री बन सकते हैं!!

काँग्रेस के सोनिया जी ने इस दौरान पुत्रमोह के चलते बेवकूफी की और वो नीतीश जी को विपक्ष में नहीं रोक पायी!!

अगर वो अभी से नीतीश जी को विपक्ष के भावी पीएम के रूप में प्रोजेक्ट कर देती तो मोदी जी का 2019 में वापस आना मुश्किल हो जाता!!

परंतु विनाश काले विपरीत बुद्धि वाली बात हुई!!

अब काँग्रेस मुक्त भारत का सपना जरूर सफल होगा, इसमें कोई दो राय नहीं है!!

अब एक चीज और होगा,

और वो होगा भाजपा अब अपने कट्टर हिंदूवादी छवि को छोड़कर काँग्रेस की तरह एक मध्यमार्ग अपनाएगी, क्योंकि अब इसका वोट बैंक स्वत: ही इतना बढ़ जायेगा कि उसे और ध्रुवीकरण की जरूरत नहीं रहेगी!!

अब वो उन वर्गों में अपनी स्वीकार्यता बढ़ाएगी, जो उनसे दूर भागते थे!! शायद इसी कारणवश उसने देश को एक दलित राष्ट्रपति दिया, और कॉमोन सिविल कोड, मंदिर मुद्दे, आरक्षण आदि मुद्दे पर केवल यथास्थितिवादी रुख ही अख्तियार किया!!

अब भाजपा चाहेगी कि सत्ता उससे छिटके नहीं, अतः वह ज्यादा से ज्यादा विपक्षी दल को खुद से जोड़ना चाहेगी!!

...ऐसे में नीतीश जी का यह कदम बिहार के लिए युगांतकारी साबित होगा, इसमें कोई संदेह नहीं है!!

कुल मिलाकर अब हर बिहारवासी अपने को मुख्यधारा में पायेगा और रोजगार के ज्यादा अवसर उसे मिलेंगे!!

कुछ यही सब सोचते-सोचते न जाने कब ये उँगलियाँ चल पड़ीं तो नमो के साथ नीतीशः बिहार का हित, देखती मेरी इस कविता का जन्म हुआ, तो सोचा क्यों न इस कविता को आप सबों से साझा करूँ...

और बिहारी गौरव की डोर को माझा करूँ...

केंद्र में, सूबे में, अब देखो, एक जैसी सरकार हुई!
ये नीतीश-नमो का मिलना, रुत-बिहार गुलजार हुई!!

कुर्बानी दे, पी.एम. सपना, सिर-आँखें बिहार हुई!
इस बिहार की सेवा करना, नीतीश का जीवन-सार हुई!!

छोड़ो अब सब बीती बातें, पूर्वाग्रह की हार हुई!
भूख-गरीबी-अशिक्षा पे विजय हमें स्वीकार हुई!!

जो विपक्ष में पहुँच गए हैं, नहीं ये, उनकी हार हुई!
जनता से, सीधे जुड़ने के, अवसर की, भरमार हुई!!

कहाँ भूल है? कहाँ चूक है? मंथन हर स्वीकार हुई!
लोभ-मोह का तोड़ दो बन्धन, राजनीति उपचार हुई!!

अब विकास की बात करो तुम, धर्म-जात की हार हुई!
गले मिलो तुम, अब भविष्य से, खत्म भूत की रार हुई!!

कौन सही था? कौन गलत था? किसके सर पे भार हुई?
समय जो बदला, तो हैं, बदले, मुद्दों से तकरार हुई!!

झूमे-धरती, झूमता गगन, फिज़ाँ राग मल्हार हुई!
सावन में खुशी की बारिश से, राजनीति दो-चार हुई!!

पाने में कोई खुशी नहीं है, दान में खुशियाँ होती है!
बाँट दुआएँ सुखी फकीरा, सेठ की किस्मत रोती है!!

काहे का धन संचय करना, शिक्षा-धन यदि खोटा है!
राजनीति में, दिल में रह लो, मन का आँगन छोटा है!!

एक बेटे के मोह में क्यों हो? हर वंचित, तो बेटा है!
ऐ! शोषित-आवाज-मसीहा, तेरा दिल क्यों छोटा है??

एक ऐसा दिन आया है, जब भ्रष्टाचार की हार हुई!
सेकुलर बनके, मेवा खाने की मंशा लाचार हुई!!

पर कट्टरता ढोने वालों, सुन लो जन-पुकार हुई!
धर्म-भेद औ जात-भेद की, राजनीति की हार हुई!!

ये बिहार, एक नई सबक, देता भारत, झंकार हुई!
राजनीति में जन-हित ऊपर, बाकी सब बेकार हुई!!

दल के भेद ये व्यर्थ हुए सब, सेकुलर-कम्युनल हार हुई!
अंतिम व्यक्ति के सपनों की दुनिया, अब स्वीकार हुई!!

आधे सपनों, आधे ख्वाबों को, पूरा हम कर लेंगे!
बिहारी अरमानों में एक नया जोश दम भर लेंगे!!

अभी भी पिछड़े हैं विकास में, पिछड़ेपन को हर लेंगे!
मानव-संसाधन के धन से, मंजिल हासिल कर लेंगे!!

युवा जोश से, भरा हुआ है, हुनर-होश भी भर लेंगे!
कौशल भर के इन हाथों में, श्रम के कोष को तर लेंगे!!

गाँवों में ये देश बसता, गाँव को उन्नत कर लेंगे!
बिजली-पानी-सड़क व शिक्षा, गाँव-गाँव में भर लेंगे!!

नशा-मुक्त समाज बना है, भूख-गरीबी हर लेंगे!
सबके दामन में अब खुशियाँ, थोड़ी थोड़ी भर लेंगे!!

वर्ण-व्यवस्था सच्चाई है, ध्यान इसे, हम रख लेंगे!
वंचित का नहीं उत्पीड़न हो, शासन में परख लेंगे!!

हर धर्मों औ वर्गों की अब पूरी एक पुकार हुई!
कोई न ऊपर, कोई न नीचे, मानवता स्वीकार हुई!!

ये बिहार है, एक जर्मनी, जनसंख्या, अपार हुई!
इसको विकसित कर देना है, चुनौती स्वीकार हुई!!

बुनियादी शिक्षा सुधरी तो, सेहत भी, सुधार हुई!
सात वो निश्चय से जनता के सपनों में विस्तार हुई!!

अपना वाद है, अपना दर्शन, ये बिहार का सार हुई!
बुद्ध-महावीर की धरती से ज्ञान-पुँज अपार हुई!!

पहले हमको इस बिहार को, सबसे आगे करने दो!
कमियाँ क्या हैं? क्या है शक्ति? गुना व भागे करने दो!!

ये प्रयोग की, भूमि अपनी, जे पी वाद उभरने दो!
भाई-भतीजावाद छोड़ के, लोहियावाद संवरने दो!!

सत्य-अहिंसा पंखों से नभ-गाँधी-वाद में उड़ने दो!
सत्याग्रह का हीरा-मोती, राजनीति में जड़ने दो!!

जातिवाद औ धर्मवाद को नेस्तनाबूत करने दो!
इंसानियत के कर्म-धर्म को पूरा साबुत करने दो!!

जम्हूरियत जाग गयी है, फासीवाद की हार हुई!
नए दौर में, नई-सी करवट, अंगड़ाई-बिहार हुई!!

खत्म द्वंद्व औ राग-द्वेष सब, जनमत की पुकार हुई!
हर संकट में, राह दिखाती, जनता की,सरकार हुई!!

जनमत के मुद्दे पे एका, अब सबको, स्वीकार हुई!
पारदर्शिता, नैतिकता की, राजनीति, हुँकार हुई!!

दलगत-निष्ठा, अंध-समर्पण, ये बातें बेकार हुई!
सच्चे मन से जनता सेवा, राजनीति का सार हुई!!

एक परिवार, या व्यक्ति से, ऊपर ये लोकाचार हुई!
राजनीति अब नहीं गन्दगी, जनसेवा-आचार हुई!!

आओ मिलकर चलो बनाएं, नव-बिहार ललकार हुई!
'क्रांति', उड़ने दो, बिहार को, नीतिश-ए-बिहार हुई!!

❑❑❑

<u>अगस्त</u>

46 श्रावण मास में शिवत्व जगाती मेरी कविता...

दोस्तों,

रिमझिम बारिश के बीच,
साफ धवल प्रकृति की मनमोहक छटाओं के इर्द-गिर्द,
सावन मास बीत रहा!!
शिव का सम्पूर्ण रूप,
आस्थाओं के मंथन से,
काँवरियों के जल-पात्र से रीत रहा!!

त्याग की भूमि से निकला ये प्यार का संगीत रहा!
विष भरे कण्ठ से छलका सुधा का गीत रहा!!

आओ मिल लें गले, पुकारता मन मीत रहा!
हार वैभव, वो सभी, देखो योगी जीत रहा!!

डमरू बजता रहा, जट-गंगा का आकृत रहा!
गले में विष रहा, और भाल-चंद्र-शीत रहा!!

के आधा नर रहा, के नारी का प्राकृत्त रहा!
लिंग के, साथ रहा, योनि का, आवृत्त रहा!!

भक्ति के घर में नहीं, वासना का भीत रहा!
योगी मन गाता यहाँ, दर्शना का गीत रहा!!

शिव ही है सत्य यहां, सत्यता से प्रीत रहा!
सत्य-सुंदर-सा जहाँ, शिवता का संगीत रहा!!

काश!! जग जाए यहाँ, ये शिवत्व हर शय में!
'क्रांति', मनुहार यही, बोल-बम के गीत रहा!!

कुछ यही सोचता ये शिव की भक्ति-प्रीत रहा!
बूंदें सावन की गिरी, लगा के शिव ये रीत रहा!!

आस्था में बसा लें प्रेम मन का सच्चा हर!
अजानों में, वो गिरजाघर में शिव का गीत रहा!!

'क्रांति', उनसे भी मिलो, जो तुम्हारे दुश्मन हैं!
सादगी शिव-सी हो, सब हार के तू जीत रहा!!

सावन में शिव, शिव में सावन, बून्द-बून्द में रीत रहा!
'क्रांति', आओ भीग लो शिव-बारिश में, सावन बीत रहा!!

कुछ यही सब ख्याल आया...
जब मैं शिवत्व की खोज में...
भावनाओं के पंख से...
मन के आकाश में...
सावन के काले-काले मेघों के संग...
इधर-उधर भटकता रहा!!

फिर न जाने कब ये श्रावण-मास में शिवत्व जगाती कविता का जन्म हुआ...

ये पता भी न चला...
तो सोचा क्यों न इसे आप मित्रों से साझा करूँ...
और श्रावण मास में शिवत्व की डोर को माझा करूँ...

अंदर शिव हैं, बाहर शिव हैं, शिव संग, रास रचाएँगे!
सावन में, काँवरिया बन के, शिव के, रंग रंगाएँगे!!

झूमे धरती, झूमता गगन, बूँद-बूँद हर्षाएंगे!
शिव में ही आनंद बसा, सब आनंदित हो जाएँगे!!

जीवन के हर दुःख के विष को, शिव-शम्भू पी आएँगे!
त्याग के, धागे से, जीवन के, घावों को, सी जाएँगे!!

शिव जो संग, काहे को डरना, शिव में ही, खो जाएँगे!
सत्य ही शिव है, शिव है सुंदर, शिव भक्ति को पाएँगे!!

- -

अपनाकर सबके विष को शिव नीलकंठ हो जाएँगे!
शिवत्यागी की, महिमा को हम, मुक्तकंठ हो गाएँगे!!

शिव ही रूद्र हैं, शिव हैं पशुपति, शिवनारी बन जाएँगे!
कला में शिव, नटराज भी शिव, शिव त्रिपुरारी बन जाएँगे!!

आदि भी शिव औ अंत भी शिव, शिव चहुँ दिशा में पाएँगे!
शिव विनाश औ शिव जीवन, शिव जिजीविषा में गाएँगे!!

कैलाशी शिव मानसरोवर, बर्फानी हो जाएँगे!
बारह ज्योतिर्लिंगों में शिव-निशानी को पाएँगे!!

सोमनाथ, सौराष्ट्र विराजे, मल्लिकार्जुन आंध्र बसे!
महाकालेश्वर, ओंकारेश्वर, उज्जैनी, इंदौर बसे!!

बद्रीनाथ, केदारनाथ हैं, भीमाशंकर, पूना बसे!
शक्ति पीठ में शिव शक्ति, हर भाग यहां हर गुना बसे!!

विश्वनाथ काशी में, नासिक, त्रयम्बकेश्वर आन बसे!
देवघर में वैद्यनाथ, नागेश्वर, द्वारिका आन बसे!!

रामनाथपुर रामेश्वरम है, महाराष्ट्र में घृष्णेश्वर!
ये बारह ये परम पीठ हैं, शिव देवों के देवेश्वर!!

दर्शन कर ज्योतिर्लिंगों के, शक्ति से, भर जाएँगे!
शिव को हासिल हम जीवन में, भक्ति से कर जाएँगे!!

त्याग, तपस्या, करुणा की, हर सीमा से,भर जाएँगे!
शिव हैं सहज, दयालु शिव हैं, शिव को खुश कर जाएँगे!!

नहीं विलासी, भोग कोई हम, शिव पे, आज चढ़ायेंगे!
जल, धतूरा औ बेल-पत्र से, शिव को खुश कर जाएँगे!!

सुख में सुमिरन, दुःख में सुमिरन, शिव-भक्ति में गाएँगे!
जीवन के, हर पल में संबल, शिवशक्ति में पाएँगे!!

तीजा नेत्र, खुले जब शिव का, संहारी बन जाएँगे!
दानवता को जला के शिव ये, उपकारी बन जाएँगे!!

जला के जीवन के विलास को राख यहाँ कर जाएँगे!
त्याग के राखों से, दिल का हर ताख यहां भर जाएँगे!!

साधारण जीवन में, सोच को, ऊँची हम रख आएँगे!
भाव में कोमल, हृदय सहिष्णु, मन तेजोबल पाएँगे!!

नंदी वाहन, हिमालय-उर, जट-गंगा भर लाएँगे!
शीतल चंद्र व विषधर-माला, छव-भभूत कर जाएँगे!!

सिद्धों के गुरु, तंत्र-गुरु वो नट-राजा कहलाएँगे!
डमरू-ताल पे, लिए त्रिशूल कर, तांडव से भर जाएँगे!!

हर जीवात्म से प्रेम का रूपक, शिव के छव में पाएँगे!
अंधकार सा शाश्वत है शिव, जग के भव में पाएँगे!!

अंतर-दृष्टि से, शिव को हम, अपने अंदर पाएँगे!
'क्रांति', जपकर, नमः शिवाया, सुख से भर-भर जाएँगे!!

❑❑❑

47 राष्ट्रीय मैत्री दिवस (कौमी यौमे यारी) पे यारियाँ सजाती मेरी कविता...

दोस्तों,

आज यानि राष्ट्रीय मित्रता दिवस (कौमी यौमे यारी) की पूर्व संध्या पे जब मैं गंगा तट पे गया तो एक नाव के नाविक ने मुझे आवाज दी की डॉक्टर साहब आप अकेले अकेले लहरों से दूर बैठ इन लहरों को क्यों गिन रहें हैं? आइये और इन पर सवार हो, इनको छुएं !!

और फिर उसकी नाव में सवार हो मेरा मन दूर इस आबादी के बहुत दूर निकल गया, एक तन्हाई जो अब भी मेरे साथ थी, मुझे अपने उन मित्रों की याद दिलाने लगी जो गुजरे अनमोल दिनों में, मेरे हमसाया हुआ करते थे, आज भी साथ हैं और आगे भी साथ रहेंगें, तब यक-ब-यक उँगलियाँ चलने लगी और जब रुकी तो मेरी नाव वापिस किनारों से मिलने को बेताब हो चुकी थी, शायद ये किश्ती भी साहिल से यारियाँ खोज रही हों जैसे, एक बेलिबास पन्ने पे याराना से ख्याल लिए एक अशआर ने अपनी जगह बना ली थी, और मैं भी अपने दोस्तों से, एक पन्ने और कविता की दोस्ती के माध्यम से, इस याराना अहसास को, उन तक पहुँचाने की कोशिश में मशगूल हो चूका था !!

तो लीजिए हाजिर है राष्ट्रीय मित्रता दिवस यानि कौमी यौमे यारी पे, दोस्तों की दोस्ती को बहुत याद करती, मेरी कविता, आप सभी मित्रों को नेशनल फ्रेंडशिप डे पे शुभकामनाएं देते हुए !!

WishingAll friendsA Very Happy National Friendship Day

जिन्दगी तन्हा सफर है, साथ आती यारियाँ
खाली मन के बिंब को, हर पल सजाती यारियाँ।

दूर हो के भी वो इन अहसासों को छू जाते हैं
इस जहाँ में जिनसे भी हो जाती है ये यारियाँ।

जिन्दगी की हर पहेली बूझ जाती यारियाँ
गांठें मन के द्वंद्व की हर खोल आती यारियाँ।

साथ हो जन्मों का या के पल दो पल का संग हो
जिन्दगी के रिश्तों को हर पल सजाती यारियाँ।

जिन्दगी तन्हा सफर, है साथ,आती यारियाँ
खाली मन के बिंब को, हर पल सजाती यारियाँ।

आज है खुशियाँ का पल कल गम अँधेरा लाएगा
अश्क भरके आँखों में, दिल को रुला ये जायेगा।

मोतियाँ गम की पीरो के सीप सा जीवन हुआ
सब्र भर जीवन, सुकूँ ये, दे के जाती यारियाँ।

जिन्दगी तन्हा सफर, है साथ, आती यारियाँ
खाली मन के बिंब को, हर पल सजाती यारियाँ।

आज हम जो गा रहे, जीवन तराना है कोई
सुख का दुःख का गीत है, जीस्ते फसाना है कोई।

जिन्दगी के धुन सभी है, गुनगुनाती यारियाँ
छंद सब जीवन का गढ़, कविता बनाती यारियाँ।

जिन्दगी तन्हा सफर, है साथ, आती यारियाँ
खाली मन के बिंब को, हर पल सजाती यारियाँ।

चैन मन का खो गया है, जिन्दगी की भीड़ में
अपनों ने भी साथ छोड़ा, पँछी तन्हा नीड़ में।

कोलाहल - जीवन, सुकूँ को साथ लाती यारियाँ
खुशियाँ से जीवन को भर कर मन को भाती यारियाँ।

जिन्दगी तन्हा सफर, है साथ, आती यारियाँ
खाली मन के बिंब को, हर पल सजाती यारियाँ।

दूर भी हों तन मगर, ये मन तो बिल्कुल पास है
व्हाट्स अप औ फेसबुक संग यारों हर पल खाश है।

रोये आँखें गर, तो आँसू पोछते अहसास हैं
मित्रों संग दिल की खुशी, पूरी हुई हर आस है।

दूरियां दिल की हरेक, है, सिमटा जाती यारियाँ
जब भी तन्हाई डसे, महफिल सजाती यारियाँ।

जिन्दगी तन्हा सफर, है साथ, आती यारियाँ
खाली मन के बिंब को, हर पल सजाती यारियाँ।

स्कूल में जब घंटियां, छुट्टी की, वो बज जाती थी
बचपने की शाम, यारों संग, बहुत भा जाती थी।

यारों संग वो साँप-सीढ़ी, लूडो भी खिलवाती थी
गुल्ली- डंडा औ कब्बड्डी खेल मन को भाति थी।

बचपने की यादों को, रंगीं बनाती यारियाँ
लड़ के भी आपस में गहरा प्यार भरती यारियाँ।

जिन्दगी तन्हा सफर, है साथ, आती यारियाँ
खाली मन के बिंब को, हर पल सजाती यारियाँ।

जिन्दगी के इस सफर में कितने सारे यार हैं
दोस्तों बिन, जिन्दगी की हर खुशी बेकार है।

रिश्तों में हर, जिन्दगी के, यारियाँ भरमार है
मित्रता बिन, रिश्ते भी, दिखते यहाँ बीमार हैं।

जिन्दगी में भाईचारा, घोल जाती यारियाँ
रिश्तों में, एक प्यार का पुट, जोड़ आती यारियाँ।

'क्रांति' आओ, जिन्दगी, तुझको बुलाती यारियाँ
यारी एक अमृत है, जीवन-भर पिलाती यारियाँ।

जिन्दगी तन्हा सफर, है साथ, आती यारियाँ
खाली मन के बिंब को, हर पल सजाती यारियाँ।

❑❑❑

48 अगस्त क्रांति के 75 वर्ष एवम् अंतर्राष्ट्रीय युवा दिवस (12 अगस्त) पे बदलती देश/प्रदेश की राजनीतिः देखती मेरी कविता...

दोस्तो,

अभी विगत 9 अगस्त को 'अंग्रेजों भारत छोड़ो' के 1942 के आह्वान के 75 वर्ष पूरे हुए, और 12 अगस्त को देश ने अंतर्राष्ट्रीय युवा दिवस के रूप में मनाया!!

इन दोनों दिवसों को साझा करके जब देखा तो लगा कि सचमुच ये भारत बदल रहा है और पल-पल बदल रही है इसकी राजनीति भी!!

भारत युवाओं का देश है और इसकी युवा आबादी ही इसकी मुख्य पूँजी है, एक भारत में तीन अमेरिका से ज्यादा लोग रहते हैं!!

एक बिहार में एक पूरी जर्मनी जितनी आबादी निवास करती है!!

और सबसे अच्छी बात ये है कि हमारी जनसंख्या में युवाओं की आबादी ज्यादा है, जो किसी भी अर्थव्यवस्था/राजव्यवस्था को एक नई क्रियाशीलता प्रदान करता है!!

बहुत सारे आज के विकसित देश बूढ़े हो चले हैं!!

जरूरत है, कि भारत की इस युवा जनसंख्या को जगाना और उसके प्रज्ज्वलित दिमाग (इग्नाइटेड माइंड) से नए-नए आविष्कार एवम् रचनात्मकता विकसित करवाना!!

ये काम अब सरकारों को करना होगा और इसमें एक जिम्मेदार नागरिक के रूप में सबों को योगदान करना होगा!!

यहां ये भूल जाना होगा कि हम किस वाद/पंथ के समर्थक हैं (वामपंथ या दक्षिणपंथ), और पूरे मन से अपने संकल्प की प्राप्ति में अग्रसर हो जाना होगा!!

इसमें पक्ष और विपक्ष दोनों के कन्धों पे बराबर की जिम्मेदारी है!!

एक मजबूत विपक्ष (केवल संख्या बल ही नहीं, सही में भी एक पूरे समग्र जनसरोकार की भावना और विचार रखने वाला विपक्ष जो सरकार के रचनात्मक कार्यों में सहयोग को भी आतुर हो और उसकी कमियाँ भी गिनाए, एक तत्परता से) भी वक्त की जरूरत है!!

सरकार को भी सबको साथ लेकर एक मध्य मार्ग को अपनाना होगा और जात/धर्म की राजनीति को तज कर, एक सम्पूर्ण विकास की राजनीति करनी होगी!!

ये रास्ता बहुत कठिन होगा, अनेक बाधाएँ आयेंगी, परंतु यदि सरकार की दृढ़ इच्छाशक्ति होगी तो उसके सामने की सारी बाधाएँ बहुत छोटी नजर आएँगी!!

गरीबी, बेरोजगारी, अशिक्षा, धर्म-भेद, जाति-भेद, लिंग-भेद, भाषा-भेद, राज्य-भेद, भ्रष्टाचार, प्राकृतिक आपदा, आय विषमता, कला-धन, समानांतर अर्थव्यवस्था, आतंकवाद, दलित, पिछड़ा, आदिवासी, अल्पसंख्यक, महिला उत्पीड़न, किसान आत्महत्या, जैसे मुद्दों से, पार पाते हुए, सरकार को न्याय के साथ विकास की राजनीति करनी होगी, तभी ये देश आगे बढ़ेगा!!

संयोग से देश में और प्रदेश (बिहार) में वही प्रयोग हो रहा है और नरेंद्र मोदी जी के रूप में एक मजबूत प्रधानमंत्री मिला है, जिन्होंने नोटबंदी, जीएसटी जैसे महत्त्वपूर्ण परंतु कठिन कदमों को उठाया और वही बिहार में नीतीश कुमार के रूप में एक योग्य मुख्यमंत्री, जिन्होंने बिहार जैसे भौतिक रूप से पिछड़े सूबे का कायापलट किया है और निरंतर विकास को तत्पर हैं!!

इन दोनों के एक साथ आने से भारत की राजनीति में एक बड़ा बदलाव आया है, और अब देश आने वाले दिनों में बेनामी संपत्ति पे भी कुछ कड़े कदमों की बाट जोह रहा है, जिससे सरकार की आय बढ़े और ज्यादा से ज्यादा विकास हो और विकास के इस लाभ का सही वितरण समाज के सभी तबकों में हो!!

अगस्त क्रांति के 75वें वर्ष में हमारे आदरणीय पी.एम. नरेंद्र मोदी जी ने भ्रष्टाचार, जाति भेद, धर्म-भेद की राजनीति को छोड़ने का संकल्प दिया

और अगले 5 सालों में देश से गरीबी और बेकारी मिटाने का आह्वान किया तो आदरणीय सी.एम. नीतीश कुमार जी ने 'लालच भारत छोड़ो', का नारा दिया!!

ये दोनों कदम भारत के विकास के एक नए युग में प्रवेश के संकेत के रूप में याद किए जाएँगे!!

जनसंख्या अभिशाप न होकर एक वरदान होगी, जो भारत को पुनः विश्व गुरु के ओहदे पे आसीन करेगी और वसुधैव कुटुम्बकम् के भाव को पुनः मजबूत करेगी!!

कुछ यही सब सोचते-सोचते ये उँगलियाँ चल पड़ीं और अगस्त क्रांति के 75वें वर्ष में पड़ने वाले अंतर्राष्ट्रीय युवा दिवस (12 अगस्त) पे बदलती भारतीय राजनीति देखती मेरी इस कविता का जन्म हुआ!!

तो सोचा क्यों न इसे आप मित्रों से साझा करूँ...
और जय भारत!! की डोर को माझा करूँ...

शांति-दूत हो युवा देश का, युवा से, जग-उजियारा हो!
युवा दिवस पर युवा ये भारत, दुनिया का ध्रुव-तारा हो!!

सबको हासिल रोजगार हो, भरा जोश वो सारा हो!
युवा देश है, और प्रदेश है, युवा नहीं बेचारा हो!!

हुनर-युक्त हो, हाथ सभी ये, कौशल का भंडारा हो!
युवा की ऊर्जा भटक न पाए, सद्गुण का सत्कारा हो!!

सेकुलर-कम्यूनल राजनीति का खत्म दौर ये सारा हो!
सबकी खुशहाली औ सपने, राजनीति का द्वारा हो!!

नए दौर में, राजनीति का, बदला हुआ नजारा हो!
भाई-भतीजावाद खत्म हो, भ्रष्टाचार की हारा हो!!

भूख-गरीबी-अशिक्षा से, करना हमें, किनारा हो!
नव-भारत विकास ही अब, अगस्त-क्रांति का नारा हो!!

सब जातों औ धर्मों से, सौहार्द प्रेम की धारा हो!
द्वेष-घृणा की राजनीति से दूरी, फर्ज हमारा हो!!

पक्ष हो या विपक्ष यहाँ सबको विकास ही प्यारा हो!
अंतिम व्यक्ति का हर सपना,सर आँखों पे वारा हो!!

स्वच्छ हो भारत, डिजिटल भारत, नहीं कोई बंजारा हो!
सबके हित को सोचने वाला, सबका पालन-हारा हो!!

पूरे देश की एक हो धड़कन, एक ही सपना प्यारा हो!
सर्व-धर्म-संभाव, हृदय में, जन-शासन हमारा हो!!

नहीं वो डर हो, नहीं वो भय हो, वंचित आँख का तारा हो!
प्रेम-अमन औ भाईचारा-युक्त, देश हमारा हो!!

खिला कँवल हो बीच सरोवर, बहे प्रेम की धारा हो!
दंगे-झगड़े के दिन बीते, स्वच्छ धवल अवतारा हो!!

सवा अरब से ज्यादा हम हैं, भारत जग उजियारा हो!
जनसंख्या अभिशाप नहीं हो, जवां ये मुल्क हमारा हो!!

योग हमारा, कर्म हमारा, संस्कृति की धारा हो!
मानवता का झंडा ऊँचा, आगे सर्व वो हारा हो!!

सबको लेके, साथ चलेंगे, लोकतंत्र का नारा हो!
दक्षिणपंथ भी राष्ट्रवाद का वृहत रूप स्वीकारा हो!!

वाम व दक्षिण से निकली एक मानवता की धारा हो!
हम अनेक हों, एक हो पर ये, राष्ट्रवाद स्वर प्यारा हो!!

समय बदलता, लोग बदलते, सोच बदलती धारा हो!
पूर्वाग्रह को, छोड़ के नफरत से कर लिया किनारा हो!!

जाति का नेता नहीं, नेता अब विकास का प्यारा हो!
नेता का, बेटा हो नेता, जनता नहीं गवारा हो!!

सबसे पिछड़ा, सबसे आगे, स्वयं वो सेवक सारा हो!
इस विकास के, फल का सबके हिस्से में बँटवारा हो!!

केवल लेना नहीं, वो देना भी, ये फर्ज हमारा हो!
कर देना हो राष्ट्र की सेवा, करवंचन की हारा हो!!

जीएसटी से संवर गया है, भारत का उजियारा हो!
खुशहाली चहुँ ओर दिखे, अब खत्म सभी अंधियारा हो!!

जनसरोकार के मुद्दे पर अब नहीं कोई ये रारा हो!
पक्ष-विपक्ष में आपस में ये बना ये भाईचारा हो!!

बेरोजगारी बड़ी समस्या, रोजगार हर द्वारा हो!
युवा की बेकारी से शासक की गलती इजहारा हो!!

नहीं वो, सूली पे, किसान हो, कृषि, ये पेशा प्यारा हो!
दिहाड़ी मजदूर, सुखी हों, श्रम की जय जयकारा हो!!

आय विषमता नहीं हो ज्यादा, संसाधन बँटवारा हो!
बेनामी धन जब्त हो सारा, भ्रष्टों से छुटकारा हो!!

आजादी हो, पिछड़ेपन से, विकसित देश, हमारा हो!
'क्रांति', मिल लो, युवा-हुनर से, संचित जोश, सहारा हो!!

❑❑❑

बिहार में बाढ़ के कहर पे हौसलों को जीतती, देखती मेरी कविता...

49

दोस्तो,

पिछले एक पखवारे से बिहार, यूपी, असम, प. बंगाल के कई जिलों में जारी बाढ़ के कहर की तस्वीरों को देख मन सोचने लगा और उन पीड़ाओं को महसूसने लगा, जिनसे आजकल ये बाढ़ पीड़ित जनता दो-चार हो रही है!

कहा जाता है कि इस बाढ़ का कारण वो अनेक तटबंध, बाँध और बराज हैं, जिसे सिंचाई की नहर, शहरों की सुरक्षा या पनबिजली परियोजनाओं हेतु बनाया गया है!

जब बारिश ज्यादा होती है और नेपाल से पानी छोड़ा जाता है, तो ये तट बंध टूट जाते हैं और बाढ़ आ जाती है!!

नदियों का गाद प्रबंधन भी जरूरी है, क्योंकि शहर का कचरा बिना प्रोसेस किए ही नदी में बहाया जाता है, तो प्रदूषण के साथ गाद की समस्या भी आती है और नदी छिछली हो जल संग्रहण की अपनी शक्ति खो बैठती है और यह अपने दायरे से बाहर जाकर बाढ़ की समस्या को जन्म देती है!!

वैसे तो ये बाढ़ हर साल आती है, परंतु किसी-किसी साल ये ज्यादा विकराल रूप ले लेती है, तब सरकारें जागती हैं!!

आज केवल बिहार के 18 जिले बाढ़ की चपेट में हैं और ये बाढ़ हजारों लोगों को जलसमाधि दे चुकी है!!

सवाल उठता है कि इसका समाधान क्या है? बाँध, तटबंध, बराज अगर आधुनिक समय में विकास के पर्याय बन गए हैं, तो क्या इनके साथ इनसे होने वाली हानियों पे भी हमें समुचित ध्यान नहीं देना चाहिए? क्या हम बाढ़ की चेतावनी का तंत्र नहीं विकसित कर सकते? क्या हम हरेक प्रखंड में कुछ ऊँचे प्लेटफार्म नहीं बना सकते, जहां पे विशेष आपातकालीन परिस्थितियों में लोगों को सुरक्षित रखा जा सके? क्या हम इन नदियों को

आपस में नहीं जोड़ सकते, जैसा कि हमारे पूर्व राष्ट्रपति स्वर्गीय कलाम साहब ने सोचा था?

एक बाढ़ जो विचारों की थी...
एक बाढ़ जो आचारों की थी...

पानी–ही–पानी था हर सूं...
एक प्यास बस किनारों की थी!!

अबकी बारिश में बिन बरसे चले जा मेघा...
गुरबते जीस्त कमी आसमाने–तारों की थी!!

वक्त के साथ गुजर जायेगा ये भी मंजर...
गमें सैलाब में एक कश्ती सहारों की थी!!

उसको मंजूर है तो बाढ़ भी है, सूखा भी...
कमी हममें थी, नहीं रब के इशारों की थी!!

हौसला खोना नहीं बाढ़ को भी जीतेंगे...
'क्रांति', उम्मीद भरी, कश्ती बंजारों की थी!!

परंतु एक चीज बहुत अच्छी हुई है कि इस विपदा की घड़ी में पूरा समाज साथ खड़ा दिख रहा है!! सूबे के मुखिया ने भी विशेष तत्परता दिखाते हुए रोज बाढ़ पीड़ितों से मिलकर उनका हौसला बढ़ाने का काम किया है, और राहत शिविरों के बेहतर प्रबंधन का सुचारू इंतजाम किया है!!

देश के मुखिया भी बाढ़ पीड़ितों का हाल जानने पहुँच रहे हैं!! सभी दलों ने, स्वयं सेवी संगठनों, सेना, एनडीआरएफ एवम् जनता ने मिलकर एक सही मानवता से भरा कार्य किया है!! ये सब साधुवाद के पात्र हैं!!

कुछ इन्हीं सब ख्यालों की बाढ़ में डूबे–डूबे न जाने कब ये उँगलियाँ चल पड़ीं और बिहार में बाढ़ के कहर पे हौसलों को जीतती देखती मेरी कविता का जन्म हुआ...

तो सोचा क्यों न इसे आप मित्रों से साझा करूँ...
और घोर संकट में भी उम्मीद की डोर को माझा करूँ...

डूबा घर है, डूबा आँगन, डूब गया हर सपना है!
पर इस बाढ़ में नहीं जो डूबा, जिजीविषा वो अपना है!!

कोशी का ये कहर जो, बरपा, डूबा सूबा अपना है!
इस संकट को पार करेंगे, हिम्मत, जज्बा अपना है!!

प्रलय ये जल का तौल रहा है, फिर जीवटता अपना है!
लाख मुसीबत भी आ जाए, पर बुलंद हर सपना है!!

छोटा-सा एक घर-आँगन था, फूस की छत थी मिट्टी फर्श!
चार मवेशी, बीवी-बच्चे, माँ-बाबू का स्नेह-स्पर्श!!

एक ही झटके में बह बैठा, जमा-पूँजी सब अपना है!
एक ये, चौकी नाव बनी है, बहे नदी सब सपना है!!

एक वो दिन जब बाढ़ घटेगी, मिट्टी उर्वर कर देगी!
इस बिहार को खाद्यान्न में, आत्म-वो-निर्भर कर देगी!!

हर विपदा में सकारात्मक सोच ये हमको बल देगी!
हर संकट में एका अपनी, हर विपदा का हल देगी!!

गाँव-गाँव जो बह निकला है, फिर हरियाली आएगी!
इस बिहार में हरित क्रांति की फिर खुशहाली छायेगी!!

चाहे है, ये बाढ़ ये सूखा, या धरती का कंपना है!
हर संकट में, जगा हुआ ये बिहारीपन अपना है!!

सरकारों का काम हो ये के, शिविरों का प्रबंध करे!
जनता भी, सब भेद, भूलकर मानवता संबंध भरे!!

फँसे हुओं को, नाव निकाले, भोजन का प्रबंध करें!
बीच वो पानी, भूखा-प्यासा, आँख का पानी बन्द करें!!

रोग न फैले बाढ़-पीड़ित में, सही चिकित्सा चंद करें!
लूट नहीं हो, राहत में, कोई, भ्रष्टाचार को बन्द करें!!

सब दल, मिलकर, मानव- सेवा धर्म, यहाँ पसंद करें!
बाढ़ पीड़ित पे राजनीति को, आओ हम सब बन्द करें!!

जात-धर्म का, भेद भुला दें, सेवा-माला, जपना है!
यथा-वो-संभव दान करें हम, जो सामर्थ्य में अपना है!!

उम्मीदों की बाट जोहटा, बिहारी-पन अपना है!
जगा हुआ है, जगा रहेगा, नव-बिहार का सपना है!!

महीनों तक, बाढ़ रहे या, ये, वर्षों तक, संकट हो!
कितना भी विकराल दृश्य हो या के घड़ियाँ विकट भी हो!!

राहत शिविरों में रह लेंगें, नई ये दुनिया बुन लेंगे!
आवश्यकता आविष्कार की जननी है, ये धुन लेंगे!!

शिक्षा, स्वास्थ्य को साथ में रखकर, फिर नए सपने बुन लेंगे!
बाढ़ या, सूखा, आए जाए, राह वो हिम्मत चुन लेंगे!!

बाँधों का निर्माण करेंगे, जल-शक्ति का, फल लेंगे!
पनबिजली से सूबे में, ये रौशन ज्योति, हल लेंगे!!

लोग हैं ग्यारह अब करोड़ ये, दीप-ये-बाती जल लेंगे!
अपने मेहनत औ कौशल से, गुरबत-मुक्ति-फल लेंगे!!

अपने सन्दर्भों में, संकट, और ये, हल भी अपना है!
जगा हुआ, हर, आज युवा है, भाग्य जगा हर सपना है!!

धर्म नीति से अर्थ नीति तक, नव विचार ये अपना है!
मानव-संसाधन धन अपना, बौना, हर एक सपना है!!

सब कुछ खोकर भी चेहरे पर एक विश्वास का झपना है!
'क्रांति', देखो, बाढ़ कहर पे, भारी, जोश ये अपना है!!

❑❑❑

राष्ट्रीय खेल दिवस (29 अगस्त): सबके दिनचर्या में खेल हो शामिल: चाहती मेरी कविता... 50

दोस्तो,

आज राष्ट्रीय खेल दिवस (29 अगस्त) को मन खेल, खिलाड़ियों और उनसे जुड़ी बातों को सोचने लगा!! आज जैसे-जैसे लोग विकसित होते जा रहे हैं, वे पैदल चलना छोड़ दे रहे हैं और स्वचालित वाहनों का प्रयोग बढ़ता जा रहा है!! गाँवों में भी लोग अब सड़क एवम् गली के निर्माण के चलते वाहनों पे निर्भर होते जा रहे हैं!! शहरों में जगह एवम् लोगों के पास समय की कमी के चलते खेल-कूद के प्रति उदासीन होते जा रहे हैं!!

हमारा शरीर इस परिवर्तन को बहुत ही खराब ढंग से ले रहा है, क्योंकि हम आजकल ज्यादा कैलोरी (खासकर ज्यादा कार्बोहाइड्रेट युक्त भोजन यानी हाई ग्लाइसेमिक फूड) युक्त खाना खा रहे हैं, जो उनके लिए बनाया गया है, जो ज्यादा शारीरिक श्रम करते हैं, और नतीजतन मेटाबॉलिक सिंड्रोम (जैसे की बी.पी., डायबिटीज, थॉयराइड, यूरिक एसिड बढ़ना, खून में तेल बढ़ना, दमा, एक्जिमा, सोरिएसिस, जुर्पित्ति, पिम्पल, छाईं, एंड्रो जेनेटिक ऐलोपेसिया आदि-आदि) जंगल की आग की भाँति फैल रहा है!! अब हम कुपोषण से ज्यादा अति पोषण एवम् गलत पोषण से बीमार हो रहे हैं!!

उपयोग से दूर होने से जैसे लोहे में जंग पकड़ता है, खेल-कूद से दूर रहकर हमारे शरीर में भी जंग (बीमारी) लग जाता है!! ऐसे में जरूरत है कि हम खेल-कूद को अपनी दिनचर्या में शामिल करें और इसके लिए वक्त जरूर निकालें, इसके लिए पहल हम सबको करनी होगी और केवल सरकार के भरोसे ही नहीं रहना होगा!! इतना बड़ा देश ओलम्पिक में पदक तालिका में फिसड्डी हो जाता है तो जरूर यह सोचने की बात लगती है!! ओलम्पिक में तीन बार हॉकी का स्वर्ण दिलाने वाले इस देश के महान खिलाड़ी ध्यानचंद जी के जन्मदिन पे राष्ट्रीय खेल दिवस मनाया जाता है,

तो यह आयोजन केवल सरकारी खेल पुरस्कार वितरण दिवस बन के न रह जाये अपितु इस दिन हम खेल-कूद को अपनी दिनचर्या में शामिल करने का संकल्प लें और राष्ट्रीय एकता भाईचारा को मजबूत करते हुए एक सचमुच के स्वस्थ भारत के निर्माण की दिशा में आगे बढ़ें!! ये खेल हमें अपने पड़ोसी मुल्कों से भी आपसी प्रेम बढ़ाने का सन्देश देता है!!

कुछ यही सब सोचते-सोचते न जाने कब ये उँगलियाँ चल पड़ीं और राष्ट्रीय खेल दिवस (29अगस्त) की कविता मुझसे निकल कर एक कागज के टुकड़े पे अपना वजूद बना ली, ये पता न चला!! तो सोचा क्यों न राष्ट्रीय खेल दिवस की मेरी इस कविता को आपसे साझा करूँ...

और खेल-कूद और सेहत की डोर को माझा करूँ...

WishingAll of UA happy National Sports Day 29Aug!!

खेल-दिवस पे, एक 'ध्यानचंद', सबके अंदर पाएंगे!
खेल-कूद को, दिनचर्या में, शामिल हम, कर आएँगे!!

स्वस्थ से तन में, स्वस्थ-सा मन हो, सेहत से भर जाएँगे!
खेल-कूद से इस शरीर को क्रिया-शील कर जाएँगे!!

नाम है जीवन चलने का, हम सब मिलकर चल आएँगे!
जिएँगे, और हम, जीने देंगे, खेल-भाव, पल जाएँगे!!

खूब भी होगा, शानो-शौकत, हम न अब भरमाएँगे!
स्वाव-वो-लंबन भर के जीवन, सब आलस्य हटाएँगे!!

चाहे, हॉकी, फुट-बॉल या कबड्डी, खेल आएँगे!
क्रिकेट में बॉलिंग, बैटिंग या फिर फील्डिंग हम कर आएँगे!!

आउट डोर हो, इनडोर हो, खेल से, हम खिल जाएँगे!
तन-मन को हम स्वस्थ बना के खुशियों से मिल आएँगे!!

हर गाँवों और कस्बों में हम क्रीड़ा-घर खुलवाएँगे!
हर बच्चे को खेल-कूद का, सुअवसर दिलवाएँगे!!

चाहे धावक बन जाएँ हम, रस्सी से यूँ कूदें हम!
पहलवानी, तीरंदाजी, खेल न आँखें मूंदें हम!!

तैराकी हो, बिलकुल लय में, जिम्नास्ट-सा लचकें हम!
वजन उठाएं, साइकिल चल लें, या चक्के को फेंकें हम!!

टेनिस हो या बैडमिंटन, बेस-बॉल से खेलें हम!
बाधा-दौड़ है ये जीवन भी, ये हरदम न भूलें हम!!

अनुशासन व भाईचारा, की सब कसमें ले लें हम!
मुक्केबाजी या कुश्ती हो, नियम कभी न भूलें हम!!

पढ़लिख कर आबाद हुए हम, खेलकूद कर हों बर्बाद?
ऐसी बातों के दिन बीते, खेल से जीवन जिंदाबाद!!

चेस खेल लो, कैरम-लूडो, पर, ये आखिर, रखना याद!
तन-मन जब तक क्रियाशील है, तब-तक ही जीवन फरियाद!!

कोई जीते, कोई हारे, खेल से जीवन पाएँगे!
खेल-खेल में जीवन हरपल, आनंदित हो जाएँगे!!

इस शरीर की हरेक कोशिका में, ऊर्जा भर लाएँगे!
खेल से, रक्तों के प्रवाह कर, सुसज्जा कर आएँगे!!

जीवन खेल है, खेल है मृत्यु, खेल ही हर सूं पाएँगे!
खेल - खेल में, हँसते-हँसते, आसमान छू जाएँगे!!

सौ मीटर की रेस हो, या के मैराथन दौड़ आएँगे!
चाहे पोलो, घुड़सवारी हो, एक रफ्तार को पाएँगे!!

एशियाड, ओलम्पिक, कॉमनवेल्थ पदक ले आएँगे!
अर्जुन भी और द्रोणाचार्य भी, हर कस्बे में पाएँगे!!

देकर हर सम्मान हुनर को, खेल-रत्न चुन आएँगे!
देश की एका, राष्ट्रवाद, सब एक ही धुन में गाएँगे!!

मौलिक ये अधिकार खेल हो, विधि में खेल भी शामिल हो!
खेल बजट ये बढ़े देश का, खेल-नीति-नई तामील हो!!

खेल समर्पण, खेल त्याग है, खेल प्रेम फैलाएँगे!
शत्रु-मुल्क से भी रिश्ता, खेल से हम जोड़ आएँगे!!

नहीं किसी को धोखा देंगे, खेल का धर्म निभाएँगे!
चाहे जीते, चाहे हारे, एक रंगत, रह आएँगे!!

खेल है चलना, खेल दौड़ना, खेल गति, कह जाएँगे!
'क्रांति', रुकने वाले, वक्त के पीछे ही रह जाएँगे!!

❑❑❑

सितम्बर

51 शिक्षक दिवस पे गुरु-वंदना करती मेरी कविता..

मित्रों,

आज फिर इस अलसाये से रविवार की सुबह मैं जब गंगा तट की ओर चला तो अपने इंटरमीडिएट(10+2)के कॉलेज, सायंस कॉलेज पटना और दरभंगा हाउस के पास स्थित अपने पोस्ट ग्रेजुएशन (एम.डी.-स्किन, वी.डी.) के कॉलेज, पटना मेडिकल कॉलेज पटना के चर्म रोग विभाग इनडोर जाने से अपने आप को रोक नहीं सका। मन उन दिनों की यादों में खो गया जब इन जगहों पे हमने अपने कैरियर की नींव रखी थी। फिर क्या था, यादों की हर परत दर परत ऐसे ताजा खुलने लगी गोया ये कल की ही घटना हो !! मन उड़-उड़ कर वहां वहां भी पहुँच गया जहाँ-जहाँ शायद मैं अपने हालिया वक्त के व्यस्त से दिनचर्या में सशरीर ना जा पाऊं !! फिर वो चाहे अपने पैगम्बरपुर गांव की पाठशाला हो, इस्लामपुर का आवासीय विद्यालय हो, विक्रम का नवोदय विद्यालय हो, बाढ़ का जगनाथन विद्यालय हो,या एम् बी बी एस का अल्मामैटर दरभंगा मेडिकल कॉलेज हो या सीनियर रेसीडेन्सी का लेडी हार्डिंग मेडिकल कॉलेज नई दिल्ली हो !! मन यहीं नहीं रुका और यह कुछ और काल चक्र बढ़कर उन जगहों पर भी पहुँचा जहाँ पे मैं अब आधिकारिक और अकादमिक रूप से छात्र नहीं था, परंतु इन जगहों पे भी बहुत कुछ सीखा और अनवरत सीख रहा हूँ फिर चाहे वो मेरा डॉ राम मनोहर लोहिया अस्पताल नई दिल्ली का चिकित्सा अधिकारित्व का कार्यकाल हो या सहायक प्राध्यापकत्व का कटिहार मेडिकल कॉलेज, कटिहार का कार्यकालखंड हो या ई इस आई सी मॉडेल हॉस्पिटल फुलवारीशरीफ का चर्म रोग विशेषज्ञ का कार्यकालखंड हो या वर्तमान का आई.जी.आई.एम.एस., पटना का चर्म रोग संस्थापक विभागाध्यक्ष (प्रभारी) का !!

शुरुआत से लेकर आज तक और आगे जीवनपर्यंत एक चीज जिसने इस जीवन को यह रूप दिया वो कौन थे, कौन हैं और कौन होयेंगें??

मन ये सोचने लगा और कृतज्ञ भाव से भर उठा !!

मैं तेज कदमों से गंगा तट की ओर चलकर वहां के एक वृक्ष की शीतल छाया में बैठकर, उन हर चेहरों को याद करने लगा, जिन्होंने अपनी ज्ञान की कुल जमा पूंजी मुझपे न्योछावर किया था !!

वो गुरु थे, हैं और सदैव रहेंगें !!

भले उनका रूप बदल जाये पर सिखला जाने की उनकी निःस्वार्थ प्रवृति नहीं बदलेगी !! गुरु हैं तो हम हैं !!

यह सब सोचते सोचते ये गुरु वन्दना अनायास ही एक कागज के टुकड़े पे मुझसे उभर आयी तो सोचा अपने समस्त गुरुओं को नमन् एवं चरण स्पर्श करते हुए क्यों न इसे आप मित्रों से साझा करूँ...

wishing uAllA happy teacher's day

हे गुरुवर तेरे आँगन में !!

उन्मुक्त घटा सा था ये मन
बिखरे सपनों सा ये जीवन
हर ओर दिशाएं सोयी थी
मंजिल की आशा रोयी थी
ऐसे इस अँधियारे वन में
तुम लाये ज्योति उपवन में
नव पाठ पढ़ाया हर क्षण में
हे गुरुवर तेरे आँगन में !
हे गुरुवर तेरे आँगन में !!

शब्दों से बनता छंद नया
वाणी से बहता नाद नया
कोरी आँखों ने जो देखा
उस चित्रण का हर रंग नया

आकुल-व्याकुल से सावन में
बरसा जो अमृत हर क्षण में
नौनित्य निहारा घन घन में
हे गुरुवर तेरे आँगन में !
हे गुरुवर तेरे आँगन में !!

कुछ विद्य सहेजूँ कर वंदन
हर लूँ कुछ पीड़ा औ क्रंदन
ये धन्वन्तरि मन्दिर में
कर लूँ मैं सजदा मस्जिद में
अरदास मरीजों का द्वारा
मरियम की ममता भंडारा
इस नश्वरता की दुनियाँ में
दुःखहरता बन इन गलियों में
मुस्कान बिखेरुं जीवन में
हे गुरुवर तेरे आँगन में !
हे गुरुवर तेरे आँगन में!!

हे ईश्वर हमको वर देना
मानवता हममे भर देना
कभी डिगुं नहीं अपने पथ से
एक चारागर जीवन देना
मुझको ना भाए अनुरक्ति
पनपे भी कभी ना विरक्ति
कुछ ऐसा तुम सम्बल देना
मेरे जीवन के हर क्षण में
हे गुरुवर तेरे आँगन में!
हे गुरुवर तेरे आँगन में !!
हो स्नेहिल सा ये भाव नया

हो संकल्पित अहसास नया
दु:ख का विष पीकर नीलकंठ
हो जीवन का विश्वास नया
कभी थके नहीं कभी डरें नहीं
नयी राह बनायें जीवन में
हे गुरुवर तेरे आँगन में !
हे गुरुवर तेरे आँगन में !!

जीवन है क्या एक डगर नयी
एक पेड़ हो जिसकी सजर नयी
बहना है ऐसी एक नद में
जहां रहती हो हर लहर नयी
अंतस का हर तम त्यज कर हम
जीवन की ज्योति सज कर हम
आनंद निहारें जीवन में
हे गुरुवर तेरे आँगन में !
हे गुरुवर तेरे आँगन में !!

हम सीख रहे हैं हर क्षण में
जीवन के हर एक पलछिन में
उम्मीद घुला हैं घन घन में
विश्वास है मन के आँगन में
ये ललक हमेशा बनी रहे
ये चाह हमेशा जगी रहे
'क्रांति' इस जीवन चितवन में
हे गुरुवर तेरे आँगन में !
हे गुरुवर तेरे आँगन में !!

❑❑❑

52 हिंदी दिवस पे हिंदी गीत गाती मेरी कविता...

मित्रों,

आज 13 सितम्बर को, मैं, अहले सुबह, अपनी यायावरी के क्रम में, पटना कॉलेज के गंगा तट पहुंचा तो मुझे याद आया की कल यानी 14 सितम्बर की हिंदी दिवस है, मैं अपनी इस मातृभाषा की यादों में खो गया!! ये हिंदी जो जीवन के हर क्षण में मेरे साथ है, फिर चाहे वो आपसी पारिवारिक संवाद हो, चिकित्सकीय कार्यान्तर्गत मरीजों से बोलचाल हो, लेखन हो या मनन हो!! ये हर पल परछाई की तरह संग है !! ये हिंदी भारत की राजभाषा भी है, पर ये भी सही है की आज भी हिंदी बोलने, लिखने वाले को, अंग्रेजी बोलने लिखने वालों, की तुलना में हेय दृष्टि से देखा जाता है !! यह सब सोच के, मन व्यथित हो गया और मैं इस विश्वास से भर गया, कि हमें हमारी मातृभाषा को वो स्थान दिलाना ही होगा, कम-से-कम, अपने स्तर से प्रारम्भ कर के !! भारत सरकार और प्रांतीय बिहार सरकार तो राजभाषा विभाग के माध्यम से इस महती कार्य में जुटी हुई ही है। हम सब को भी सरकार को सहयोग कर न केवल हिंदी अपितु भारत की सभी प्रांतीय मातृभाषाओं के विकास हेतु आगे आना होगा !!

कुछ इन्हीं ख्यालातों में डूबा-डूबा मुझे पता ही नहीं चला की कब ये हिंदी और भारत की हर भाषाओं का गीत गाती मेरी कविता मुझसे छन कर एक कागज के टुकड़े पर अपना अस्तित्व बना ली थी...

तो सोचा क्यूँ न हिंदी दिवस की अशेष शुभकामनायें प्रेषित करते हुए अपनी ये कविता

आप मित्रों से साझा करूँ, हिंदी की डोर को मांझा करूँ..

भारत की आवाज को, दिल से, बोल रही है, ये हिंदी
एक अपनापन, बोल-चाल में, घोल रही है, ये हिंदी।

उत्तर, दक्षिण, पूरब, पश्चिम, जहां से चाहो, वहां सुनो
दिशा में हर, एक भारत-भाषा, बोल रही है, ये हिंदी।

जननी है, संस्कृत, औ पाली ने ही इसको पाला है
प्राकृत, ने पाँच सौ सालों, तक इसको सम्भाला है।

शौरसेनी, पैशाची, ब्राचड, मागधी, भी बोला है
अपभ्रंशों में हिंदी ने, इतिहास का दामन खोला है।

निकली हूँ मैं, अपभ्रंश से, बोल रही है, ये हिंदी
भाषाओं में भाईचारा, घोल रही है, ये हिंदी।

भारत की आवाज, को दिल से, बोल रही है, ये हिंदी
एक अपनापन, बोल-चाल में, घोल रही है, ये हिंदी।

गुजराती, पंजाबी, उर्दू, और मराठी, डोंगरी
भाषा- असमिया, उड़िया हो या मैथिली या भोजपुरी।

काश्मीर, कोंकण की, या के बांग्ला, नेपाली हो
हिन्द-आर्य-भाषा, का कुनबा, माड़वार, गढ़वाली हो।

देवनागरी, लिपि, में सजकर, डोल रही है, ये हिंदी
दिल में द्रविड़, संथाली-चिलमन, खोल रही है, ये हिंदी।

भारत की आवाज, को दिल से, बोल रही है, ये हिंदी
एक अपनापन, बोल-चाल में, घोल रही है, ये हिंदी।

नगा, मिजो, या तांगखुल हो, खासी, दफला, गारो हो
उत्तर-पूरब बोल रहा, मणिपुरी, म्हार, या बोडो हो।

तुलु, तमिल हो, या कन्नड़ हो, मलियाली, ये भाषा हो
द्रविड़ दिलों में घुला हुआ, छव भारत की ये आशा हो।

इन सब बोली, भाषाओं को, जोड़ रही है, ये हिंदी
प्यार बढ़ाकर, आपस में, मेलजोल रही है, ये हिंदी।

भारत की आवाज, को दिल से, बोल रही है, ये हिंदी
एक अपनापन, बोल–चाल में, घोल रही है, ये हिंदी।

गाँधी जी की पहल पे, वर्धा से, आवाज ये आई थी
राष्ट्र की भाषा बनकर, हिंदी, फूली नहीं समायी थी।

अंग्रेजी संग, हर भाषा से, प्यार ये हिंदी लायी थी
सितंबर की, चौदह तारीख, हिंदी दिन कहलायी थी।

इस दिन हम सब मिलकर प्रण लें, हिंदीमय हो जाएंगे
हर जगहों पे हिंदी बोली, शान से, बोले जाएंगे।

ट्वीटर, फेसबुक, व्हाट्स-ऐप में हिंदी में ही लिख आयेंगें
या, वैज्ञानिक–सम्मेलन, भाषण, हिंदी दे आयेंगें।

जैसे, मंदारिन, चाइना, रसिया में, रुसी, छाई है
वैसे ही, हिंदी को, भारत में, इज्जत दिलवायेंगें।

भारत को, भारत से, हर पल, जोड़ रही है, ये हिंदी
एक विनोद, उमंग को, दिल में, घोल रही है, ये हिंदी।

भारत की आवाज, को दिल से, बोल रही है, ये हिंदी
एक अपनापन, बोल–चाल में, घोल रही है, ये हिंदी।

बोली जाती, पूरी दुनिया, भारत की, पहचान यही
अंग्रेजी से हिलमिल रहती, इण्डिया की है शान यही।

नद में, हिंदी, डुबकी ले लें, अनमोल बही है, ये हिंदी
'क्रांति' हिंदी- गीत, बनाओ, बोल रही है, ये हिंदी।

भारत की आवाज, को दिल से, बोल रही है, ये हिंदी
एक अपनापन, बोल–चाल में, घोल रही है, ये हिंदी।

❑❑❑

हिंदी दिवस पे दूसरी कविता

भारत–नद में कल–कल बहती,हिंदी स्वर्णिम धारा है !
हिंदी है, अभिमान हमारा, मन–अंबर ध्रुव–तारा है !!

हिंदी से पहचान हमारी, हिंदी जग उजियारा है !
तन में हिंदी, मन में हिंदी, हिंदी रूह उतारा है !!

निज भाषा में प्रेम का पुट है, औ अपनापन सारा है !
हर भाषा का, मोती चुनकर, सुंदर –हार उभारा है !!

कितने भी पाश्चात्य हुए हम, पूरब फिर भी प्यारा है !
अपनी मिट्टी की खुशबू से, भावों को पुचकारा है !!

अंग्रेजी के ज्वार ने घेरा, जब नहीं दिखे किनारा है !
हिंदी के इन पतवारों ने तब–तब दिया सहारा है !!

आओ हमसब मिलकर हिंदी- अस्मिता का मान करें !
संस्कृति के, आईने में, फिर से, अपना भान करें !!

एक देश की एक सभ्यता, ने फिर किया इशारा है !
अनेकता में, एका अपनी, नहीं कोई बंटवारा है !!

हिंदी अपनी है आजादी, हिंदी, एक हुंकारा है !
कभी न थमने वाली हिंदी, जोश का एक फव्वारा है !!

'क्रांति', तेरे, अंतर्मन को, हिंदी ने, ललकारा है !
हिंदी–दिवस पे, हिंदी–गरिमा ने फिर–फिर पुकारा है !!

❑❑❑

53 ईद-उल-अजहा (बकरीद): कुर्बानी पेश करती मेरी कविता..

दोस्तो,

आज के अहले सुबह जब नींद खुली तो पता चला कि आज बकरीद है, तो मन इस पर्व की महत्ता को सोचने लगा!! रमजान के महीने के लगभग 70 दिन बाद ये दिन आता है, जो कि इस्लामी कैलेंडर के बारहवें महीने अल-हिज्ज में पड़ता है!!

हज जाने का मौका देकर मौला ने जो रहमत बख्शी उस हेतु तथा उन हर सारे अहसानों पर खुदा को अपनी तरफ से शुक्रिया कहने और अपनी कृतज्ञता प्रकट करने का नाम है कुर्बानी की ईद!! और कुर्बानी उस चीज की जो हमें अपने जी जान से भी ज्यादा अजीज हो!!

जैसा कि इब्राहिम साहब ने दी थी अपने पुत्र इस्माइल के रूप में, परंतु खुदा ने उनके पुत्र की जगह एक मेमने की कुर्बानी कुबूल की और हजरत इब्राहिम को उनका पुत्र लौटा दिया!!

कुल मिलाकर यह पर्व हमें इंसानियत, भाईचारा, अमन, सुकूँ, त्याग, बलिदान, सामाजिकता, परोपकार, सौहार्द, दयालुता, कर्त्तव्यपरायणता, सज्जनशीलता, सहजता, बहादुरी, अनुशासन, प्यार, निष्काम कर्म का सन्देश देता है, जो न केवल मुस्लिम धर्म को मानने वालों के लिए है, अपितु यह सन्देश हिन्दू, मुस्लिम, सिख, ईसाई एवम् सभी मानवतावादी धर्मावलंबियों के लिए समान रूप से है!!

अगर हम सभी इन गुणों को अपने जीवन में आत्मसात् कर लें तो एक बेहतर मानव बन कर पूरे समाज एवम् देश को बेहतर बना सकते हैं!!

कुछ यही सब सोचत-सोचते न जाने कब ये बकरीद की कुर्बानी देती कविता का जन्म हुआ, ये पता न चला!!

- -

तो सोचा क्यों न इसे आप मित्रों से साझा करूँ...
और ईद-उल-अजहा पे त्याग, समर्पण की डोर को माझा करूँ...
WishingAll of UA very happy Bakrid (Id-Ul-Azha)!!

अंतिम मास ये जुल-हिज्जा, हज बाद का ईद मुबारक हो!
त्याग, समर्पण, कुर्बानी, मानवता-ईद मुबारक हो!!

बहुत शुक्रिया, हज मौला, काबा का दीद मुबारक हो!
कुर्बानी दी, इस्माइल, इब्राहिम-ईद मुबारक हो!!

अम्न-सुकूँ के खुले अर्श पे, माहे-दीद मुबारक हो!
त्याग-तपस्या-बलिदान का, ये बकरीद मुबारक हो!!

जो इस दिल, बेहद करीब है, जो अजीम है दुनिया में!
जो दिल है ये खुशनसीब है, एक सलीम है, दुनिया में!!

जो तुम चाहो, त्याग दूँ उसको, मौला तू ही कारक हो!
ये सुंदर ये कायनात सब, तेरा दीद, मुबारक हो!!

रब तुम ही दुनिया के पालक, तुम ही तो संहारक हो!
तेरा तुझको आज है अर्पण, ये बकरीद मुबारक हो!!

शांत रूह हो, शांत जिस्म हो, शांत समय का कारक हो!
रुखसत कर दें, ऐश-इशरतें, सुकूँ-जदीद मुबारक हो!!

प्रेम-अमन और, भाईचारा, हर धर्मों का सारक हो!
जिएँ सभी, और जीने भी दें, ये बकरीद मुबारक हो!!

अपने अंदर शुद्ध जो, मैं, है, रूहे-दीद मुबारक हो!
अपने रूह को रब से जोड़ें, ये बकरीद मुबारक हो!!

शहादा, सलात, सौम ये, हज-जकात स्वीकारक हो!
सच्चा इमां, जिसका हो, हर वो मुर्शीद सुधारक हो!!

चाहे कितनी तकलीफें दौरे-शदीद मुबारक हो!
सरपरस्ती में मौला के, ये बकरीद मुबारक हो!!

खुद की खातिर जीवन नहीं, जिद भी, ये पर-उपकारक हो!
जीस्त - मआशरी, रूप हो सूफी, रूह-फरीद मुबारक हो!!

क्या रोना है? क्या मातम है? क्या लाए? क्या खो बैठे?
ये दुनिया, एक, काला-जादू, मोह-बीज क्यों बो बैठे??

लेने में, कोई मजा,नहीं है, दान-धर्म में खो बैठे!
अपने संकल्पों से बीज ये, पुण्य-कर्म का बो बैठे!!

जैसे होली और दिवाली, ये बकरीद मुबारक हो!
रब की दुनिया नई निराली, पढ़ें कसीद मुबारक हो!!

खुदा-नशा ही सर पे हावी, नहीं ये रिंद विचारक हो!
सत्तर दिन रमजान के बीते, ये बकरीद मुबारक हो!!

ईद-उल-अजहा प्रेम मेरा, मानवता-जिद मुबारक हो!
खुशी, अम्न और भाईचारा, का है, ईद मुबारक हो!!

सबका हो कल्याण जहाँ में, अमन-रसीद मुबारक हो!
'क्रांति', कुर्बानी दो!! मौला का हो दीद!! मुबारक हो!!

❑❑❑

54 आत्महत्या निरोध दिवस (10 सितंबर): जिजीविषा जगाती मेरी कविता...

दोस्तो,

आज जब मैं अपनी चर्म रोग की ओपीडी खत्म करके, अपने संस्थान (IGIMS, Patna) से निकल रहा था तो मेरी नजर एक पोस्टर पे गयी जिसमें आगामी 14 सितम्बर को आयोजित होने वाले, एक सिने-सेमीनार के सन्दर्भ में जानकारी दी जा रही थी, जिसका आयोजन मानसिक रोग विभाग (साइकेट्री डिपार्टमेंट IGIMS) के द्वारा, विश्व आत्महत्या निरोधी दिवस (10 सितम्बर) के अवसर पे किया जा रहा था!!

इसे देखकर मन, उन कारणों, लोगों और तथ्यों की समीक्षा और अन्त: विवेचना में लीन हो गया और आत्महत्या की भयावहता और मानवता पे उसके प्रभावों को सोच कर सच में स्तब्ध हो गया!!

पूरे विश्व में करीब 3 हजार लोग रोज आत्महत्या का पाप करते हैं और भारत में प्रतिदिन करीब 336 लोग रोज सुसाइड करते हैं!! इससे करीब 20 गुना ज्यादा लोग आत्महत्या का असफल प्रयास करते हैं!!

अभी हाल में ही बिहार में पदस्थापित एक आई.ए.एस. अधिकारी जो बक्सर के जिलाधिकारी भी थे, ने आत्महत्या किया था!!

लोग-बाग ऐसा क्यों करते हैं, इसका उत्तर तो सबसे बेहतर तरीके से मनोचिकित्सक एवम् मनोविज्ञानी ही दे सकते हैं, परंतु निश्चित रूप से यह एक घोर निराशा में उठाया गया कदम प्रतीत होता है, जिसे समाज एवम् परिवार के सहयोग से रोका जा सकता है और मानवता की अपूरणीय एवम् असामयिक क्षति से बचाया जा सकता है!!

- -

कुछ यही सब सोचते-सोचते, न जाने कब ये उँगलियाँ चल पड़ीं, और जब रुकीं तो देखा कि ये विश्व आत्म-हत्या निरोधी दिवस की कविता ने, पूरी जिजीविषा से, एक कागज के पन्ने पे, अपना स्थान ग्रहण कर लिया था!!

तो सोचा...
क्यों न इसे आप मित्रों से साझा करूँ...
और खुदकुशी की सोच के बर-अक्स,
जिंदादिली की डोर को माझा करूँ...

जीवन है अनमोल, न इसको, व्यर्थ में यूँ ही खोने देना!
सुसाइड-निरोध-दिवस, पे, सबको, प्रण ये, लेने देना!!

आत्म-वो-हत्या के विचार का बीज न मन में बोने देना!
नहीं खत्म हो, कोई ये जीवन, सुसाइड नहीं होने देना!!

ईश्वर ने, जिस, काम को, भेजा, पूरा उसको होने देना!
छोड़ कार्य को, भगोड़ा बन,नाम न, अपयश होने देना!!

जीवन में गर,जीत मिली तो, हार, संग में रहने देना!
जश्न जीत का बढ़ जायेगा, नशा, हार का चढ़ने देना!!

जीवन में, खुशियों के, रत्न हैं, दुःख-जेवर भी रहने देना!
एक ही सिक्के के दो पहलू, सुख-दुःख है, ये कहने देना!!

इस जीवन की नाव को सुख-दुःख की धारा में बहने देना!
सुख का ज्वार, या गम का भाटा, नाव लहर में रहने देना!!

आओ अब एक नए नजरिए से दुनिया को देखें हम!
खुशियों से नहीं, पागल होएं, कष्टों से भी सीखें हम!!

साक्षी-भाव से जीवन जी लें, रस डूबें, बिन भींगें हम!
लोभ-मोह औ, आसक्ति से, नहीं बढ़ाएं पींगें हम!!

जीवन है अन्जान, ये रस्ता, चलना यूँ नहीं भूलें हम!
समय के झूले पे, जीवन की डोर पकड़कर झूलें हम!!

- -

जीवन में नैराश्य को औ अवसाद को आओ भूलें हम!
नकारात्मक, सब विचार की, यहाँ हिलाएँ, चूलें हम!!

सच्चे मित्रों की सलाह से, मन के दाग को धोने देना!
जीवन के हर झंझावात में, आशा-नाव न खोने देना!!

प्रेम-समर्पण-त्याग के जल से, क्लेश-कष्ट को धोने देना!
अपने अंदर, अब घमंड औ अहं-बीज न बोने देना!!

बद-से-बदतर हालातों में, संयम को मत खोने देना!
हर रातों के बाद सवेरा, नव-विहान को होने देना!!

बड़ी से बड़ी हो असफलता, जिजीविषा मत रोने देना!
फिर से जीतेंगे, हम दुनिया, सपनों को, मत सोने देना!!

भले ही, कोई दुत्कारे, और बेइज्जत, हो जाओ तुम!
इस समाज में सबकी नजरों में लज्जित हो जाओ तुम!!

अपनी भूलों को सुधारकर, फिर से इज्जत पाओ तुम!
अपने गौरव-स्वाभिमान को फिर सज्जित कर आओ तुम!!

असंभव सा नहीं है कुछ भी, ख्वाबों को तुम,उड़ने देना!
इस जीवन-के-हार, अनेकों कर्म के मोती जड़ने देना!!

जीओ भी और ये जीने भी दो, हृदय-सहिष्णु, होने देना!
कर्म के पथ पर कर्मठ बनकर, भाव-अजिष्णु, बोने देना!!

ये धरती का, कर्ज है जीवन, उधारी, मत होने देना!
'क्रांति', मानवता की कीमत, को यूँ कम मत होने देना!!

जीवन है अनमोल, न इसको, व्यर्थ में यूँ ही खोने देना!
सुसाइड-निरोध-दिवस, पे, सबको, प्रण ये, लेने देना!!

❑❑❑

अक्टूबर

55 गाँधी जयंती पे विश्व शांति दिवस का संकल्प लेती मेरी कविता...

दोस्तो,

आज 2 अक्टूबर को मैं भी तिहरवा-आश्रम, पश्चिम चंपारण, गया और गाँधी, गाँधीवाद के विशाल स्वरूप के कुछ अंशों से साक्षात् रू-ब-रू हुआ!!

उस चंपारण की धरती को बहुत करीब से देखा जिसने बैरिस्टर मोहन दास को महात्मा गाँधी बनाया!!

उस कुटिया को देखा जिसे बापू एवम् कस्तूरबा ने अपने हाथों से बनाया था!!

यहां बापू ने अपने जीवन के 6 कीमती महीने रामकुमार शुक्ल जी के आग्रह पे, निलहे किसानों की शोषण मुक्ति हेतु लगाया था!!

यहां उन्होंने सत्य के आग्रह, अहिंसा, परोपकारी जीवन, सादगी, सरलता और वैचारिक दृढ़ता का सफल सदुपयोग, सामयिक एवम् समाजिक भलाई, राजनैतिक मुक्ति आंदोलन में किया था, जो युगांतकारी साबित हुआ!!

मन उस आश्रम में जा कर, आज के सन्दर्भ में, गाँधीवाद की महत्ता को बहुत जरूरी समझने लगा!!

आज बीमारियां ज्यादा खाने, विलासी जीवन शैली, स्वच्छता के प्रति अजागरूकता एवम् भौतिकता के पेशो-पेश में आकर नैतिकता की बलि चढ़ाने से हो रही हैं!!

लोग-बाग एक दूसरे के दुश्मन बन गए हैं, और छद्म राष्ट्रभक्ति की आड़ में मानवता को भूले जा रहे हैं!!

एक तरफ कुछ लोगों के हाथों में पूंजी और संसाधन की बाढ़-सी आ गयी है तो दूसरी तरफ कुछ लोग दो-जून की रोटी के मोहताज हो रहे हैं!!

जाति, धर्म, भाषा, राज्य एवम् देशों का अंतर इंसानियत पे भारी पड़ रहा है!!

- -

सरकारें अपनी-अपनी जनता को आपसी द्वेष सिखला रही हैं, और अपने शोषण की डोर को मजबूत कर रही हैं!!

हर राष्ट्र विनाश के हथियारों पे अनाप-शनाप खर्च करके, मानवता से जैसे युद्ध का बिगुल फुंक रहा हो, ऐसा प्रतीत हो रहा है!!

ऐसे में गाँधीवाद फिर से प्रासंगिक हो गया है, और विश्व शांति की रक्षा हेतु ये बहुत कारगर साबित हो सकता है!!

शायद यही मकसद 21 सितम्बर को विश्व शांति दिवस मनाने एवम् 2 अक्टूबर को गांधी जयंती मनाने का है!!

कुछ यही सोचते-सोचते जब भीतिहरवा आश्रम में रात्रि वेला में चिंतन में बैठा तो अनायास ही गांधी जयंती पे विश्व शांति दिवस का संकल्प लेती मेरी इस कविता का जन्म हुआ,

तो सोचा आप मित्रों से इसे साझा करूँ...
और सत्य-अहिंसा, परोपकार, अपरिग्रह,
विश्व-शांति की डोर को माझा करूँ...

नहीं युद्ध हो, नहीं अहं हो, मानवता, भर लाना होगा!
विश्व शांति के दिवस पे वसुधा, एक कुटुंब बन जाना होगा!!

भौतिकता ने जंग है छेड़ी, प्रेम-शस्त्र लड़ जाना होगा!
अब करुणा व सहिष्णुता से, ये जीवन भर जाना होगा!!

तन की तृष्णा, लोभ ये धन का, मोह ये मन का जाना होगा!
परोपकार से, इस जीवन में, चैन ये मन का, पाना होगा!!

सर्व सुखी हों, सभी स्वस्थ हों, अब ये प्रण कर आना होगा!
थोड़ी-थोड़ी सी खुशियों से, हर दामन, भर जाना होगा!!

जात-धर्म व भाषा भेद पे नहीं बिखर अब जाना होगा!
अनेकता में एका अपनी, एक मानव बन जाना होगा!!

उत्तर, दक्षिण, पूरब, पश्चिम चहुँ दिशा, कह जाना होगा!
शांति के, सन्देश को, लेकर, जीवन-नद बह जाना होगा!!

युद्ध ये जल का, युद्ध तेल का, राष्ट्र-अहं छोड़ आना होगा!
मानवता के, हित में, मुद्दे, बातचीत, सुलझाना होगा!!

बम का, कोई और परीक्षण, आगे नहीं कर आना होगा!
पक्षेपास्त्र और आग्नेयास्त्र से भय को नहीं बढ़ाना होगा!!

दो देशों, के, मसलों का हल, वार्तालाप से पाना होगा!
जनता-हित में, राष्ट्र-द्वेष वो, सभी हमें छोड़ आना होगा!!

कहीं बाढ़ है, कहीं है सूखा, एक सेतु, बन जाना होगा!
खुशियों के जल से, जीवन की जमीं भीगो अब जाना होगा!!

शांत जमीं हो, शांत फलक हो, शांत जीव व जन्तु हो!
मन के सारे, भाव, शांत हो, नहीं किन्तु-परंतु हो!!

क्रोध न कोई, नहीं हो हिंसा, नहीं मोह का तंतु हो!
आतंक का, राज न कोई, दानवता छुमंतू हो!!

प्रेम, समर्पण, त्याग व तप से, ये जीवन महकाना होगा!
धरती अपनी, हम धरती के, अम्बर को छू जाना होगा!!

आज कुपोषण, अति वो पोषण, से हमको, लड़ आना होगा!
भोजन में संयम, व दान में, दरया-दिल, बन जाना होगा!!

मालिक नहीं, एक संरक्षक सा, सेठ को अब बन जाना होगा!
काम न कोई, बड़ा न छोटा, पूरे मन, कर जाना होगा!!

बुद्ध-महावीर के वचनों को आत्मसात कर जाना होगा!
सत्य-अहिंसा-गाँधीवाद से, ये गुलशन महकाना होगा!!

ये दुनिया एक गीत सुरीला, एक ही स्वर बन जाना होगा!
'क्रांति', सबके संग में, नगमा, शांति का ही गाना होगा!!

❑❑❑

नवरात पे नवराता गाती मेरी कविता... 56

मित्रों,

नवरात्र के इन पावन दिनों में मन लीन हो गया शक्ति, विद्या और धन की देवी की उपासना में, समझने लगा इस पूजा का महत्त्व...।

तो जो कुछ समझा वो ये कि ये पर्व अपनी सारी तामसी प्रवृतिओं को छोड़ने, राजसी प्रवृतिओं और उससे भी ज्यादा सात्विक आचारों को जगाने का पर्व है...।

ये वृतियां हम सबमें है, अंतर बस ये है कि हम इनमें से किस वृति को उभारते हैं, उसी के जैसे हम बन जाते हैं।

ये पर्व है, अपने अंदर की लक्ष्मी, दुर्गा और सरस्वती माँ का जगाने का और अपने आप को परमात्मा से जोड़ने का।

ये पर्व है, द्वैत से अद्वैत की यात्रा का... और फिर चरमोत्कर्ष में विजय पर्व मनाने का...।

कुछ यही सोचते सोचते यूँ ही नवरात के एक जगराता की विचारसमाधि में लीन अनायास ही ये नवरात की कविता ख्यालों की कोख से एक कागज के टुकड़े पर उभर आयी।

तो सोचा क्यों न नवरात और विजयादशमी की अशेष शुभकामनायें भेजते हुए इस नवरात और दशहरा गीत को आप मित्रों से साझा करूँ...

Wishing uAllA happy NavratraAnd Dussehara...

धन, बल, विद्या, लेकर आया, देखो ये नवराता है
लक्ष्मी, दुर्गा, सरस्वती माँ, संग, देखो जगराता है।

नौ रातों को, नौ द्वारों, को खोल के, मन के आँगन का
आओ भर लें, ऊर्जा, हम, सब, देखो ये नवराता है।

तमो गुणों को नाश करें, ये देवी दुर्गा बतलाती
राजस् गुण को साथ करें, हम लक्ष्मी माता सिखलाती।

सत्व - गुणों में है परमानन्द, वाग्देवी है बतलाती
खुद के अंदर छुपी हुई है, ओज सभी, ये दिखलाती।

छोड़ के अवगुण, रूह की शुद्धि, विजयादशमी ले आती
तन-मन को अंतस् ऊर्जा से, फिर से, रौशन कर जाती।

शैलपुत्री, है शिखर विराजे, देखो ये नवराता है
ब्रह्मचारिणी, असीम सुराजे, देखो ये नवराता है।

धन, बल, विद्या, लेकर आया, देखो ये नवराता है
लक्ष्मी, दुर्गा, सरस्वती माँ, संग, देखो जगराता है।

मन चंचल, इस मायावी जग में, बेकार भटकता है
चंद्र ये घंटा, देवी दुर्गा, हर चंचलता हरति है।

कुष्मांडा है, शून्य, जहां से, बीज जगत का आता है
जपके, माता-स्कन्द, नाम, फल मीठा ही हो जाता है।

कात्यायनी ने क्रोध जलाया, मन का, ये नवराता है
काल-रात्रि ने प्रलय मचाया, पूजो हे ! नवराता है।

धन, बल, विद्या, लेकर आया, देखो ये नवराता है
लक्ष्मी, दुर्गा, सरस्वती माँ, संग, देखो जगराता है।

सबसे सुंदर रूप है माँ का, महागौरी कहलाती है
हर इच्छा पूरी कर मन की, सिद्धिदात्री हो जाती है।

नौ रूपों में जीवन का, ये रंग, विविध, दिख जाता है
तन-मन की शुद्धि करता, अंतस् का तम धूल जाता है।

दुर्गुण पर, हर जीत सिखाता आया ये नवराता है
विजयदशमी की खुशियाँ, ले आया ये नवराता है।

धन, बल, विद्या, लेकर आया, देखो ये नवराता है
लक्ष्मी, दुर्गा, सरस्वती माँ, संग, देखो जगराता है।

आओ झांकें, हम अन्तस् में, अमृत रस, को चख लें हम
क्षुद्र सभी आसक्ति को, मन के बाहर ही रख लें हम।

आओ जगा लें जीवन को, इन नौ रातों में जग ले हम
दस दिवसों के बाद दशहरा,खुशियाँ में विहग लें हम।

जीवन में जीवन को भरता, देखो ये नवराता है
'क्रांति' नई जीवन में लाता, देखो ये नवराता है।

❑❑❑

57 विजयादशमी (दशहरा) पे विजय गीत गाती मेरी कविता...

दोस्तों,

आज दशहरा यानि विजयादशमी की पूर्व-संध्या पे मन एक विचार समाधि में लीन हो गया, सम्पूर्ण रामायण, रामलीला और विजय उत्सव को उसकी गहनता में जाकर सोचने लगा, तो फिर जो ये समझा, वो ये कि...

- यह पर्व वास्तव में बुराई पे अच्छाई की जीत को दर्शाता है, झूठ पे सच की विजय को प्रतिबिंबित करता है।

- राम और रावण दोनों हर मनुष्य के अंदर है।

- गोया, तमो गुण और सतो गुण हर मानव की आत्मा में हैं।

- हम किस गुण को तराशते हैं, निखारते हैं। हम वैसा ही बन जाते हैं। सचमुच ये पर्व एक जीवन दर्शन सिखाता है।

सच्चाई और ईमानदारी की राह दिखाता है, जिस पर अगर दुनिया चले तो प्रेम और भाईचारा, सहिष्णुता और करुणा की धारा जीवन राह पे बहने लगेगी और सम्पूर्ण मानव जाति का कल्याण होगा, 'वसुधैव कुटुम्बकम्' की भावना फलीभूत होगी!!

कुछ ऐसा ही सोचते-सोचते यक-ब-यक उँगलियाँ चलने लगीं और फिर जब रुकीं तो एक विजयादशमी गीत मुझसे निकलकर एक पन्ने पे अपना अस्तित्व बना चुकी थी, तो सोचा, क्यों न

दशहरा और विजयादशमी की अनंत शुभकामनायें,
आप मित्रों को, भेजते हुए,
इस विजयादशमी गीत को आप मित्रों से साझा करूँ...

WishingAll of uA happy Vijayadashami & Dussehra

जीत का एक संदेश सुहाना, विजयादशमी लाया है
नवरातों के बाद दशहरा, विजयादशमी आया है।

बुराई पे, अच्छाई की, जीत, सदा ही होती है
झूठ, ही हारा है हरदम, सद्-नीत, सदा ही जीती है।

राम व रावण, दोनों रहते, एक शरीर में दोनों बसते
अपनी सोच व कर्म से हम सब या तो राम या रावण बनते।

आज जला लें, मन का रावण, विजयादशमी आया है
राम को, रख लें, मन के आँगन, विजयादशमी आया है।

जीत का एक संदेश सुहाना, विजयादशमी लाया है
नवरातों के बाद दशहरा, विजयादशमी आया है।

मन घबराए, मन विस्माये, मन ये, आकुल हो जाए
देख के, रावण विजयपताका, मन ये, व्याकुल हो जाए।

अंत में, पर जब रावण जलता, लंका का, हर महल पिघलता
रावण घर से, एक विभीषण, सद्गुण, लेकर खूब उछलता।

राम की, जयजयकार, लिए हर विजयादशमी आया है
रावण का, धिक्कार, लिए हर, विजयादशमी आया है।

जीत का एक संदेश सुहाना, विजयादशमी लाया है
नवरातों के बाद दशहरा, विजयादशमी आया है।

अच्छाई, की राहें, अक्सर, रौशन ही, नहीं होते हैं
रहते बिखरे, खार, अनेकों, गुलशन ही, नहीं होते हैं।

रहना कठिन है वनवासों में, महल, न कोई होता है
अच्छाई की राहें मुश्किल, सहल, न कोई होता है।

वर्षों दुर्गम राह पे चलकर, विजय-ज्योत जल आया है
हुआ प्रकाशित जीवन, 'क्रान्ति', विजयादशमी आया है।

जीत का एक संदेश सुहाना, विजयादशमी लाया है
नवरातों के बाद दशहरा, विजयादशमी आया है।

रामलीला, ये जीवन है, सब पात्र हैं, सुख-दुःख, के साथी
एक खुली, रामायण है, जग, हम-सब, उसके हैं धाती।

काँड में, इसके जीवन-दर्शन, पूरी दुनियां, सुन आती
हर प्रसंग में, बात नई, हर सत्र, यहाँ, कुछ कह जाती।

लेके भक्ति, रामायण की, विजयादशमी आया है
एक उन्नति, हर एक जन की, विजयादशमी लाया है।

जीत का एक संदेश सुहाना, विजयादशमी लाया है
नवरातों के बाद दशहरा, विजयादशमी आया है।

आओ हम सब मिलकर प्रण लें, सच्चाई की राह निकल लें
कितनी भी, दुश्वारी, आये, बुराई से, दूर निकल लें।

अच्छे वचन व कर्म से, दुनिया को महका, नवपथ को चुन लें
प्यार दिलों में, दया-भाव सब, दीप जला, जीवनपथ बुन लें।

प्रेम, सहिष्णु, भाव, जगाता, विजयादशमी आया है
'क्रान्ति', नई, जीवन में, भरता, विजयादशमी आया है।

जीत का एक संदेश सुहाना, विजयादशमी लाया है
नवरातों के बाद दशहरा, विजयादशमी आया है।

❑❑❑

58

जीवन का दीया जलाती ये मेरी दीप दीवाली कविता...

दोस्तों,

आज धनतेरस/धन्वन्तरि जयंती/लक्ष्मी पूजा/दीप दिवाली की पूर्व संध्या पे मन इन सब पर्वों की महत्ता समझने के लिए एक गहरी सोच में डूब गया, फिर जो समझा वो ये कि ये पर्व वास्तव में अपनी चेतना जगाने का पर्व है। लक्ष्मी यानी धन वैभव की सबसे बड़ी पूँजी खुद आपकी अंतरात्मा में है, जिसे देखने और पाने के लिए उल्लू जैसी पारखी नजर चाहिए जो गहन से गहन अँधेरे में भी सब कुछ देख ले और उस महालक्ष्मी का साक्षात्कार कर ले, परंतु हम बाहर की चकाचौंध में इस कदर लीन हो जाते हैं कि बाहर के क्षुद्र धन को ही परमधन समझने लगते हैं।

ये अमावस की रात हमें ये एकाग्रता देती है जिसमें हमें अपने मन मंदिर का एक-एक कोना ज्ञान के दीयों से पूर्ण प्रकाशित नजर आता है, तो फिर ये मन खुश हो जोश की फुलझड़ियाँ छोड़ने लगता है, आनंदातिरेक के पटाखे फोड़ने लगता है, ख्वाबों के आसमान तारे उड़ाने लगता है, और उल्लास की रंगोली बनाने लगता है!!

यही सब सोचते सोचते अनायास ही ये दीप दिवाली कविता मुझसे निकल. कर अपना अलग अस्तित्व बना चुकी थी तो सोचा क्यों न इसे धनतेरस, लक्ष्मीपूजा, दिवाली की अशेष शुभकामनाओं सहित इसे आप मित्रों से साझा करूँ...

जीवन को ज्योतिर्मय करने दीप दीवाली आयी है
जीवन के हर तम को हरने दीप दिवाली आयी है।

सेहत देकर धन्वन्तरि, तन-मन निर्मल करते हैं
सुंदर काया, स्वस्थ बदन औ मन को निश्छल करते हैं।

आनंदित ये अंतरतम है, चहुँ ओर चमकीली है
मन के बगिया में खिल बैठी बेला फूल चमेली है।

ये धनतेरस, धन वैभव से भरी हथेली लायी है
तन-मन को ऊर्जा से भरने दीप दिवाली आयी है।

जीवन को ज्योतिर्मय करने दीप दीवाली आयी है
जीवन के हर तम को हरने दीप दिवाली आयी है।

रात अमावस की है, कार्तिक मास ये खुशियाँ लाया है
अयोध्या हैं राम पधारे, हर घर दीप जल आया है।

बहुत दिनों के बाद नगर में फिर प्रकाश भर आया है
जन-जन फिर से जाग गया एक नया उजाला छाया है।

जीवन का संगीत सुनाने राग सुरीला आया है
भरने हर उल्लास फिजाँ में, पर्व सजीला आया है।

जीवन को ज्योतिर्मय करने दीप दीवाली आयी है
जीवन के हर तम को हरने दीप दिवाली आयी है।

छोड़ पटाखे उल्फत के, हम प्यार ध्वनि बिखरा जाएँ
दुःख से बहरे कानों में भी, प्रेम गुँज पहुँचा जाएँ।

एक फुलझड़ी जलकर रौशन दुनियाँ को है कर जाती
प्रेम धुआँ बन कर हर शूं वो इस जहाँ में खो जाती।

आसमान-तारे, सपने, उम्मीद दिवाली आयी है
फलक पे सतरंगे ख्वाबों से खिली दिवाली आयी है।

जीवन को ज्योतिर्मय करने दीप दीवाली आयी है
जीवन के हर तम को हरने दीप दिवाली आयी है।

चक्र है ये जो घुम-घुमकर, नव प्रकाश दे जाता है
हम ज्योति फैलाएं हर शूं, हमको सिखला जाता है।

रंगोली है सात रंग की खुशियाँ का स्वागत करती
लक्ष्मी, वैभव और समृद्धि, इस घर में आगत करती।

घर के हर एक कोने में रख दीप दिवाली आयी है
जल खुद बन जा खुद का आत्मदीप, दिवाली आयी है।

जीवन को ज्योतिर्मय करने दीप दीवाली आयी है
जीवन के हर तम को हरने दीप दिवाली आयी है।

परवाने ने शमा को घेरा, प्रेम डगर अनजानी है
त्याग, समर्पण, बलिदान की एक सुन्दर कहानी है।

मिष्ठानों से थाल सजाकर, घी के दीये जलानी है
जीवन के अँधेरे पल की खत्म यहीं कहानी है।

उल्लू नजरों से अंतरतम के अंदर झाँक आये हम
रूह की दौलत, आत्मरूप, धनलक्ष्मी यहाँ पा जाएँ हम।

जीवन का ये आत्म जगाने दीप दिवाली आयी है
रूहानी वो दीया जलाने, दीप दिवाली आयी है।

जीवन को ज्योतिर्मय करने दीप दीवाली आयी है
जीवन के हर तम को हरने दीप दिवाली आयी है।

भाँति-भांति के दृश्य दिखाने दीप दिवाली आयी है
'क्रांति' इनसे सीख, सिखाने दीप दिवाली आयी है।

❑❑❑

59 सूर्य का ओज भर, छठ का अर्घ्य देती मेरी कविता...

दोस्तों,

आज पटना के घाट पे प्रातः स्नान से ये छठ प्रारंभ हो गया, रात में कद्दू भात का प्रसाद खाकर मन असीम तृप्ति महसूस करने लगा और छठ की पुरानी यादों में डूब गया, खो गया। छठ की सूर्य पूजा के एक-एक पहलुओं पे गहन मंथन में लीन हो गया।

वो सोचने लगा कि...

छठ की महिमा और सूर्य उपासना का ये स्वतःस्फूर्त आयोजन सच में विश्व में अतुलनीय है, क्योंकि यह प्रकृति में ऊर्जा के श्रोत सूर्य से ऊर्जा भरकर अपने जीवन को प्रकाशित, आलोकित, प्रफुल्लित और आनंदित करने की बात करता है।

यह पर्व ऊँच-नीच, भेद-भाव, जात-पात, कर्म-कांड एवं आडम्बरों से दूरि सिखलाता है और जीवन में सामाजिक सौहार्द, वैज्ञानिकता, प्रकृति-प्रेम, सर्व-जन-कल्याण, वसुधैव-कुटुम्बकम्, स्वच्छता, तन-मन-हृदय की शुद्धि एवं दैनंदिन की आचार-विचार शुचिता का भाव भरता है!!

यूँ ही सोचते-सोचते और इन्हीं विचारों में लीन मेरे अंदर के कवि ने कब ये सूर्य ओज भरती एवं छठ अर्घ्य देती कविता लिख ली मुझे पता नहीं चला...

तो सोचा क्यों न...

छठ पूजा एवं सूर्य उपासना के इस महापर्व की अनंत शुभेक्षाएं एवं शुभकामनायें अपने सभी मित्रों को भेजते हुए...

ये कविता आपसे साझा करूँ...

प्रकृति, सूर्य, छठ की ऊर्जा भरूँ...

उगते सूरज को प्रणाम है, जाते रवि का अभिनन्दन
अर्पित करते हैं हम छठ का अर्घ्य औ दिल का हर वंदन।

कार्तिक मास के शुक्ल चतुर्थी से पूजा प्रारम्भ हुई
सूर्य से छनकर इस शरीर आयी ऊर्जा आरम्भ हुई।

छत्तीस घंटे निर्जल रहना, बिना सिले कपड़े में रहना
नहीं हो कोई तोशक तकिया, साधारण कपड़े में रहना।

सब परवैतिन एक भाव से, छठी मैया की पूजा करना
सभी निरामय सभी स्वस्थ हों, भाव न कोई दूजा करना।

शुरू हुआ है नहाय खाय से, छठी मैया का अभिनन्दन
बिना पुरोहित, बिना वो मूर्ति, शुद्ध हृदय से ये वंदन।

उगते सूरज को प्रणाम है, जाते रवि का अभिनन्दन
अर्पित करते हैं हम छठ का अर्घ्य औ दिल का हर वंदन।

है प्रसाद छठ का वो अमृत, काया शुद्धि कर देता
कद्दू भात, दाल वो पिट्ठा, खरना का, बुद्धि देता।

बिना नमक औ चीनी के मिठास हृदय में भर देता
ईख रस औ गुड़ दूध की खीर बड़ी सिद्धि देता।

लडुआ चावल आटे का ये ठेकुआ बल-बुद्धि देता
महताबी वो फल वो छठ का एक नई रिद्धि देता।

त्याग हरेक वो व्यसन हृदय का, अस्ताचलगामी-वन्दन
दूध अर्घ्य का डाल के करते उदयीमान का अभिनन्दन।

उगते सूरज को प्रणाम है, जाते रवि का अभिनन्दन
अर्पित करते हैं हम छठ का अर्घ्य औ दिल का हर वंदन।

जल में आधा बदन है डूबा, आधे तन से सूर्य भरें
इतनी ऊर्जा भर लें हम सब, बल बुद्धि और शौर्य बढ़े।

डल्ला रखकर सर पे लाए, सुप प्रसाद से भरा हुआ
अर्पित करने अर्घ्य चलें हम, घाट, श्रद्धा से भरा हुआ।

पथरीली राहों पे नंगे पाँव चल कर रवि वंदन
कितनी भी दुश्वारी हो, न निकले कोई भी क्रंदन।

उगते सूरज को प्रणाम है, जाते रवि का अभिनन्दन
अर्पित करते हैं हम छठ का अर्घ्य औ दिल का हर वंदन।

हृदय शुद्ध है, मन विशुद्ध है, नहीं द्वेष औ बैर कोई
घाट-सफाई मिलजुल करते, नहीं यहाँ अब गैर कोई।

लोक-गीतों से छटा बनी है, छठ की भक्ति फिजाँ घुली
एक नशा है सद्गुण हावी, दुर्गुण को यहाँ सजा मिली।

सारे राक्षस-भाव वो मन का, आज करें इनका खंडन
रूह, प्रभाकर-रश्मि, भर लें, कर ले ये जीवन नंदन।

उगते सूरज को प्रणाम है, जाते रवि का अभिनन्दन
अर्पित करते हैं हम छठ का अर्घ्य औ दिल का हर वंदन।

इस बिहार की माटी की सुगंध लिये छठ आया है
सामाजिकता, सौहाद्र, सौगंद लिए छठ आया है।

देश हो या फिर हो विदेश, हर जगह पे छठ की महिमा है
ये बिहार का आह्लाद है, विश्व में इसकी गरिमा है।

आओ हम सब छठ पे मिल लें, प्रेम का है ये स्पंदन
'क्रांति', रवि की पूजा कर लो, लगा के माथे पे चन्दन।

उगते सूरज को प्रणाम है, जाते रवि का अभिनन्दन
अर्पित करते हैं हम छठ का अर्घ्य औ दिल का हर वंदन।

❑❑❑

राष्ट्रीय एकता दिवस (31 अक्टूबर) पे लौह पुरुष को याद करती मेरी कविता... 60

कितने हिस्सों में बिखरा था, जोड़ गया सरदार था
देश-अखंड, एक नयी एकता, घोल गया सरदार था।

नाडियाड में जन्मा था, वो पुत्र था, एक किसान का
निडर बड़ा था, सच्चा था, हर लक्षण-गुण महान का।

लंदन से बैरिस्टर बन के वो स्वदेश में आया था
बापू के संग भारत में, सत्याग्रह वो छेड़ आया था।

खेड़ा का आंदोलन हो या बारदोली सत्याग्रह हो
अंग्रेजों से ठान लड़ाई, देश क्रांति ले आया था।

लौह-पुरुष वो वल्लव भाई वो पटेल सरदार था
भारत के साधारण जन का वो अलम-बरदार था।

कितने हिस्सों में बिखरा था, जोड़ गया सरदार था
देश-अखंड, एक नयी एकता, घोल गया सरदार था।

अंग्रेजों ने भारत छोड़ा पर चल दी एक चाल थी
पाच सौ पैसठ रियासतों में देश एकता मुहाल थी।

हरेक रियासत माँग रहा था,अपनी खुद सरकार थी
आजादी तो मिली थी, पर ये आजादी बेकार थी।

जब सब ने था हाथ उठाया, नेताओं के होश उड़े
लौह-पुरुष था वहाँ अकेला, खड़ा मिला तब जोश जड़े।

जब पटेल हुँकार लगाया सभी रियासत खड़े मिले
हैदराबाद हो या जूनागढ़, सब भारत से डरे मिले।

काश्मीर पे नेहरू गर, उस लौह-पुरुष के साथ होते
न होती कश्मीर समस्या, और न आतंक-हाथ होते।

कहाँ गया वो लौह-पुरुष भारत का पालनहार था
आज भी भारत याद करे, वो एक पटेल सरदार था।

कितने हिस्सों में बिखरा था, जोड़ गया सरदार था
देश-अखंड, एक नयी एकता, घोल गया सरदार था।

आओ हम सब हिन्दू मुस्लिम सिक्ख ईसाई यहाँ मिलें
गंगा-जमुनी ये तहजीबें, राष्ट्र एकता यहाँ खिलें।

चाहे अगड़ा पिछड़ा हो, आदिवासी हो, दलित कोई
एक भारत के लिए चलें सब एक भारत के लिए पलें।

उत्तर भारत हो या दक्षिण, पुरबैया हो पश्चिम हो
दिशा से हर आवाज उठे, एक राष्ट्र दीप हर ओर जले।

मत विभेद हो चाहे कोई, जोड़ गया सरदार था
राष्ट्र एकता का ये जज़्बा घोल गया सरदार था।

लौह-पुरुष वो वल्लव भाई वो पटेल सरदार था
भारत के साधारण जन का वो अलम-बरदार था।

देश कर रहा अर्पित उनको, राष्ट्र-एकता-हार था
'क्रांति' उनको नमन् करो, वो देश अहम किरदार था।

350वें प्रकाशोत्सव पटना पे सत् श्री अकाल कहती मेरी कविता... 61

दोस्तों,

विगत रविवार को अहले सुबह मैं पटना कॉलेज के गंगातट पर जाने के लिए मैं अपने आवास राजा बाजार पटना से निकला तो रास्ते में गाँधी मैदान पटना में श्री श्री गुरु गोविन्द जी महाराज के 350 वें प्रकाशोत्सव की तैयारी का सुन्दर नजारा और टेंट देखकर मन एक अपूर्व गर्व और अभिमान से भर गया की आज बिहार को पूरी दुनियां के सिक्ख कौम के खैर मकदम का सुअवसर प्राप्त हुआ है जिसे हमारे माननीय मुख्यमंत्री श्री नीतीश कुमार जी ने बड़े ही संजीदगी से लिया है !!

यह सब देखकर मन नानक ध्यान में डूब गया और उन निर्गुण कवियों की वाणियों को याद करने लगा और फिर वही हुआ जिसका डर था...

आज न जाने कैसे मेरी गाड़ी पटना कॉलेज की ओर न मुड़कर अशोक राजपथ पर आगे का रुख ले ली !!

अब मैं श्री तख़्त हरमंदिरजी साहिब, पटना साहिब जा रहा था...

फिर पता नहीं चला कब तक मैं श्री तख़्त हरमंदिरजी साहिब में पहुंचकर गुरु वाणी सुनता रहा...

फिर क्या था...

वहीं एक कोने में बैठ यक-ब-यक उँगलियाँ चलने लगी...

जब रुकी तो

ये कविता

बारास्ता मेरे हाथ,

मेरे दिल से निकल

उस मुड़े जुड़े कागज पे अपना अस्तित्व बना चुकी थी...,

तो सोचा 350 वें प्रकाशपर्व पे आप सबों को शुभकामनायें भेजते हुए इस कविता को आप सबों से साझा करूँ

और अपने इन गुरुओं की याद ताजा करूँ...,

बोले सो निहाल !! सत श्री अकाल !!

ये कविता आप यु ट्यूब पे भी सुन सकते हैं इस लिंक पर

@any one can hear this poem being recited on YouTube through this link...

https://youtu.be/toJIZ7tDBZw

एक अकाल, एक ओंकार, एक नानक ध्यान जगाएँ हम
गुरु गोविन्द, के जन्म का, उत्सव आओ यहाँ मनाएँ हम !!

नहीं डरें और नहीं डराएं, जीवन-प्रीत, जगाएँ हम
कठिन परिश्रम जीवन करके गुरु- शिक्षा, जी आएँ हम !!

आडंबर से मुक्ति ले, सम्बन्ध सुरीत जोड़ आएं हम
कर्मठ बन कर जीवन के गीतों को एक सुर गाएँ हम !!

गुरुनानक ने सिक्ख धर्म की राह नई दिखलाई थी
सब जातों औ धर्मों से एक प्रेम भाव सिखलाई थी !!

अपने शब्द औ दोहों से चौतन्य जगत फैलाई थी
भेदभाव औ शोषण से मुक्ति की चाह जगाई थी !!

गुरुनानक के बाद वो अंगददेव गुरु कहलाए थे
गुरुमुखी लिपि औ वो लंगर वो ही शुरू कराए थे !!

अमरदास औ रामदास तब गुरु की गद्दी पाए थे
अमृतसर वो शहर बसा कर, सिक्ख ज्योत फैलाए थे !!

अर्जुन देव थे पंचम गुरु, वो आदि ग्रन्थ लिखवाए थे
अमृतसर में स्वर्ण वो मंदिर, नींव डाल वो आए थे !!

गुरुओं औ भक्तों की वाणि एक ग्रन्थ समाई थी
चाहे दोहे हों कबीर या जयचंद राग सुनाई थी !!

हों फरीद या नामदेव, धन्ना के शब्द पिरोई थी
सन् सोलह सौ चार में गुरु वाणी प्रकाश में आई थी !!

चौदह सौ औ तीस पेज के गुरु ग्रन्थ पढ़ आएं हम
निर्गुण कवियों की वाणी को एक साथ सुन आएं हम !!

हरगोविंद गुरु ने अकाल ये तख्त की नींव रखाई थी
'दाता-बंदी-छोड़', कहाकर सिक्ख लहर फैलाई थी !!

गुरु हर राय ने 14 वर्ष में सप्तम् गुरु पद पाई थी
चार फेरों में शादी रीत गुरु राम दास चलाई थी !!

8 साल की उम्र में अष्टम् गुरु हर किशन कहाए थे
दीन-दुःखी की सेवा करते वीर गति को पाए थे !!

नौवें गुरु थे तेग बहादुर, शौर्य बड़ा दिखलाए थे
बलिदान कर अपना सर वो धर्म की आन बचाए थे !!

तब दसवें गुरु बनकर गुरु गोविन्द जी धर्म बचाए थे
जन्में पटना, छह वर्षों तक यहीं पे शिक्षा पाए थे !!

पिता पुत्र को खो कर खुद को वो शहीद कर आए थे
धर्म-कौम की रक्षा को सर्वश्व त्याग वो आए थे !!

तैंतीस वर्षों तक गद्दी पर गुरु गोविन्द रह आए थे
अपने बाद वो ग्रन्थ साहिब को अगला गुरु बताए थे !!

खालसा पंथ की पहली दीक्षा पंच प्यारे दे आए थे
खंडे बाट की पाहुल दे कर राह नई दिखलाए थे !!

दशम् ग्रन्थ की रचना करके कवि गौरव बन आए थे
नांदेड़ में लड़ते-लड़ते, वीर गति को पाए थे !!

कंघा, कच्छा, कड़ा व तलवारों को साथ में लाएं हम
खालसा बन के गुरु फतह को साथ पांत में आए हम !!

सब जातों औ धर्मों के संग एक संगत कर आएं हम
श्क्रांतिश, सेवादार वो बनके,गुरु लंगर कर आएं हम !!

गुरु-ग्रंथ है, गुरु की वाणी, मिलकर ध्यान लगाएँ हम
सभी सुखी हों, सभी स्वस्थ हों, एक अरदास लगाएँ हम !!

एक अकाल, एक ओंकार,एक नानक ध्यान जगाएँ हम
गुरु गोविन्द के जन्म का उत्सव, आओ यहाँ मनाएँ हम !!

❑❑❑

क्रिसमस (बड़ा दिन) पे अलालुइया गाती मेरी कविता...

62

दोस्तों,

विगत रात्रि जब मैं सर्द मौसम का आनंद उठाने रात्रि फेरी के क्रम में निकला तो क्रिसमस के आगाज को दर्शाते, अपने येशु राजा के आगमन की खुशियां बाँटते, सांता के वेश में गाते, झूमते कुछ लोग मिले !! मैं भी उस धुन में गाने और थिरकने लगा, ये मन इसी बीच कहीं दूर निकल गया प्रभु येशु के दर्शन को...

अब मैं चल पड़ा

गांधी मैदान से होते हुए बाँकीपुर चर्च की ओर...

वहाँ पहुँचा तो रात्रि के दस बज चुके थे

मैंने देखा की चर्च का फाटक तो बंद था, पर माता मरियम की गोद में प्रभु येशु, रौशनी में जगमगा रहे थे...

फिर क्या था

मैंने दरबान से अनुनय विनय किया की मुझे कुछ पल प्रभु के करीब जाने दे और एक कैंडिल जलाने दे !!

शुरूआती ना नुकुर के बाद उसने गेट खोला

शायद मेरी भक्ति को देख

प्रभु ने उसे ऐसा करने का आदेश दिया हो ...

ऐसा सोच मैं येशु प्रेम में डूब गया... ये मन ना जाने फिर कहाँ कहाँ घूमने लगा और प्रभु येशु से जुडी एक एक बातों को पुनश्च, दृष्टि पटल के सामने प्रतिबिंबित पाने लगा...

और तब इन उँगलियों में हर्ष तरंगित हुआ और फिर जो निकला वो थी, क्रिसमस पे अलालुइया गाती और सर्व धर्म संभाव जगाती ये रचना .....

- -

तो सोचा क्यों न क्रिसमस यानि बड़ा दिन की अशेष शुभकामनाओं के संग, ये रचना आप मित्रों से साझा करूँ...

यह कविता आप यूट्यूब पर निम्नलिखित लिंक से सुन सकते है
Any one can see this poem being recited through this link
https://youtu.be/1QON2u_eIU8

हर मजहब से प्रेम सिखाने आज बड़ा दिन आया है
येशु-जन्म, का पर्व मनाने आज बड़ा दिन आया है।

मानवता, हर ओर जगाने आज बड़ा दिन आया है
दुःखी ह्दय संताप मिटाने आज बड़ा दिन आया है।

गिरिजाघर के कैरोल में, वो ह्दय सभी जुट जाते हैं
एक गीत में, एक राग में, भेद सभी मिट जाते हैं।

मित्र से शत्रु, राजा से अब, ये फकीर मिल लेते हैं
प्रभु यीशु वो व्यक्ति के हर, ह्दय-क्लेश, हर लेते हैं।

अभी तलक की भूल-प्रायश्चित, आओ हम कर लेते हैं
प्रभु की ममता, माफी, संचित आओ हम कर लेते हैं।

क्रिसमस-ट्री की खूब सजावट, आओ हम कर लेते हैं
दुःख में भी, सुख की ये मिलावट, आओ हम कर लेते हैं।

खत्म नहीं हो, खुशियाँ- दिनां, आज बड़ा दिन आया है
कभी न फैले, दुःख की रैना, आज बड़ा दिन आया है।

बेतलेहम में जन्मा था वो, दुनियाँ का उद्घाटक था
जगत में फैली हर कुरीत का,वो समाज सुधारक था।

ईश्वर जन्मा था मरियम से, यूसुफ ने उसको पाला था
नाजरथ में, बढई पिता के काम को वो संभाला था।

बारह वर्ष की आयु में वो शास्त्र प्रश्न कर डाला था
यहुन्ना से बपतिस्मा ले, किया हृदय उजियाला था।

घुम घुम कर प्रेम व करुणा के उपदेश वो देता था
कर्म-कांड से मुक्ति का सुन्दर सन्देश वो देता था।

बारह शिष्यों को शिक्षा देकर उसने उपकृत किया
दीन-पीड़ित मानवता को कष्टों से हर उन्मुक्त किया।

देख के उनके सच्चाई को धर्म के पंडित डरे मिले
रोमन राजा औ कानूनें, येसु विरोध में खड़े मिले।

पिलातुष ने आखिर उनको था सलीब पे चढ़वाया
अपने कंधे पर सलीब लेकर प्रभु खुद गलगत आया।

कीलों से छलनी प्रभु काया,फिर भी वो था मुस्काया
ईश्वर माफी मांगी, उनके लिए, जिन्होंने लटकाया।

प्रकट हुए, फिर से ईस्टर पर,खीस्ट, बड़ा दिन आया है
प्रेम ले, करुणा, भाई-चारा, जीस्त बड़ा दिन आया है।

कैथोलिक हो या प्रोटेस्टेन्ट, आज एक हो आया है
हिंदु, मुस्लिम, सिक्ख, ईसाई, आज बड़ा दिन आया है।

सब जातों औ धर्मों का अब एक संगम हो आया है
प्रभु यीशु का इस धरती पर फिर आगम हो आया है।

कुष्ठ वो रोगी और अपाहिज, मंद वो बुद्धिहीन सभी
दिव्यांग हैं, मूक-बधिर हैं, और वो दृष्टिहीन सभी।

इन लोगों पे सबसे ज्यादा प्यार प्रभु को आया है
मदर टेरेसा, संत हुई हैं, ख्रिस्ट नजर वो आया है।

आओ अब हम इन धर्मों के सारे झगड़े बंद करें
आदिवासी, दलित हों या वो अगड़े पिछड़े बंद करें।

दीन, पीड़ित मानवता का हम आपस में सम्बन्ध करें
सेवा करने मिलकर आएं, धर्म-भेद सब बंद करें।

कभी राम हैं, हैं रहीम वो, गुरु कभी, औ येशु कभी
इन सब को अब एक बताने आज बड़ा दिन आया है।

धर्म-सहिष्णु हृदय बनाने आज बड़ा दिन आया है
मिलकर अलालुइया गाने आज बड़ा दिन आया है।

प्यार औ करुणा दिल भर जाने आज बड़ा दिन आया है
पूरी दुनियां एक बनाने आज बड़ा दिन आया है।

जिनका कोई नहीं सहारा, उनका दिन फिर आया है
'क्रांति', देखो, सांता आया, आज बड़ा दिन आया है।

हर मजहब से प्रेम सिखाने आज बड़ा दिन आया है
येशु-जन्म का पर्व मनाने आज बड़ा दिन आया है।

❑❑❑

www.ingramcontent.com/pod-product-compliance
Lightning Source LLC
LaVergne TN
LVHW050659051026
849532LV00002B/691
* 9 7 8 9 3 8 9 8 0 7 1 4 1 *